Fantasmas en el balcón

Fantasmas en el balcón

HÉCTOR AGUILAR CAMÍN

LITERATURA RANDOM HOUSE

El papel utilizado para la impresión de este libro ha sido fabricado a partir de madera procedente de bosques y plantaciones gestionadas con los más altos estándares ambientales, garantizando una explotación de los recursos sostenible con el medio ambiente y beneficiosa para las personas.

Fantasmas en el balcón

Primera edición: octubre, 2021
Primera reimpresión: diciembre, 2021

D. R. © 2021, Héctor Aguilar Camín
c/o Schavelzon Graham Agencia Literaria
www.schavelzongraham.com

D. R. © 2021, derechos de edición mundiales en lengua castellana:
Penguin Random House Grupo Editorial, S. A. de C. V.
Blvd. Miguel de Cervantes Saavedra núm. 301, 1er piso,
colonia Granada, alcaldía Miguel Hidalgo, C. P. 11520,
Ciudad de México

penguinlibros.com

ISBN: 978-607-380-625-1

Impreso en México – *Printed in Mexico*

Para Luis Miguel

FANTASMAS EN EL BALCÓN

—*La casa tenía el frente claro*

—*Y en la parte de atrás, un patio oscuro*

—*No recuerdo ese patio*

—*No existía, yo lo invento*

—*La casa tenía escaleras de granito*

—*Cornisas de mármol*

—*Balcones de hierro forjado*

—*La ciudad que la rodeaba era una fiesta*

—*La ciudad que la rodeaba empezaba a ser*

—*El infierno que es ahora*

—*Era anónima*

—*Recibía sin preguntar*

—*Nos recibió en la casa*

—*La casa era una fiesta*

—*La casa tenía una fachada blanca*

—*Estaba frente a un parque de jacarandas*

—*Una jacaranda extendía sus ramas sobre el balcón de la casa*

—*En ese cuarto del balcón vivíamos nosotros*

—*Ahí empieza la historia que nos reúne*

—*La historia de una alegría*

SURCANDO LA NOCHE

—*¿Recuerdan eso, cabrones*
—*Lo recuerdan?*
—*¿Pueden ver otra vez con sus ojos*
—*Cerrados por el tiempo*
—*Aquellas cosas perdidas,*
—*Veladas pero radiantes,*
—*Guardadas*
—*Mejoradas*
—*Por el tiempo?*
("Fantasmas en el balcón")

Quedaron de verse en la Plaza Garibaldi, temprano, para tomar unos tequilas y timar a unos mariachis y a unos tríos con el truco de que les cantaran una canción de prueba. Caminarían después a la función de box, en la Arena Coliseo, que quedaba a cinco calles, en el número 77 de las calles del Perú. No había luces entonces en las calles de la ciudad, eran tan oscuras como antes de la luz, salvo en la Plaza Garibaldi donde todo brillaba, en especial el Tenampa, de inefectiva etimología, pues quería decir lugar amurallado, pero era un lugar abierto, lo mismo que la plaza toda, a la que acudían las familias, los amantes, los turistas y los borrachos de la ciudad a beber y a cantar con mariachis y con tríos. Los mariachis eran barrigones, pero usaban ceñidos atuendos de charro. Los tríos estilaban bigotillos finos, corbatas luidas, trajes de solapas anchas. Mariachis y tríos deambulaban por el lugar, cantando entre los parroquianos para que éstos les pidieran una canción o dos, o una tanda de canciones pagadas, cosa que sucedía normalmente cuando había al menos dos borrachos en la mesa, aunque a veces con uno bastaba. Los borrachos pedían que les cantaran como propias de sus recuerdos las canciones que acababan de oír ahí mismo, mientras chupaban. A los mariachis y a los tríos se les podía pedir de muestra una canción, sin pago, y eran tantos mariachis y tantos tríos que uno podía pedir canciones sin pagar durante mucho rato.

Los hijos de la casa de huéspedes que son los héroes de esta historia sabían esto y tenían probado un itinerario sabatino que consistía en ir primero a los mariachis y a los tríos, seguros de que podrían cantar y beber lo más gratis posible, sobre todo si llevaban su pachita clandestina de ron para timar a los meseros pidiéndoles cualquier trago, que rellenaban luego con su alcohol secreto durante las dos horas que pasaban ahí, haciendo tiempo para irse al box y cumplir su noche de tragos y madrazos, materias idiosincráticas de la ciudad de aquellos tiempos, anteriores al Terremoto.

Quizá convenga decir desde ahora que cuando el autor omnisciente de esta historia habla de la ciudad anterior al Terremoto, no se refiere al terremoto que tiró la columna de la independencia de la ciudad en 1957, ni a la matanza que terminó un movimiento estudiantil de la ciudad en 1968, ni al terremoto ampliado que según cifras oficiales mató a diez mil habitantes de la ciudad en 1985. El autor omnisciente se refiere con esa discutible muletilla al terremoto sin año fijo que es el paso del tiempo, el terremoto demorado y súbito que consiste en despertar un día con la iluminación primera de que la vida se ha ido y no volverá.

Aquel sábado de fiesta anterior al Terremoto, los personajes de esta antigua y juvenil historia tenían dinero que gastar, suficiente para estar seguros de bolsillo y portarse como ricos, es decir, como avaros.

El conducente Morales había cobrado su sueldo de inspector de lecherías del gobierno. El deiforme Gamiochipi había recibido de su madre y sus hermanas el giro mensual para pagar la pensión de la casa. El criminoso Changoleón era especialista en tener siempre un dinero inexplicado en el bolsillo. El reflexivo Alatriste había cobrado la segunda de las quince colaboraciones enviadas al diario de izquierdas donde publicaba, un diario financiado por un gobierno al que el diario consideraba de derecha. El libresco Lezama había escrito y cobrado un ensayo mercenario sobre *La Regenta* para una señora rica que tomaba clases particulares de literatura. El elocuente Cachorro, que vendía medicinas en los consultorios privados de la ciudad, había recibido sus comisiones del mes. Eran, pues, como se ha dicho, ricos de solemnidad, y estaban dispuestos a demostrarlo gastando lo menos posible. El Cachorro había comprado las botellas de ron Bacardí que la casa había bebido el viernes anterior, por la noche, hasta bien entrado el sábado en que estamos. Al despertar de aquellas botellas, por la tarde del sábado en que estamos, el Cachorro tenía todavía un dinero sobrante, suficiente para convocar a la tribu a la escapada a Garibaldi y luego a la Arena Coliseo, pues había comprado para la función de aquella noche los dos boletos de *ringside* que agitaba en sus manos desde la noche previa. Todos sabían, porque lo habían hecho otras veces, que el inicio de la noche en Garibaldi, seguido por el encierro en la Arena Coliseo, era sólo el principio de la odisea nocturna que buscaban, pues al salir del box estarían todos razonablemente borrachos, con los oídos abiertos al llamado de la ciudad, como si acabaran de entrar en ella y quisieran dar un rodeo por sus modestos misterios.

Llegaron al Tenampa poco antes del anochecer. El embustero Changoleón desplegó entonces uno de sus números favoritos, cuya ejecución aquella noche habría de costarles a los hijos de la casa no volver por mucho tiempo a Garibaldi. Y fue que pidió al elocuente Cachorro que le preguntara al mesero si sabía quién era él, Changoleón, como sugiriendo, desde la pregunta, que Changoleón era una cosa distinta de lo que parecía, alguien especial, alguien quizá no fácil de reconocer al primer golpe de vista, pero alguien cuya presencia, de ser reconocida, cambiaría las reglas del juego y del trato en que estaban.

—No empieces, pinche Chango —se adelantó el luminoso Gamiochipi, que conocía muy bien el truco y sus complicadas consecuencias—. No empieces, cabrón.

Pero el facundo Cachorro asintió al juego de Changoleón y le preguntó al mesero, con su redondo acento yucateco, que decía a cabalidad cada palabra:

—Piense usted bien, joven rastacuero. Mire bien a nuestro amigo. Usted sabe perfectamente quién es. Mírelo bien, porque si se equivoca con su rostro puede usted estarse equivocando en su propina.

Propina nadie traía intenciones de dejar, pero lo único que había en la cabeza de los meseros de Garibaldi en aquella ciudad desinteresada era la propina. Los meseros del Tenampa habían tenido propinas históricas en tiempos prehistóricos, cuyo recuerdo seguía rondando la cabeza del lugar. Por ejemplo, la legendaria propina de una noche en que habían ido al Tenampa Jorge Negrete y María Félix, con el futuro marido de María, un rico francés, quien había dejado sobre la mesa trescientos cuarenta dólares de propina, en novísimos, intocados, restallantes billetes de veinte dólares.

Oh, los billetes de veinte dólares.

El mesero miró al relajado Changoleón, quien lo miraba a su vez, risueño, reclinado en su silla, a través de sus pestañas largas y lacias, pestañas de aguacero como se decía entonces, tras de las cuales ardían unas córneas negras que el alcohol ponía ligeramente estrábicas. El mesero miró unos segundos largos a Changoleón, con entornados ojos adivinatorios.

—¿No acierta usted? —lo urgió, ventajoso, el Cachorro—. ¿No le dice nada la cara de este celebérrimo desconocido?

—No, señor —admitió el mesero, titubeante y sonriente, con la sonrisa característica de las clases subalternas de aquellos tiempos, anteriores al Terremoto.

—Propina perdida —sentenció el Cachorro—. Nuestro amigo, déjeme decirlo, es el magnífico no torero conocido en todo el orbe hispánico como el Cordobés.

No sé si mucha gente recuerda en nuestros tiempos al Cordobés de aquellos tiempos, digo esto como narrador omnisciente de esta historia, pero en aquellos tiempos el nombre del Cordobés, en realidad su apodo, era como una fanfarria en el mundo hispánico, pues el Cordobés era el torero no torero que había cambiado para siempre la fiesta de los toros.

El mesero oyó la revelación del Cachorro y se volvió, intrigado, hacia la barra, donde reunió en un conciliábulo a los otros meseros para ver si ellos sí reconocían en la figura prieta, espaldona y pitecántropa de Changoleón al esbelto, rubio y afilado Cordobés.

Los hijos de la casa esperaron con cara de palo el veredicto de los meseros y a poco esperar vieron venir a dos de ellos, puestos de acuerdo, para darles la respuesta de ordenanza, la cual fue:

—Dice el patrón que la casa les invita una ronda a la salud del maestro el Cordobés.

Aquí los meseros hicieron una pausa para señalar a Changoleón y poner sus condiciones:

—Siempre y cuando —dijeron— que el matador nos deje su autógrafo.

Changoleón asintió con la cabeza señorialmente, sin inmutarse. Dijo luego, con largueza soberana:

—Autógrafos para todos y cada uno. Pero de lo que les pidan mis amigos, traigan doble. La propina es nuestra.

Los meseros se fueron cabeceando que sí y que no.

—Olé, matador —celebró el Cachorro.

—Pinche Chango, vamos a salir corriendo de aquí, cabrón —dijo Gamiochipi.

—Yo me encargo, masturbines —dispensó Changoleón—. De mejores cuevas me han corrido.

—En ese punto llegaron a la cueva Alatriste y Morales, que venían retrasados, riéndose los dos de las sandeces de Morales, capaz de hablar sin tregua mientras caminaba, como los famosos peripateadores del Estagirita.

Cuando regresaron los meseros con las copas convenidas, el Cachorro señaló a los recién llegados y dijo:

—Meseros amigos, ilotas compañeros, amplíen el bastimento solicitado a nuestros nuevos comensales, el prudente Alatriste y el ocurrente Morales.

El Cachorro tenía el don de usar palabras exactas que nadie usaba.

Los meseros trajeron los tragos pedidos, que resultaron ser diez cubas libres, de las cuales los hijos de la casa bebieron como náufragos, una tras otra, mientras pedían canciones de prueba a los tríos y a los mariachis ambulantes. El Cachorro cantó una que aplaudieron los bebedores de la mesa vecina. Morales brindó con ellos y ellos con Morales y todos con todos, bajo las miradas duales, risueñas y recelosas, de los meseros.

Todo esto sucedía en el Tenampa, como se ha dicho, poco antes de las ocho de la noche, poco después de lo cual el Cordobés y sus amigos se habían tomado las rondas de cortesía de la casa y habían pedido a su cuenta una ronda más, reforzada con la anforita de ron clandestina del Cachorro, la cual, aunque prevista para toda la noche, quedó fulminada ahí.

La función de box en la Arena Coliseo empezaba a las nueve. Eran las ocho cuarenta. Changoleón sugirió:

—Como que van a mear y se van a la Coliseo. Yo arreglo aquí y los alcanzo a la entrada.

El prudente Alatriste empezó el éxodo, seguido discretamente por el sonriente Morales, quien dijo por lo bajo a los que se quedaban en la mesa:

—Amigos, el hospital de Xoco es el mejor de traumatología de la ciudad. Digo, por si se ofrece.

—La casandra calva —lo escarneció el Cachorro, aludiendo a la alopecia prematura de Morales. Pero siguió de inmediato el ejemplo de Morales, diciendo:

—Señores, me retiro veintitrés minutos a descargar el tracto urinario.

Tenía su cultura médica.

Cuando se fue el Cachorro, Changoleón llamó a los meseros y les pidió que viniera el patrón. Cuando los meseros se alejaban en busca del patrón, Changoleón les dijo a Lezama y a Gamiochipi, que seguían sentados:

—¿Van a correr conmigo, cabrones, o voy a correr solo?

—Vas a correr solo, cabrón —respondió Gamiochipi, y se levantó estilosamente de la mesa, camino a uno de los mariachis que cantaba, al que le habló en la oreja diciéndole que cuando terminaran ahí, fueran a cantar a la mesa que les señalaba con el brazo, donde estaban Changoleón y Lezama. Pero Lezama se levantó también y fue hacia el mismo mariachi de Gamiochipi, tocándose la bolsa del pantalón donde iba la cartera, que no traía, como para regatear con Gamiochipi quién iba a pagar lo que Gamiochipi pedía. Luego se apartaron los dos del mariachi, como si fueran al baño, y huyeron caminando rapidito hacia la calle de San Juan de Letrán, que cruzaba Garibaldi.

La última cosa que vio Lezama antes de salir de la plaza fue a Changoleón hablando con los meseros y con un gordo calvo de bigotes pronunciados, que debía ser el patrón. Lezama y Gamiochipi caminaron corriendito una cuadra por San Juan de Letrán, dieron a la izquierda en República del Perú y siguieron corriendito siempre media cuadra hasta la Plaza Montero, personaje desconocido para el narrador de esta historia, y de ahí una cuadra más hasta la calle de Ignacio Allende, familiar para Lezama como reputado pero inexacto héroe de la Independencia, y media cuadra más hasta la calle de Incas, antes República de Chile, de donde les quedaba sólo media cuadra a Perú 77, donde estaba la Arena Coliseo. Caminaban ya por esa media cuadra final de las oscuras calles del Perú, a la vista de las tristes luces de la Arena, cuando vieron doblar en la distancia a Changoleón, escorzado contra el tenue fulgor de la ciudad, corriendo a toda velocidad, candidato a los Juegos Olímpicos, haciéndoles con las manos a Lezama y a Gamiochipi, en realidad a nadie, pues nada se veía con claridad en aquellas penumbras fantasmales, el conocido gesto de las legendarias corridas de Changoleón, el gesto que significaba llanamente: Corran, cabrones, nos van a agarrar.

Eso hicieron Lezama y Gamiochipi, correr hasta la entrada de la arena, donde esperaban ya el Cachorro, Alatriste y Morales, en medio de un montón de vagos sin boleto, tantos, que era fácil mezclarse y desaparecer entre ellos. El Cachorro tenía los dos boletos de *ringside* en la mano, pero debajo de los boletos sus diligentes dedos habían puesto y le mostraban al boletero, como una mano de póker, cuatro billetes azules de veinte pesos, sugiriendo con ello que sus dos boletos valían por seis. El boletero aceptó la mano sin chistar y les franqueó la entrada. Sucedió esto con unto milimétrico en el momento en que Changoleón llegaba patinándose a la entrada, desaparecido de sus perseguidores. Y fue así como, con sólo dos boletos, entraron a la Arena el Cachorro, Alatriste, Morales, Lezama, Gamiochipi y el sudado Changoleón.

A Lezama no le gustaba el box pero lo veía todos los sábados en la televisión. Las peleas se transmitían por el canal 4, en blanco y negro, y las narraba un locutor nariguado y solemne, de bigotillo hitleriano, llamado Antonio Andere, cuya hermosa hija trigueña era una de las obsesiones eróticas de Lezama, lo mismo que la Güera Hiort y Clío Martínez de la Vara, y las dos Anas, Melloni y Pellicer, y las tres Teresas, Trouyet, Tinajero y Traslosheros, y las cuatro Isabeles,

Suárez Mier, Gil Sánchez, Sánchez Navarro y Sánchez Mejorada, y todas las otras radiantes bellezas de la Universidad Iberoamericana, que se refiere aquí simplemente como la Ibero. Las bellas de la Ibero fluían por la cabeza libresca de Lezama como un hormiguero luminoso que lo llenaba de sombras, pues le recordaba quién era él: aquél capaz de ambicionarlas a todas sabiendo que iba a quedarse con ninguna.

Al hermenéutico Alatriste, en cambio, el box le fascinaba, pero por una razón ajena al boxeo: porque creía leer en esa pasión colectiva algunas claves del alma nacional. Siempre leía al revés aquellas claves, en el sentido de que estaba siempre contra los gustos de la mayoría, con lo que se quiere decir aquí que Alatriste era admirador de los boxeadores que el público odiaba y, viceversa, odiaba a los que el público prefería.

Aquel sábado en la Arena Coliseo iba a pelear, ya de salida de sus glorias, el pugilista mexicano José Medel. Medel era odiado por la afición, pero era el favorito de Alatriste, capaz de ver en Medel el refinamiento y la violencia que no veían las multitudes de México, pues Medel era un flaco de alambre que peleaba cautamente, del mismo modo que vivía Alatriste, echándose hacia atrás y caminando hacia los lados, con la guardia alta y la mirada alerta, una mirada que parecía hija del miedo, y acaso era hija del miedo, en realidad una antena que registraba por igual el riesgo y la oportunidad, especialmente si su adversario le dejaba abierto el costado y Medel podía repetirle con la mano izquierda un golpe al hígado y un gancho con la misma mano a la mandíbula, todo lo cual sucedía con una rapidez de colibrí que el respetable público no alcanzaba a ver, salvo cuando el adversario de Medel retrocedía moribundo, aparentemente tocado por nada. Lo había tocado en realidad el golpe de colibrí de Medel, que era él mismo como un colibrí moreno, de piernas delgadas, de brazos delgados, de ojos japoneses, de bigote y cejas mexicas, prehispánicas, pero bien marcadas, el pelo de indio cortado en cepillo, a la *brush*, la mirada temerosa, parpadeante, nada que pudiera amenazar a nadie salvo cuando toda aquella alerta calaca de pelos breves y huesos de alambre se ponía en movimiento demoledoramente y descargaba golpes relampagueantes que normalmente terminaban la pelea o enseñaban a su adversario que más valía no atacarlo de más, no confiarse de más, y llevarla en paz lo más posible con la centella de los puños minúsculos y atentos de Medel, razón por la cual muchas de las peleas de Medel se alargaban y solía ganarlas por decisión, lo cual no enamoraba al respetable.

Éste era el peleador que deslumbraba a Alatriste, pero no a la república, la cual moría de amor por el Toluco López, emblema boxístico de todos los fracasos de la misma república, porque era lo que en aquellos tiempos se llamaba un fajador, es decir un tipo que subía al *ring* a dar y recibir golpes, a mostrar que no había en él ni temor ni talento, sólo la furia y la fuerza desatadas para abrumar a su adversario en una invitación al pleito a campo abierto, de donde solían salir cejas cortadas, narices rotas y nocauts parecidos a la muerte. Era como el cura Hidalgo del boxeo, pensaba Alatriste, el héroe de la multitud que acababa su epopeya en el desastre solitario. Se refiere aquí el narrador al desastroso cura don Miguel Hidalgo y Costilla, padre de la Independencia mexicana, que destruyó con sus huestes la más próspera región de la entonces Nueva España, se arrepintió luego de su gesta y fue fusilado y excomulgado, sin haber conseguido con todo eso nada más que la portentosa destrucción antedicha, razón por la cual sus extraños descendientes lo reconocieron como Padre de la Patria.

La casa sostenía con Alatriste la misma discusión que Alatriste sostenía con la república sobre Medel y sobre el Toluco López. Toda la casa, menos Lezama y Alatriste, le iba al Toluco. El alegato inútil de Alatriste, adoptado por Lezama, era que Medel representaba lo mejor oculto y relampagueante de México y el Toluco, sólo su épica de rompe y rasga, de victorias pírricas y derrotas heroicas para consumo de patriotas ignorantes y braveros melancólicos. En el refinamiento mortal de Medel había una ética de la sobrevivencia. En las bravatas salvajes del Toluco, la vocación de un martirio. Y entre la estrategia de salir a matar o morir en el *ring*, como el Toluco, o salir a sobrevivir todo el camino, con la opción de ganar en algún cruce de golpes bien escogido, Alatriste prefería la opción de Medel, a diferencia del público, que la odiaba, pues gustaba del trance directo de matar o morir, en particular si en el trance moría otro, su héroe, a cuenta de ellos, sus adoradores. La muerte del héroe purificaba a la cobarde cofradía. Alatriste, como siempre, estaba al otro lado del público, en la esquina opuesta del *ethos* popular. Entre caer a golpes en el *ring* y jugar a los golpes en el *ring*, Alatriste gustaba de la segunda opción, aunque no podía probar que ser destruido finamente en el cuadrilátero fuera preferible a ser destruido brutalmente, ya que ser destruido, de una o de la otra manera, era la única opción de los boxeadores, la opción de Medel y del Toluco: destruirse a andanadas o a pinceladas, tomar la muerte a cubetazos o a cucharadas.

Ya dentro de la Arena, Changoleón se sacó del sobaco una botella de tequila.

—Me la traje de pasada, cabrones —farfulló carcajeándose.

Entraron a la zona del *ringside*, que olía a creolina y a meados y por cuyos pasillos se caminaba como pisando chicle. El *ring* era una desgracia de sogas guangas y lona manchada con años de sangre y alquitrán, cuyo penetrante olor los afanadores sólo borraban a medias, añadiéndole el tufo de creolina. Arriba, frente a ellos y atrás de ellos, acechando el *ring* desde un segundo piso, estaban las gradas del respetable, como llamaba Antonio Andere al salvaje público de balcón y de gayola, espacios separados del cuadrilátero por una malla de alambre inclinada que le daba su razón de ser al inveterado apodo que la prensa daba, con énfasis heroico, a la Arena: el embudo coliseíno.

Apenas se habían sentado, usurpando cuatro lugares en la tercera fila del *ringside*, una hilera de sillas de latón idénticas a las de Garibaldi, cuando escucharon el anuncio de que Medel no pelearía esa noche porque se había enfermado. En su lugar pelearía una estrella naciente del barrio bravo de Tepito, el mismo de Medel, de nombre Octavio Gómez. A Octavio Gómez ya le decían entonces el Famoso, porque al nacer la partera había dicho a sus padres: "Este niño será famoso", y así le dijeron en casa desde el nacimiento, y en los años que fue a la escuela y en el gimnasio desde que llegó, con sus ojos chinos típicos de Tepito, y de esa cosa oriental, tan obvia y tan oculta del país, esos ojos rasgados capaces de mirar fijamente y de matar con la mirada.

El narrador omnisciente sabe que incurre aquí en confusión de tiempos, porque el Famoso Gómez no era contemporáneo de Medel, sino muy posterior, mucho más joven, pero por alguna razón los siente y los sabe juntos en su memoria, como pertenecientes a la misma noche y a la misma niebla, y ahí los deja.

—¡Que devuelvan las entradas! —gritó el enredoso Changoleón cuando el réferi y anunciador de la Arena, don Ramón Berumen, anunció la ausencia de Medel.

El Cachorro se levantó entonces de su silla y voceó con sus pulmones de barítono hacia el embudo coliseíno.

—¡Fraudeeeeee!

La potencia de su voz se impuso a la multitud vocinglera de gayola, que se rindió a ella con un instante de silencio en medio del cual el Cachorro volvió a imponer su timbre diáfano:

—¡Fraudeee!

—¡Fraudeee! —secundó Changoleón, con su no desdeñable voz de pregón callejero—. ¡Que devuelvan las entradas!

La arenga alebrestó a los parroquianos del *ringside*, que empezaron a lanzar los restos de sus cervezas y los cojines de sus asientos sobre las filas delanteras y sobre el cuadrilátero, una desgracia de sogas guangas, como se ha dicho, y una lona manchada con años de sangre seca y de la brea blanca que usaban los boxeadores en sus zapatillas.

La ocurrencia maléfica de lanzar cosas, nacida en el *ringside*, prendió en la tribuna popular, contra cuya malla de alambre empezaron a tirarse algunos, de espalda o de frente, rebotando o aferrándose a la malla, sin contar con que empezaron a tirar también sobre el cuadrilátero los restos de sus cervezas tibias, aunque más probablemente los orines que habían depositado en los vasos de sus cervezas terminadas, emulsión distintiva a la que olía toda la arena. Se hizo atronador el coro gritando fraude y exigiendo la devolución de las entradas, y universal la lluvia de líquidos que volaban como plagas de luciérnagas sobre el recinto, chispeando bajo los reflectores del cuadrilátero y acendrando su olor a taberna, orín, creolina y percloro.

El Cachorro dijo entonces, con prudente anticipación:

—Retirada, cabrones, antes de que nos retiren.

Y en esto estuvieron de acuerdo todos, a juzgar por la disciplina con que fueron saliendo uno a uno por los pasillos de *ringside*, más húmedos y pegajosos que cuando entraron. Salieron del olor a orines del embudo coliseíno al olor a cañerías viejas del centro colonial de la ciudad, salvo Gamiochipi y Changoleón, que dijeron que regresaban al embudo a mear, cosa absurda si alguna, teniendo a su disposición tantos portones oscuros y tantos podios de faroles apagados de las calles coloniales del Perú. El hecho es que Gamiochipi y Changoleón volvieron al embudo, mientras Morales, Lezama, el Cachorro y Alatriste caminaban hacia la esquina siguiente, donde debían doblar para ir a Catedral, según los había instruido el Cachorro. El precavido Alatriste se quedó en la esquina para ver que volvieran Gamiochipi y Changoleón, y los vio salir de la Arena, vaya que los vio, corriendo como velocistas de cien metros, cargando cada uno en el brazo derecho una cubeta de cervezas de las que vendían los cubeteros en el *ringside*. Alatriste les hizo la seña de hacia dónde correr y se echó a correr él mismo. Changoleón y Gamiochipi dieron alcance a sus amigos cuadra y media después, en la calle de Leandro Valle, un liberal mexicano agrandado por su fusilamiento, según había leído Lezama, y corrieron juntos después hasta las calles de la República de Brasil, donde comprobaron que nadie los seguía.

Contaron entonces que había seis cervezas en la cubeta robada por Gamiochipi y cinco en la de Changoleón, nadando todas en los restos de un hielo sucio. Gamiochipi abrió una con su llave de la puerta de la casa, como si botara una tapita, y luego otra, mientras Morales procedía a la costumbre salvaje de abrir la suya con las muelas. Caminaron por

Brasil hasta cruzar la calle de José Joaquín de Herrera, tres veces efímero presidente de la nación, pregonó Lezama, y luego hasta las calles de República de Colombia y República de Venezuela, terribles calles llamadas antaño de la Celada, de las Ratas, del Muerto, y rebautizadas, según Lezama, durante una epidemia nominativa iberoamericanista que hubo después de la Revolución. Caminaron por República de Brasil hasta la calle de Luis González Obregón, única con nombre razonable en aquella turbulencia de repúblicas imaginarias, pues González Obregón había sido cronista puntual de las calles de que hablamos, salvo porque les habían cambiado los nombres a todas y era imposible reconocerlas ahora sin ayuda de una enciclopedia, como ha hecho este cronista.

De González Obregón, siempre caminando por República de Brasil, seguía la calle de Donceles, y luego la calle de República de Guatemala, en el cuadrante norte de la Catedral, a cuyo punto los dirigía el Cachorro y al que quiere llegar esta historia.

Por todas las calles antedichas venían los regurgitados del embudo coliseíno bailando y hablando, sorbiendo sus cervezas y cantando sus canciones favoritas, una de las cuales era "Los aretes que le faltan a la luna". El Cachorro tenía un timbre de barítono y una entonación que intimidaba a los otros, pero no se metía de más en las cantaletas de sus amigos, salvo cuando debía restituir el tono. Imposible decir aquí en qué consiste esa maniobra de restituir el tono a los desentonados, pero el que sabe sabrá. Los versos de la canción, por así llamarlos, llevaban todos acentos redundantes al ser cantados, igual que los del Himno Nacional, y sonaban más o menos de este modo:

Los areétes que le faáltan a la luúna,
los teéngo guardados para haceérte un collar.
Los halleé una mañaána en la bruma
cuando caminaba junto al inmeénso mar.

Había un cuarto de luna en el cielo que los ayudaba a guiarse entre las calles del centro de la ciudad, de oscuridades fantasmales. Quiero decir: esas oscuridades a medias, nubladas, de la que suelen salir los fantasmas. Nada tan potencialmente lleno de fantasmas como aquellas calles mal alumbradas, destruidas, reconstruidas, deshabitadas, rehabitadas, olvidadas, revividas, reolvidadas, en cuyos recintos y subsuelos, rumiaba Lezama, habían aullado en un tiempo los desollados por los mexicas y en el siguiente tiempo los torturados por la Inquisición.

Pero ellos iban cantando, ausentes de su pasado, hacia la Catedral. Los guiaba hacia ella el Cachorro, como queda dicho, con suavidad de cicerone, pero con el zafio propósito de burlarse y holgar jacobinamente de la catástrofe caída sobre el sacro recinto, bajo la forma de un incendio devastador, cuyas llamas inopinadas no había podido evitar la mismísima Providencia.

Toparon con la Catedral por su costado oriente, por la sobredicha República de Guatemala, donde el Cachorro sentenció, con solvencia cervantina:

—Con la iglesia hemos topado, masturbines.

Hizo una pausa en sus pasos y en su discurso y dijo:

—Sombreros.

Nadie entendió lo que decía salvo él, que se llevó la mano a la frente para quitarse un chambergo imaginario y pasearlo por su vientre de joven adulto, trabajado por los antojitos yucatecos.

—Justicia del fuego —siguió—. En esta catedral de siglos, que hizo quemar a tanta gente, se quemaron hace unos meses el coro y anexas. Y hay un gran pedo, amigos, sobre cómo restaurar lo quemado. Yo digo que tratemos de entrar a ver con nuestros propios ojos el quemadero, para que nadie nos lo cuente. Chango: soborna a los custodios.

Dijo esto último a Changoleón mientras señalaba con índice flamígero a los dos policías somnolientos que cuidaban la entrada a Catedral por aquel costado, el único que se mantenía abierto, aunque bajo vigilancia, porque daba paso a la sacristía y a las oficinas donde se cobraban los servicios del santo ministerio.

La Catedral se había quemado inexplicablemente. Y sospechosamente también, aun en aquellos tiempos de credulidad pública, anteriores al Terremoto. La autoridad había dado la explicación pedestre de que todo había sido por un corto circuito. Nadie había creído eso, pero nadie se había quemado tampoco en la plaza pública para protestar por la versión. Y a nadie pareció importarle en aquella república laica la quema de la catedral más antigua de América, salvo a la mayoría católica de la misma república, mayoría abrumadora, hay que decirlo, pero sometida, callada, invisibilizada por la hegemonía jacobina que gobernaba por torcido mandato de la historia. Nadie tampoco, ni en el gobierno ni en la Iglesia, parecía saber qué hacer con lo perdido en el incendio. No sabían, en particular, si restaurar lo quemado o remodelarlo. La discusión sobre este particular, que transcribía la prensa todos los días desde hacía unos meses, había encendido en el corazón anticlerical del Cachorro la tentación de ir a ver los escombros, pues en breve dejarían de serlo. Lo movía el dicho regusto jacobino que la república liberal había sembrado en él y en los otros pocos de sus hijos que celebraban dentro de sí el incendio de la Catedral con un dejo de coña teológica, como en una especie de triunfo sobre Dios o, más exactamente, sobre los curas. Como si las grandes piedras y los hermosos retablos de la Catedral tuvieran la culpa de la carbonera fe del pueblo y de los abusos de sus pastores.

En los diarios de la ciudad discutían los antiguos y los modernos sobre cómo restaurar o cómo renovar la Catedral, cuyo coro de antiguas maderas se había incendiado, llevándose en sus llamas el llamado Retablo del Perdón, y el llamado cuadro de la Virgen de las Nieves, y la mayor parte de los tubos del órgano que roncaban y silbaban en la nave con una vibración arcaica, a diferencia de los trolebuses que estremecían el aire de las mañanas de la ciudad con un vibrato de futuro.

Algo les dijo Changoleón a los custodios virolos, aparte de ofrecerles dos de las cervezas que quedaban, y un trago de la media botella de tequila, que aún llevaba cinchada en la parte de atrás del pantalón. Luego de su acuerdo alzó el brazo hacia los amigos, que esperaban a distancia sus gestiones, y los invitó a acercarse a la única puerta por donde se podía pasar hacia aquel recinto sagrado visitado por el infierno.

Entraron, desde luego.

Olía a incendio todavía, a madera y a pintura quemada y a piedra recocida, un olor profundo que picaba las narices y achicaba los pulmones, el olor doble de ruinas y de ruinas quemadas, el olor físico a tiempo quemado, el olor de la historia.

La nave de la mole maloliente estaba oscura, salvo por los pálidos toques de luna y ciudad que entraban por sus opacos vitrales y por una luz de neón prendida en lo que el Cachorro reconoció como la sacristía. El Cachorro era un hereje converso, pues había sido aplicado acólito y candidato al seminario, y tenía una memoria enciclopédica, y había estudiado de joven, en fotos y mapas, parte por parte, la catedral de México, al punto de llegar a sabérsela de memoria, aunque nunca la conoció, sino hasta ahora que entraba a sus ruinas, porque cuando vino a la capital del país y pudo conocerla en persona, su fe se había ido o se había vuelto lo contrario, la contrafe que era ahora su dueña, su fe al revés de comemisas y comecuras.

Prendió un fósforo y caminó hacia la izquierda de la entrada, perorando, como guía de turistas:

—Capilla siguiente, a la izquierda: de Nuestra Señora de la Antigua.

Tomó ahí un cirio a medio derretir, con todo y su delgado candelabro, para prenderlo y alumbrar su camino:

—Capilla siguiente, a la izquierda: de Nuestra Señora de Guadalupe. Siguiente, a la izquierda: de la Inmaculada Concepción; siguiente, a la izquierda: de San Isidro Labrador. Y aquí a la derecha, frente a ustedes, incrédulos masturbines, aquí donde no ven nada hoy, estuvieron el Gran Coro y su sillerío y el órgano de siglos, frente al Altar del Perdón que la providencia flamígera también se llevó. Por algo sería. Efectivamente, como ven, no queda nada.

Los turistas masturbines veían poco, pero seguían absortos al Cachorro, salvo Changoleón, que iba carcajeándose a su lado:

—Nos asustaban con las llamas eternas y les tocaron las rápidas.

Empezó entonces a dar pasitos de torero partiendo plaza.

—El Cordobés en Catedral —sonrió luminosamente Morales, a la luz del candelabro—. Van a extrañar esto, cabrones.

Changoleón había vuelto a ejercer con los custodios su acto de fingirse el Cordobés, de modo que los custodios venían atrás de los turistas masturbines, vigilando lo que pudieran hacer, divertidos más que preocupados, pues su respeto por el recinto no iba mucho más allá de su respeto por cualquier cosa. Así que por darles el gusto de probarles que sí era el Cordobés, Changoleón aceleró su paso de torero, a la luz pálida de los vitrales y del cintilante cirio del Cachorro y empezó su actuación. Sabía algunas de las hazañas taurinas de su impersonado y las iba diciendo y actuando, como si repitiera lo que había hecho en el ruedo, las chicuelinas de escándalo al toro Pinturero, el terno cielo y oro con que había cortado cuatro orejas y dos rabos en Córdoba, el par de banderillas cortas que había helado a la Plaza en México cuando esperó al toro de pie y sólo dio un paso a un lado para clavar los cuartos en el animal inmenso, cuyo morrillo apenas podía ver mientras el animal cruzaba salpicando sangre al ritmo de sus soplidos, un palmo arriba del cuello de Manuel Benítez, que ése es su nombre, usurpado por el Cordobés. Changoleón contaba estas hazañas y las actuaba, poniéndose de puntas, metiendo el vientre, alzando en cúpula los brazos, apretando las nalgas, desmayando las muñecas, de modo que, increíblemente, su cuerpo moreno, de espaldas anchas de nadador, tomaba las líneas finas del Cordobés, para despatarrarse como él, porque la esencia del Cordobés era despatarrarse, y todo era de pronto una transfiguración de lo posible en lo imposible, como si el fornicario doctor Martín Luther King se transfundiera en el fornicario presidente Kennedy.

Cuando Changoleón dio su último pase natural sobre la arena oscura del residuo del incendio, todos aplaudieron, incluidos los custodios, y se pusieron a bailar, cantando ellos mismos, "Amalia Batista", una zarzuela cubana que era como su himno nacional. Bailaron entre los escombros de la catedral y sobre la discusión de los antiguos y los modernos en torno a qué hacer con las joyas perdidas en el incendio, si restaurarlas o renovarlas, si aprovechar el incendio para cambiar lo tocado por el tiempo o remodelarlo todo, como si el tiempo no lo hubiera tocado ni, en el fondo, pudiera tocarlo. Discusión inútil si alguna, pero expresiva de aquel momento en que lo viejo parecía mejor que lo nuevo, y lo nuevo sólo un engaño de la novedad, o al revés: donde lo nuevo era sólo el aviso de que lo viejo había muerto a manos del tiempo y era imposible rescatarlo de las llamas del tiempo mismo. Cuál era el mensaje de la Providencia en todo esto, pensaba un bando. Cuál el mandato de la Historia, pensaba el otro.

Discusión inútil, si alguna, como queda dicho y como la que a gritos sostenía Lezama con Changoleón, exigiendo que le pasara la botella de tequila, de la que apenas quedaban unos buches, pues Changoleón la había escanciado entre los custodios que los habían dejado pasar a verificar los tamaños del daño que ni el Cachorro ni la ciudadanía liberal le creían a la prensa vendida, como era la prensa de la ciudad de entonces, anterior al Terremoto.

El Cachorro tuvo un pronto y los urgió:

—Vámonos, amigos, de estas ruinas. Puro dolor aquí, puro pedo, puras capillas de la Señora de las Angustias y de la Señora de la Soledad, y altares de la Culpa y el Perdón. Que otros tengan angustias y estén solos, masturbines. Que pidan perdón otros. Ustedes son inocentes. Yo los perdono.

Cruzó entonces papalmente el cirio prendido que sostenía en la mano sobre su pecho, de lo alto de la cabeza a lo bajo del vientre, del pecho derecho al izquierdo, y otorgó la bendición plenaria del caso.

Morales dijo al término:

—Sombrero, maestro.

El Cachorro pasó el cirio prendido a su mano izquierda y con la derecha se quitó el chambergo imaginario y lo pasó por su panza de joven adulto camino a lo que sigue.

Salieron pandeándose de Catedral, sacrílegos y sahumados, dispuestos a cualquier cosa, porque no querían irse a la casa todavía y, aunque hubieran querido, no había un taxi ni un camión que tomar en el centro vacío de la ciudad, sino que había que caminar hasta donde hubiera luces, taxis y camiones, cualquier cosa además de los fantasmas entre los que habían andado.

Había que caminar la ciudad.

Tomaron por la calle de Madero, nombre de un presidente fusilado, donde el viento movía perfectos remolinos de basura, cruzaron la calle de Palma, donde Lezama había leído que hubo una palma alguna vez, siguieron a Isabel la Católica, patrona del imperio español, y a la siguiente calle de Bolívar, destructor del imperio español, y siempre por la calle de Madero el fusilado, hasta San Juan de Letrán, una hermosa avenida de doble sentido que honraba la fama de la basílica católica más vieja del mundo.

Qué batidillo de nombres, piensa al escribirlos el narrador omnisciente. ¿Quién nombraba esas calles, quién aglomeraba en ellas tantas vecindades contradictorias, tantos tiempos inconciliables y tan torcidas faltas de simetría? Quien haya sido, tenía la cabeza encontrada, como el país.

Venían cantando más que hablando por Madero, cruzándose al gusto de una acera a la otra sobre el arroyo de las calles vacías. Era la media noche y no había en ellas sino comercios y edificios cerrados y las farolas chimuelas, una apagada y otra no, idiosincráticas del centro viejo. Respiraban y reían solos, tonta, libremente, en el ruedo vacío del fondo inmemorial de la ciudad. Morales hacía reír a Alatriste como a su llegada a Garibaldi, Changoleón caminaba junto a Gamiochipi, cargando todavía una de las cubetas cerveceras de la Arena Coliseo. El Cachorro le daba a Lezama lecciones etimológicas sobre el pugilismo y el boxeo. Algo había dicho Lezama del mundo salvaje y roto de los pugilistas mexicanos. El Cachorro se había salido del melodrama implícito en aquellas palabras y dijo, con chunga enciclopédica, asumiendo su inimitable tono doctoral de vendedor de medicinas:

—Hay un pedo con todo esto de los pugilistas, hermano. Para empezar, nadie sabe bien de dónde viene la palabra pugilista. Unos, que del latín; otros, que del griego, pero quién sabe de dónde. Y aquí se usa y se oye en realidad como sinónimo de pujar. A eso suena el vocablo en nuestros labios: pugilista es el que puja con los golpes, al tirarlos, y el que puja al recibirlos. El púgil puja, hermano, como todos nosotros, aunque con más güevos, eso sí.

Cruzaron en parejas dispares San Juan de Letrán, hacia el hoyo negro de la Alameda, por el flanco occidental del Palacio de Bellas Artes, a estas horas otro fantasma sin luces de la ciudad. Gamiochipi se cortó de la pandilla para ir a orinar al lugar donde lo llamó el olor de los orines, que era la base de una de las portentosas columnas de mármol de Bellas Artes. El hundimiento de la ciudad había hecho ahí un triángulo deprimido donde se acumulaban los orines de la noche. Limpiaban cada día aquel breve estanque de miasmas, pero a la hora en que Gamiochipi se paró frente a él e insurgió de su zíper su armonioso instrumento, las salpicaduras de su potente chorro alzaron en el laguito de azufre unas minúsculas oleadas que llegaron a tocarle los zapatos. Orinó con espuma y al terminar cerró de un golpe el chorro, sin una gota suelta. Mientras se subía el zíper alzó la vista y vio a los amigos caminando adelante, dispersos pero juntos, una especie de escuadra de vaqueros urbanos flotando sobre el asfalto iluminado de la vacía avenida Juárez, nombrada así en honor de don Benito, el presidente más venerado en la memoria histórica de México y uno de los más odiados por sus contemporáneos. Iban flotando ahí, en el corolario de la ciudad desierta, el rechoncho Cachorro, con sus lentes de Chéjov, y a dos metros a su izquierda iba Lezama, de melenas leonadas, y a su lado derecho Changoleón, de espaldas de nadador, ya lo hemos dicho, y junto a Changoleón, el enjuto y esbelto Alatriste, y al lado de Alatriste, el brilloso y blanco Morales, cuya calva precoz de criollo espejeaba incluso bajo las pobres luces de la ciudad y de la luna.

Oh, qué joven calvo era Morales. Qué calva prometedora bajo la luna.

Daban todos pasos a la vez seguros y ondulantes, como certificando la felicidad del alcohol que llevaban dentro, cuyas sobras habían ido dejando en las calles previas bajo la forma de botellas vacías de cerveza y desahogos urinarios en espacios propicios, como el de Gamiochipi contra Bellas Artes. Para estos momentos, Changoleón guiaba la partida, con paso discutible, pero con brújula segura, hacia la calle de López, nombre de un hombre que no tiene historia, donde abría sus puertas entonces un lugar llamado Manolo's.

Ya el apóstrofe era una declaración de novedad urbana, un anuncio de los tiempos entrantes y de los salientes. Decía su improbable fama que el Manolo's lo había inaugurado en los cincuenta Agustín Lara y había ido pasando de cabaret de lujo, uno de los primeros de la ciudad pacata, a congal de lujo, con orquestas de lujo y muchachas de lujo, que llegaban solas al sitio con el propósito, no tan moderno, de irse pagadas. Aquí habían venido una vez Gamiochipi, Lezama y Changoleón invitados por el conjunto legendario de aquellos tiempos, Lobo y Melón, anteriores al Terremoto. Lobo y Melón habían tocado en una de las tardeadas de la casona llamada El Limonal e iban a tocar por la noche, hasta la madrugada, en el Manolo's, pero Lobo se había prendado de la hermana de una novia que había llevado a la tardeada Gamiochipi y los había invitado a todos al Manolo's con tal de que vinieran las hermanas. Y habían ido esa vez y no habían podido volver porque no tenían dinero y porque Lobo y Melón habían dejado de tocar ahí y nadie podía invitarlos.

Changoleón era visitado siempre en sus ensueños por aquella memoria y ahora, luego de errar por el vientre de la ciudad vieja, había venido a dar sin proponérselo con las luces del Manolo's, y había reconocido su cercanía con instinto de hijo pródigo, y también con oído de tísico, porque en los espacios desiertos, espejeantes, de la avenida Juárez, podían oírse en súbitos crescendos los ecos de la rumba y los golpes de tarola venidos de ahí, de la pequeña entrada luminosa del Manolo's, cubierta desde la banqueta por un toldo digno de un antro neoyorquino. Bajo el toldo, en la entrada, había un portero cubano, mulato, fuerte como una estatua, quizás uno de los golpeadores apolíneos de la camada que había expulsado la Revolución cubana y habían hecho una temporada de leyenda en el boxeo de México, entre los cuales estaban Baby Luis, Ultiminio Ramos, José Ángel Nápoles y quizás este portero mulato, pensó Changoleón, al que trató por eso de acercarse suavemente, preguntándole quién tocaba en el lugar.

—Si son Lobo y Melón, somos sus amigos —aventuró Changoleón.

—No son ellos —respondió el portero, con efectivo acento cubano, lo que animó a Changoleón a ensayar ahí el truco que se había guardado toda la noche, a saber, mostrar el reloj de chapa dorada que llevaba el nombre de su padre, de cuyo cajón de reliquias lo había sustraído para eventualidades como ésta. Empezó a hablarle al portero de la amistad que el grupo ahí presente tenía con Lobo y Melón, aunque Lobo y Melón no tocaran esa noche en el Manolo's, mientras pasaba el reloj frente a los ojos del mulato, rodándolo distraídamente por su mano izquierda. Preguntó por fin al ciclópeo cubano cuánto pensaba él, bajita la mano, que podrían ellos consumir en el Manolo's, el lugar de sus querencias, por aquella joya.

Precisa el narrador omnisciente que había algo truhan, irresistiblemente encantador, en los modos trapaceros de Changoleón y que sintonizaba de inmediato con la franja de truhanería de la gente con quien trataba de ejercer sus dones. El portero mulato no fue la excepción, pero no era un truhán y le dijo:

—Simpatía para ti, mi hermano. Simpatía. Pero acá sólo billetes, aunque sean falsos.

Le gustó su propio dicho, tanto, que al terminar de decirlo estalló en una risa de hermosos dientes blancos. Remachó:

—Treinta pesos de *cover* por cabeza, hermano, y el campo es todo suyo.

Lo dijo en el momento en que se detenía frente al Manolo's un Packard gris, de cuya puerta delantera bajó una morena de pelo laqueado, en altísimos tacones. Pasó junto a ellos despachando un perfume mareador. El vestido azul ceñía con una banda escarchada su cintura. Se detuvo ante el portero para buscar algo en su bolsita de mano. Mientras lo hacía, alzó la vista y miró a Gamiochipi. Siguió buscando en la bolsita y miró de nuevo a Gamiochipi, como para cerciorarse de lo que había visto. Finalmente encontró en la bolsita lo que buscaba, una especie de medalla de latón, y la mostró al portero. El portero le extendió el paso con el brazo extendido, diciendo:

—Madam…

Camino a la entrada del Manolo's, que estaba cubierta por una cortina de terciopelo rojo, Madam giró sobre sus tacones y miró a Gamiochipi por tercera vez, ahora de verdad, y Gamiochipi a ella, fijamente, hasta que la hizo sonreír. Sonriendo todavía, Madam dio otra vuelta magnífica sobre sus potentes tacones y entró al Manolo's, reavivando la estela de su perfume mareador, que a Lezama le pareció bajado del cielo de los perfumes.

—¡Te miró, matador! —dijo Lezama, embriagado en aquellas esencias.

—Me miró —dijo Gamiochipi.

Changoleón vio la oportunidad y le mintió al portero:

—Es su novio.

—Ajá —dijo el portero.

—Ya viste a la chamaca que nos conoce. Déjanos entrar. Toma mi reloj. Te cobras a la salida.

—No sé de relojes, hermano. El *cover* es treinta cada uno.

—Toma el reloj, cabrón. No eres amigo, amigo.

—Soy portero, socio. ¿Qué hago?

—Nada, nada —dijo Changoleón, dándole una palmada en el hombro—. Gracias.

—Mira —le dijo el portero—. El lugar tiene una puerta trasera que da al edificio de al lado. Entra al edificio, ve al estacionamiento, toca la puerta y pregunta ahí por la Madam que acaba de entrar. Di que la busca su novio y todo eso. Si ella te deja entrar por tu reloj con su novio, yo no he visto nada.

—¿Cómo se llama la Madam?

—Pregúntale a su novio, socio —dijo el avezado portero y volvió a reír con sus grandes dientes blancos, como de anuncio de pasta dental.

—Te debo, portero, pero no te debo —le sonrió Changoleón.

—Nada, hermano. Si te va bien, me compartes.

El edificio estaba cerrado y apagado y no hubo modo de escurrirse a su estacionamiento, por lo que el Cachorro sentenció:

—Se nos fue la Madam. Sigamos a donde toque.

Siguieron por la calle de López y dieron vuelta a la derecha camino a la calle de Dolores y el llamado Barrio chino, pero en realidad camino a un lugar favorito de sus tiempos, llamado el Catacumbas, un bailadero famoso porque lo presidía una estatua de cartón piedra de Frankenstein en tamaño natural y una oscuridad propicia a todos los excesos previstos por el cavernoso doctor Freud. Los meseros portaban lamparillas de mano, unas luces de neón azuladas igualaban rostros y figuras, resaltando los dientes y el blanco de los ojos, y las muchas calaveras y esqueletos pintados de blanco que decoraban el lugar. Changoleón repitió el truco de ofrecer el trueque de su reloj paterno por consumo, ya cuando estaban adentro, pero tampoco le tomaron el trato, entre otras cosas porque seguía cargando en el brazo, sin darse cuenta, una de las cubetas expropiadas en la Arena Coliseo, con sólo una cerveza tibia y sucia, olvidada en el fondo.

Salieron del Catacumbas y bajaron por Dolores hacia Artículo 123, que celebraba un artículo incumplido de la Constitución, el de los derechos laborales, y de ahí hacia la calle de Victoria, que quizá celebrara el nombre del primer presidente del país, Guadalupe Victoria, cuyo verdadero apellido era Adaucto, y de ahí a la calle de Ayuntamiento, institución suprimida en la ciudad desde los años veinte de aquel siglo, anterior al Terremoto. Pasaron la calle de Ernesto Pugibet, que puja todavía porque alguien recuerde su nombre, y llegaron a la calle de Delicias, que había sido lugar de putas y pulquerías y conservaba un par de antros de lo mismo, en particular uno llamado El duelo de las mujeres pulqueras. Estaba este lugar cerrando su cortina de resorte cuando cruzaron enfrente los machos masturbines. El Cachorro señaló con su enano dedo índice la parte de luz que exudaba del cierre y dijo a Alatriste:

—Cerveza y tequila, Negro. A mi cuenta.

Alatriste fue al lugar y dijo lo que pedía el Cachorro. Le abrieron la ventanilla de la persiana de metal, y le dijeron, con claridad castrense:

—Cervezas, sólo hay Victoria. Tequila, sólo blanco Sauza.

Oliendo el alcohol corrieron tras Alatriste Changoleón y Gamiochipi, Changoleón todavía cargando su cubeta cervecera, expropiada en el embudo coliseíno.

Les pidieron ochenta pesos anticipados que el Cachorro puso de su bolsa escondida y Alatriste pagó. Cerraron entonces la ventanilla, sin decir una palabra, estableciendo meridianamente quién estaba al mando de la situación. Luego de un tiempo que se antojó muy silencioso y muy largo, los de adentro levantaron la persiana de resorte sólo lo necesario para pasar por abajo un cartón de cervezas Victoria con una botella de tequila incrustada en sus rejillas.

Gamiochipi sacó una cerveza, la destapó con su llave como quien quita una chapita y retó:

—Me la tomo de un trago.

Nadie le tomó el reto, pero él se puso en posición de garza tragándose la pesca del día y desapareció una cerveza en cuatro degluciones hazañosas, seguidas por un eructo homérico.

Por la calle de Dolores siguieron hasta la avenida José María Izazaga, conocido, recordó Lezama, como el Insurgente Olvidado. Dejaron atrás la calle de Izazaga y se adentraron en las oscuridades de la colonia Doctores, la colonia forajida. Entraron a ella caminando por la calle de Doctor Andrade, profeta mexicano de las inyecciones intravenosas, hasta la calle del Doctor Lavista, autor del opúsculo pionero *Sífilis Vacunal*, en cuya esquina dieron a la derecha por Doctor Vértiz, precursor de la canalización de abscesos hepáticos, todos ellos galenos fantasmales del siglo XIX. Desde la esquina de Doctor Lavista y Doctor Vértiz podía verse el edificio de la siniestra Procuraduría de la ciudad. Lo peculiar de aquellas calles de la colonia Doctores era que en cualquier esquina alguien podía saltar sobre quien fuera para quitarle lo nada o poco que llevara.

Caminaron dos calles tristes con los nombres antedichos, luego tres calles tristes con otros nombres, luego cuatro calles tristes hasta que, de pronto, bajo un farol amarillo, Alatriste vio una esquina ochavada y el nombre de un estanquillo, La Quedada, que lo volteó por dentro, porque esa esquina ochavada y esa tienda habían sido las señas que le había dado Deifilia, su proyecto de novia, una noche en que los machos masturbines se hicieron de parejas dispuestas, todos menos él, en el departamento de un improbable amigo apodado el Falso Nazareno.

Alatriste le pidió a la cuadrilla que lo siguiera, por favor, la siguiente media cuadra, hasta el hoyo de la vecindad donde se había metido Deifilia aquella noche. Y la cuadrilla lo siguió. Alatriste fue viendo, puerta por puerta, facha por facha de cada puerta, hasta ponerse donde Deifilia se había metido aquella noche. Encontrada la puerta, se la quedó viendo, inmóvil, como si viera por primera vez la gran Tenochtitlán, viniendo de Extremadura.

Estaban a veinte pasos del gran crucero de la colonia donde convergían Doctor Navarro y Doctor Bernard, gloria de Francia, con Alatriste mirando el lugar de su memoria y la cuadrilla aburriéndose con él, pero dándole tiempo, porque no tenían nada mejor que hacer en su caminata, señora del ocio, de la inconsciencia, de la felicidad.

El Cachorro le dijo a Alatriste:

—Estás viendo visiones, Negro.

Las estaba viendo, adolorido de tanta revelación, de tanta dicha.

Hay que decir que había muchos indicios de dolor y pocos de dicha en aquellas calles oscuras, pues en uno de sus extremos estaba el hospital mayor de la ciudad, cercado de funerarias y farmacias, y en el otro lado, por donde caminaba ahora la cuadrilla de los machos masturbines, estaban los tribunales, y entre uno y otro polo de la colonia había una proliferación de esquinas tristes, punteadas de muchachos impredecibles que tomaban cerveza, acechando a quien cruzaba por su barrio.

Colgado de la botella de tequila blanco que se había apropiado, Changoleón iba cantando una canción inolvidable de esos años, la misma que había inducido a cantar horas antes,

camino a Catedral: "Los aretes que le faltan a la luna".
Changoleón no cantaba bien, pero era entonado y su voz
tenía cierta potencia romántica de *crooner*, de modo que sí
cantaba bien, dadas las condiciones de ir cantando mientras
caminaba por las desvencijadas calles de la Doctores. Desvencijadas es la mejor palabra para describir aquellas calles,
pues sugiere la idea de que habían envejecido sin que nadie
les echara un lazo. Desde luego habían envejecido, aunque
nadie las recordaba realmente nuevas. Habían pasado en
unos pocos años de la novedad al abandono, de ser los patios
de trenes y tranvías a ser un gran diseño de ordenamiento
urbano, con esquinas ochavadas, calles anchas, viviendas
para la clase media, negocios emergentes y espacios públi-
cos fundamentales de salud, transporte y procuración de
justicia. En unos cuantos años de apresurado abandono, la
Doctores había pasado a ser una colonia de robos y asaltos,
hoteles de paso, antros desalmados, vecindades sitiadas por
sus propios vecinos, mercados de cosas robadas, pandillas
tuteladas por policías. Era ahora la colonia forajida, de oscuridad amenazante, que orinaba sus espacios con rencor de
propietario celoso, atento a quienes cruzaran sus linderos,
sus propiedades, que incluían en su cabeza a las mujeres, las
hermanas, las madres, las novias tenidas o anheladas, todas
las cuales debían mantener a salvo de la asechanza de fuereños, aunque fueran sólo fuereños que cruzaban sus calles
caminando, como las cruzaba aquella noche la cuadrilla de
los machos masturbines.

Caminaron hasta Doctor Velasco, luego hasta Doctor
Erazo, luego hasta Doctor Martínez del Río, y hasta el crucero de José Terrés, que cruzaba la colonia en diagonal. De
la puerta de entrada de una vecindad cercana al crucero, en
la acera de enfrente de la que caminaban, oyeron sonar la

voz torva, sin cuerpo, que les hablaba desde un sitio ignoto como con un micrófono:

—¿De qué colonia son, cabrones?

Morales, que parecía desaparecido de la caminata, se adelantó al grupo pidiendo con las manos que lo dejaran hacer y no dijeran nada.

Caminó cauta pero firmemente hacia el ojo de la vecindad de donde venía la pregunta y dijo, con voz de terciopelo:

—¿Perdón, amigo?

La voz grietosa de la vecindad repitió:

—¿Que de qué colonia son, cabrones?

A lo que Morales respondió, con suavidad:

—De la colonia Condesa, amigos.

—¿La colonia Condesa? ¿Cuál colonia Condesa? ¿Dónde está la colonia Condesa, cabrones?

—Pasando la avenida Cuauhtémoc, amigos.

—Pasando la avenida Cuauhtémoc está la colonia Roma, cabrones.

—Así es, jefes —dijo Morales, con voz de domador de guepardos—. Y después de la colonia Roma, está la colonia Condesa.

—¿Dónde, cabrones?

—Cruzando la avenida de nuestros héroes Insurgentes —dijo Morales, jugando de contrabando con la historia patria.

—¿Nuestros Insurgentes? —gritaron de lo oscuro—. ¿Nuestros héroes? ¿Nos quieren ver la cara de pendejos, cabrones?

—No, amigos —dijo Morales, cambiando rápidamente de tema—. ¿Saben dónde está el Woolworth?

—¿Vulvor?

—Vulvort —ajustó Morales.

—El vulwort, sabemos, cabrones. ¿Qué con eso?

—Nosotros vamos adelante del vulwort —dijo Morales, concediendo el inglés de los pelones.

—¿Van al vulwort, cabrones?

—Despuesito del vulwort —dijo Morales.

—Ajá.

Harto del intercambio de Morales, el Cachorro intervino, para mal. Dijo esto:

—Después de la avenida Cuauhtémoc, que limita su colonia, amigos de la gleba, empieza la colonia Roma, la cual termina donde cruza la avenida Insurgentes. Bueno, amigos, pasando Insurgentes, empieza la colonia Condesa, nuestra colonia. ¿Es tan difícil de inteligir? Consulten su mapa de la ciudad.

—Hablas muy raro, cabrón, chinga tu madre —dijo la voz del hoyo, encrespada nuevamente—. ¿De dónde vienen, a dónde van?

—Venimos de la Catedral —reasumió Morales, con suavidad.

—¿Y a dónde van?

—A nuestra casa, amigo. A dormir.

—¿Vienen de la Catedral, cabrones?

—De la Catedral —dijo Morales. Y añadió en un golpe de genio—: Traemos vino. ¿Quieren un trago?

—Un trago de qué, cabrones.

—¿Qué nos queda, Chango? —preguntó Morales a Changoleón.

—Cerveza y tequilla —dijo Changoleón.

—Tenemos cerveza y tequila, amigos —le repitió Morales al hoyo negro de la vecindad.

—¿Qué cerveza? —dijo el hoyo.

—Victoria —susurró Changoleón.

—Victoria —dijo Morales.

—¿Qué tequila?

—Sauza —susurró Changoleón.

—Sauza —gritó Morales.

El hoyo emitió su orden para Morales:

—Acércate tú, cabrón.

Morales se acercó a la boca de la vecindad. Conforme se acercó empezaron a mostrarse por las esquinas del crucero pares de muchachos alertas, con los puños cerrados apretando cosas que brillaban en sus manos. Se acercaron poco a poco, en un doble movimiento, hasta cercar a Morales frente a la boca del vecindario y hacer replegarse al resto de los machos masturbines hacia la pared amarilla, descascarada, de la acera contraria. En eso estaban cuando oyeron primero y vieron después doblar por la esquina, a espaldas de la escena, dos coches rechinantes con los faros prendidos. Uno era el Packard gris que habían visto en el Manolo's y el otro, un Ford negro descarapelado. Los faros prendidos iluminaron la escena de los machos masturbines puestos contra la pared por una retícula de chamacos alertas, pelones, impasibles. El Packard se detuvo a unos metros de la escena, frente a la entrada del único edificio de la calle. Del coche negro que lo seguía bajaron a las prisas dos gorilas trajeados rumbo a la puerta del edificio, como para resguardarla. Del Packard gris bajó el que manejaba, un flaco de bigote y traje cruzado, peinado con gomina. Caminó unos pasos hacia la escena y dijo con certidumbre imperiosa, sin alzar la voz:

—No quiero pedos en esta calle, Maromas.

—No, comandante —respondió la voz desde la boca oscura de la vecindad.

—Y el *No* vale para todos —agregó el comandante, alzando el brazo izquierdo hacia los pelones impasibles. Los pelones se dispersaron como tocados por la varita de Mandrake el Mago.

—A sus órdenes, comandante —rubricó el Maromas, con la voz resonante resignada, desde el fondo de la boca oscura de la vecindad.

El comandante rodeó el frente del Packard, abrió la puerta del asiento delantero con la mano derecha y puso en el aire una caballerosa mano izquierda. La mano de una mujer tomó la del comandante y tras ella bajó del Packard la mismísima Madam del Manolo's.

Changoleón y los machos masturbines habían reculado instintivamente hacia el Packard gris. La Madam sonrió al verlos de nuevo y ellos la vieron de nuevo. Tenía los labios rojos, brillantes, recién pintados. Echó sobre los reculantes una mirada que brillaba también y que se detuvo un tiempo de más en Gamiochipi. Lezama creyó ver que la Madam no sólo miraba, sino que le asentía a Gamiochipi, como aceptándole una propuesta previa o adelantándole una. Acabó de sonreír, es decir, de extender la sonrisa que sus labios apenas habían insinuado y les dijo con ronca voz:

—Si la siguen buscando, la van a encontrar, muchachos.

Caminó luego hacia la puerta del edificio, enlazada de la cintura por el comandante, y entró con él por la puerta de cristal y aluminio, junto al lujoso interfón del edificio. En uno de los botones de aquel interfón, pensó Lezama, o al final del cable de uno de aquellos botones, la Madam tendría con el comandante un nido de amor o al menos una *chaise longue* profesional, pensó, como la que usaba el polisexuado doctor Freud. Cuando la Madam y el comandante entraron al edificio, uno de los custodios del Ford negro, con cara de boxeador retirado y espaldas de alijador, los increpó con camaradería:

—¿Van a correr, cabrones, o van a esperar que los corre-teen? ¡A su casa, ya!

Les faltaba un trecho para la casa, que estaba en la Condesa.

Como había tratado de explicar el Cachorro en un mal momento, la colonia Doctores quedaba entre el Viaducto de la Piedad, que entubaba un viejo río, y la avenida Cuauhté-moc, nombrada así en honor del rey azteca derrotado en la conquista de la gran Tenochtitlán, el primero de los héroes caídos en la especialidad histórica de aquella ciudad y de aquellos tiempos, cuya especialidad era consagrar héroes caí-dos, padres de la patria arrepentidos de sus gestas, reforma-dores vencidos por la reacción, presidentes demócratas fusilados por serlo. La colonia Roma quedaba entre la ave-nida Cuauhtémoc y la avenida Insurgentes, llamada así en honor de los insurgentes derrotados en la guerra de inde-pendencia. La colonia Condesa quedaba después de la ave-nida Insurgentes, y recibía su nombre de la famosa hacienda de una tormentosa Condesa, cuyas propiedades habían sido urbanizadas, primero con un campo de futbol, luego con un hipódromo. El orgullo de la colonia era el parque que que-daba en el centro del antiguo anillo de la antigua pista del hipódromo, al que todo el mundo llamaba Parque México, aunque se llamaba en realidad General San Martín.

Por qué les habían puesto esos nombres a esas colonias, a esas avenidas, a esos parques, es parte del enigma de la histo-ria nacional, aunque quien esto escribe no carece de ciertas hipótesis. Las diré otra vez: un batidillo. La avenida que cir-cundaba al parque San Martín se llamaba, ésa sí, avenida México y en su número 15, frente a una estruendosa jaca-randa que caía sobre el balcón, estaba la casa basculante, la brújula cuyo latido guiaba los pasos de sus hijos, que surcaban la ciudad aquella noche.

De modo que estaban todavía en la colonia Doctores, caminando por Doctor Terrés, calle que iba a dar al Hospital General de la ciudad y a su entorno de vecindades y funerarias. Caminaron por Terrés varias cuadras mirando hacia atrás, asomándose en las esquinas para ver que no reaparecieran los pelones del Maromas. Cruzaron por aquel páramo de funerarias y calles con nombres de doctores muertos, como si salieran del cementerio vivo que cuidaban los pelones del Maromas, el engominado comandante que les había salvado la vida, la enigmática Madam que se les había aparecido dos veces en la noche como para advertirles de algo que era imposible descifrar, algo de lo que su mirada de joven bruja había absuelto sólo al hermoso Gamiochipi, para ese momento un guiñapo húmedo de alcohol que apenas podía caminar pero que levantaba altivamente la cabeza gritando al cielo oscuro:

—A mí me miró.

La acera derecha de Doctor Terrés estaba oscura, interrumpida sólo por los dos anuncios luminosos de las funerarias que esperaban el fiambre del Hospital General, largo de cuatro cuadras en la acera de enfrente, con su acceso central iluminado apenas y su barda larguísima, ominosa, aislante del dolor que había adentro. En esto pensaba Alatriste viendo el largo muro, porque era capaz de imaginar el dolor de los otros para corregirlo algún día, a diferencia de Lezama, que era sólo capaz de imaginarlo para escribirlo algún día.

La frontera del cementerio que venían cruzando, como se ha dicho ya, era la avenida Cuauhtémoc, último emperador azteca, el mayor de los héroes derrotados de la historia del país, pero los caminantes atravesaban la ancha avenida de dos sentidos, con sus rieles paralelos de tranvías, como si alcanzaran una victoria. Adelante estaba la colonia Roma, llamada así por ninguna razón geográfica, pues sus calles llevaban todas nombres de estados y ciudades mexicanas, como la calle de Coahuila, que continuaba la calle de Doctor Terrés al cruzar la avenida Cuauhtémoc. Morales venía fantasmal otra vez, exhausto de su parlamento con el Maromas, pero al primer contacto con la calle de Coahuila, ya en la colonia Roma, despertó de nuevo, como si la ciudad le hubiera dado un piquete en las nalgas.

—En una casa de esta calle está inscrita nuestra historia moderna —dijo—. Y es la historia de un asesinato. También está escrita, adelante, nuestra vida buena de hoy, y es un cine, junto a unas taquerías. Y adelante está la casa de la mujer que me trae pendejo de amores sin que haya tenido el menor indicio de ese amor. Y en la siguiente esquina está la tienda Woolworth, que es la encarnación del imperio que nos devora, el imperio yanqui de los tornillos perfectos y las gringas deliciosas.

—Guíenos, maestro —legisló el Cachorro, señalando hacia adelante con su índice pigmeo.

Morales los guió hasta la esquina de Coahuila, un estado norteño donde hubo *cowboys* dos siglos antes que en el Viejo Oeste, y Orizaba, una ciudad pionera de la industria textil donde no quedaba textil alguno. En la esquina de Coahuila y Orizaba había una casa de dos plantas y un altillo, con columnas de pórfido y emplomados en las ventanas, donde había vivido en los años veinte de aquel siglo, antes del Terremoto, un ambicioso, loco, ebrio y joven general, que planeó un golpe de Estado contra su tío segundo, un ambicioso, loco, sobrio y no tan viejo general invicto de la Revolución, por lo que el sobrino fue descubierto, perseguido, aprehendido y muerto por los esbirros de su tío, en un pueblo llamado Huitzilac, que ni siquiera era un pueblo, de donde trajeron el cadáver profanado del rebelde hasta la mirada del caudillo, que quiso verlo y le dijo, según unas versiones: "No dirás que no te di tu cuelga", queriendo significar que le había dado su regalo de cumpleaños, pues el día en que lo mandó matar el tío era el día del cumpleaños del sobrino. Según otras versiones, lo que el tío le dijo al sobrino fue: "Hasta aquí me hiciste llegar", como echándole a su víctima la culpa de su propia ejecución.

—Para efectos de lo sucedido, las dos versiones valen madres —dijo Morales—. Lo único cierto es que el que perdió, perdió, y el que ganó, ganó, aunque sólo por un rato, porque un año después al general invicto lo mató un pendejo por las razones equivocadas. Y de aquí la lección fundamental de la política, mis amigos: el que la hace la paga, y el que no, también.

Dos cuadras adelante estaba el Cine Estadio, apagado, lo mismo que las taquerías y los locales de birria que lo escoltaban, lo mismo que el gigantesco multifamiliar Juárez, que estaba frente al cine, en cuya masa oscura, rayada por el cuarto de luna de la noche, había sólo unas luces prendidas, una en la esquina izquierda del segundo piso, otra en el centro del cuarto piso, la tercera en un sitio indeterminado del quinto. Típicamente, Alatriste pensó que había ahí gente habitada por el insomnio, Lezama pensó que había locos leyendo y Morales, que se habían quedado dormidos luego de beber y coger y habían dejado la luz prendida, abusando de los subsidios del Estado.

—El cine Estadio es el lugar de nuestros sueños, cabrones, y nada hay que añadir, salvo que Sophia Loren estaba buenísima la primera vez que la vi en la pantalla de este cine y sigue estando igual cuando amanezco urgido de cariño, armado con mi modesto sable hasta la empuñadura.

—Siguen las calles de tu novia, cabrón —irrumpió Gamiochipi, balbuciente de borracho—. Nos vale madre Sophia Loren. Dinos en cuál ventana le vamos a cantar a tu novia.

Habían dejado atrás el cruce de la calle de Coahuila, la desértica, con la calle de Yucatán, tierra del mayab y del Cachorro. También el cruce de Coahuila con Tonalá, villa de oscura nombradía, y de Coahuila la yerma con Xalapa la húmeda, ciudad de los mil verdes, y de Coahuila la vaquera con Monterrey la industrial, fundidora de acero, y con la modesta Medellín mexicana, que era sólo un pueblo, y luego la esquina de Coahuila con Manzanillo, puerto suspendido en el primer paso de su crecimiento, y finalmente la esquina de Coahuila con Insurgentes, la única avenida que cruzaba de cabo a rabo la ciudad, desde la entrada de la antigua Cuauhnáhuac, que el oído español volvió Cuernavaca, hasta la salida de la lerda Pachuca, que se decía Bella Airosa porque un ingeniero inglés la había descrito como *pretty windy*. Era este cruce el que aparecía en el horizonte como el lindero final de la odisea de los machos masturbines, en su gratuita, inútil, desfalleciente caminata por la ciudad.

—Vamos a llevarle gallo a tu novia, cabrón —insistió Gamiochipi contra Morales, en su estado subnormal de alcohol.

A lo que el Cachorro respondió:

—Que Morales diga la ventana.

—No mamen, cabrones —suplicó Morales—. Apenas la estoy atarantando, y es hija de mi profesor. Me corta el pito el suegro. Y ni siquiera sabe que es mi suegro, cabrón.

—Señale la ventana, masturbín, la que sea —ordenó el Cachorro.

Y empezó a cantar solo, a capela, con su voz de ópera grande, ineducada, una canción yucateca, anterior al Terremoto, que decía:

> *Yo sé que nuúnca*
> *Besaré tu boóca*
> *Tu boóca*
> *de puúrpura encendidaá*

—Como la de Madam —dijo Gamiochipi, herméticamente pedo—. La Madam que me miró a mí, cabrones.

> *Yo sé que nuúnca*
> *llegaré a la loóca*
> *y apasionaaáda fuenteé*
> *de tu vidaaá*

El Cachorro cantó el resto de la canción durante la siguiente cuadra y media. Morales no señaló ninguna ventana de las preciosas casas paralelas de dos plantas y puertas y ventanas *art déco* que eran la inserción francesa de la vaquera calle de Coahuila, evocadora del desierto. Lezama contó, sin embargo, tres ventanas que se prendieron al paso de la cantada del Cachorro, cuya voz vibraba nítidamente, exacta en sus tiempos y en sus notas, en lo alto del silencio de la ciudad, en realidad de la colonia Roma, llamada así en tributo de la ciudad eterna que nada tenía que ver con la ristra de estados inacabados y ciudades sin gracia que su nomenclatura urbana contenía.

En la esquina de Manzanillo y Coahuila, Morales señaló hacia la esquina siguiente donde estaba la tienda Woolworth, sobre la que Morales ensayaba una teoría de la identidad nacional. Era ésta:

—Si les gustan las cosas que venden en Woolworth, cabrones, ya han empezado a dejar de ser mexicanos. Ya son la primera generación de gringos nacidos en México. Como dijo aquél.

Venían caminando por la calle de Coahuila, desbalagados y hablantines, mirándose caminar unos a otros. Estaba amaneciendo sobre los cables de los postes de la ciudad, que eran un enredijo de nudos y cruces, pero que a los ojos de Lezama fueron en aquellos momentos como una red de enigmas, una declaración de realidad que iluminaba otra cosa, a saber cuál, y al salir a la calle de Insurgentes que era dos veces más ancha que Coahuila, el amanecer fue más potente y la iluminación de Lezama más categórica, por lo cual se quedó recargado en la cortina de resorte que protegía el Woolworth de Coahuila y vio cruzar a la cuadrilla de los machos masturbines por la doble avenida de Insurgentes que tenía entonces tranvías, y cables para tranvías, y les tuvo un cariño digamos militar, por el hecho de que se puso a contarlos uno por uno y estaban todos completos aunque zigzagueantes, rumbo a lo que seguía de la calle de Coahuila, a saber, la calle de Michoacán, y dos calles más allá el verdor insinuante del Parque México, el llamado de regreso de la casa en busca de la cual habían cruzado esa noche la ciudad.

Entonces dijo Gamiochipi, con voz estropajosa:

—A dormir, cabrones.

Y Changoleón dijo:

—Todavía tengo mi reloj. Vamos a El Parque, ahí me lo valen. Vamos a saltar el día.

No hemos dicho lo que era la cantina El Parque para la cuadrilla de odiseos, lo diremos adelante. Valga sólo subrayar aquí que Changoleón hablaba de un lugar canónico de los hijos de la casa, invictos de la noche.

Nadie atendió al llamado de Changoleón, que jugaba su reloj entre las manos, y les dijo, ya cuando estaban a la vista de la jacaranda de la casa:

—Se van a arrepentir de no venir a El Parque, cabrones. Se van a arrepentir de todo lo que hayan podido hacer y no hayan hecho en su vida, cabrones. Porque la cosa es ahora. Y eso es todo lo que hay.

Dicho lo cual se quedó parado, cimbrándose sobre sus plantas, mientras el resto de los viajeros seguía caminando por el amanecer todavía oscuro del parque, hacia la casa. Changoleón se quedó viéndolos sin moverse, jugando su reloj entre las manos, y luego dio la media vuelta y se fue, cabizbajo, a beber en El Parque la joya de la noche que le quedaba.

EDENES PERDIDOS, 1

El padre de Changoleón codiciaba y coleccionaba mujeres. No era un hombre atractivo, pero tenía un extraño atractivo para ellas, acaso porque sentían en él a un verdadero tributario, alguien dispuesto a cualquier cosa por obtener de ellas cualquier cosa. Y eso a pesar de sus lentes de armadura gruesa, de carey, su pelo disciplinado con fijapelo, sus atuendos de ingeniero de oficina, maniquí de trajes mal cortados y corbatas mal anudadas. El padre de Changoleón era un obseso amoroso y a la vez era un hombre de su casa y su familia, casado por las tres leyes, hogareño, rutinario, proveedor. Tenía una vida doble o triple. Se había casado con una ardiente jarocha que se mantuvo ardiente hasta su alta edad y que se había impersonado en la actitud externa de su marido, también con lentes gruesos de carey y apacibles rutinas domésticas, salvo que se había casado con su marido por las razones despeinadas de hacerse el amor como luchadores profesionales bajo su apariencia de oficinistas mediocres, indiferentes a las glorias del deseo. Nada de eso.

Changoleón estaba loco por una muchacha de Xalapa que se llamaba Justina, en la que, contra todos sus instintos, había reincidido cuatro veces y en cuyo trasfondo de muslos morenos flotaba el ánima delgada y morena de su madre. Changoleón tenía una puerta infusa abierta al desenfreno. Su padre estaba loco por mujeres que le dieran prestigio frente a sí mismo, un prestigio que se alimentaba de la rumia secreta de sus mujeres, a diferencia de la rumia de coleccionista de Changoleón, que la quería visible a la inspección del mundo.

Changoleón había acostumbrado y endurecido su mirada ante la doble cuota de felicidades y sollozos que solía extraer, como dotado carterista, de su trato fácil, llano y predador con las mujeres, a las que coleccionaba con ardor y dejaba con indiferencia, y de las que llevaba en el fondo del alma un registro de victorias y un regusto ácido, amargo, parecido al de la venganza cumplida, sin que estuviera claro en ninguna parte de su alma transitiva de qué agravio venía la necesidad de venganza o de qué derrota, la de revancha. Por la noche, antes de dormir, repasaba su lista de conquistas, y cruzaban por su entresueño, en orden de aparición, la lista de sus desaguisados, sus nombres y sus rostros, y se llamaban Petra, Filemona, Irene, Justina por primera vez, Xóchitl, Peggy Jones, doña Carmen Argudín, Bebé, Justina por segunda vez, Carmenchu, Shirley McCarthy, Magdalena, Dolores Do, Justina por tercera vez, Lotte Bauer, Lotte Bauer, Lotte Bauer. Oh, Lotte Bauer.

En algún momento, la ruleta empezaba a girar de nuevo en su cabeza contadora y la lista volvía, como una canción de cuna, girando de nuevo: Petra, Filemona, Irene, Justina por primera vez, Xóchitl, Peggy Jones, doña Carmen Argudín y aquí o en el siguiente nombre se quedaba dormido.

Algún narrador futuro dará cuenta de la deriva salvaje que anunciaban estos capullos tempranos del encanto malévolo de Changoleón.

El narrador omnisciente de esta historia sabe sólo que muchos años después del Terremoto, cuando Changoleón había tomado su camino a la ausencia de culpa, lo buscó de pronto la muchacha a quien aquí llamamos Dolores Do, de la que hablaremos adelante. Changoleón y Dolores habían sido amantes, cómplices locos, en los buenos tiempos, antes del Terremoto, y luego de aquellas guerras del desamor y el deseo, del amor por desamor, Dolores Remírez, que ése era su nombre, se había casado bien, y parido bien, y era una mujer hecha y derecha con dos hijos y un marido como debe ser, pero una noche encontró en algún rincón de sus secretos un número de teléfono que le había dado Changoleón alguna vez y le marcó y era el teléfono de la casa de los padres de Changoleón y le contestó una viejita de voz quebrada que era la mamá viuda de Changoleón y que le dio sin titubear el teléfono donde podía encontrar a su hijo. Sin titubear también Dolores Remírez marcó el teléfono y oyó la voz cascada, probablemente ebria de Changoleón, y le dijo:

—Soy Dolores.

A lo que Changoleón respondió de inmediato:

—¿Dolores Do?

—Ella misma.

—Aquí yo mismo —dijo Changoleón.

Y esa misma noche se fueron de farra.

Al amanecer, en un hotel de paso que estaba en la avenida Revolución, oh los nombres de la ciudad, Dolores Do le dijo a Changoleón que estaba casada, que su marido estaba de viaje por trabajo, que sus hijos estaban encargados en casa de su madre, y peroró:

—Me gusta mucho mi casa, monito, y quiero mucho a mi marido y a mis niños, pero te extraño mucho, extraño las locuras que me hacías hacer, las barrabasadas que hacía por ti. Me extraño encuerada y peda, monito, haciendo lo que me salía del alma, del alma mala, monito. Dime: si te pido un día que me lleves de loca a ser otra vez la loca que era, ¿me devuelves a mi casa sana y salva, a mi marido, a mis niños? ¿No me lo tomas como si estuviera realmente loca, como si pudieras hacer conmigo lo que quieras, aunque quiero que hagas lo que quieras? ¿Me entiendes, monito, lo que te estoy diciendo? Creo que eres el único que lo puede entender, y creo que por eso te extraño, monito, porque eres suficientemente malo para entenderlo todo.

LAMENTO DE DO

—*La casa era una fiesta*
—*La fiesta transcurre en nuestra memoria*
—*Recuerdo un horizonte con volcanes:*
—*El humo se había comido los volcanes*
—*Recuerdo unas muchachas dulces y locas:*
—*No endulzaron nuestra vida,*
—*No enloquecieron con nosotros.*
—*Recuerdo unos amigos gritando en el carnaval*
—*Los ojos bañados en lágrimas.*
—*Pero no había carnaval en la ciudad*
—*Ni era de hombres*
—*Llorar frente a los amigos*
                              ("Fantasmas en el balcón")

La casa flotaba en los días luminosos de la ciudad, en la luz cruda de sus mediodías, en las lunas vibrantes de sus noches, mientras los cazadores de la urbe salían a cazar. No había muchos cazadores ni mucha urbe, sólo jóvenes oprimidos por sus sueños, arrojados a la ciudad anónima, rica de esplendores idos y de novedades sin linaje. La opresión y la infracción sucedían en sordina. Nadie sabía gritar: "Me celebro y me canto a mí mismo", como había cantado Walt Whitman, pero el canto iba por dentro de cada quien, buscando su lugar en los cuerpos que no había, en la complicidad nocturna de las lunas veladas por el esmog incipiente de la ciudad, en el coro de los sueños de los machos masturbines que gritaban en sus pechos desbordados, como el loco de *Amarcord*: *Voglio una donnaaaa!*

Lezama leía una biografía de Whitman en busca del gigante desnudo revolcándose en la hierba que sus versos transmitían. Pero en vez del poeta desnudo encontraba al poeta vestido, urdiendo desde su secreter plenitudes imaginarias de un país imaginario: horizontes, cuerpos, ríos, hojas, hierba, Whitman.

En la biografía que leía Lezama no había el Whitman de sus versos, ni la América adánica de sus versos, sino un tipo llamado Whitman que había celebrado la guerra con México y se había pasado media vida en hospitales. Lezama estaba herido como un novio novato por aquel desengaño, aquella disminución.

—El pinche Whitman no es Whitman —le dijo a Gamiochipi la tarde en que estamos, en el balcón de la casa donde conversaban—. El pinche Whitman es un fiasco, cabrón. Festejó que nos invadieran los gringos.

Gamiochipi era guapo como un dios griego, pero podía ser también sombrío y desviante, como una foto de Nietzsche.

Le respondió a Lezama, muy al caso:

—Esta tarde me cojo a Susy Seyde.

Lezama dio un salto de sorpresa que se volvió muy rápido una efusión de envidia. Olvidó a Whitman, se concentró en Gamiochipi. Mejor dicho: en lo que le iba a suceder a Susy Seyde.

A la sorpresa, no había lugar. Durante meses de conversaciones en el balcón Gamiochipi no había hecho otra cosa que mirar al suelo y mascullar tozudamente, con fijeza catatónica, el nombre de su novia Suzy algo. Lo mascullaba, más que decirlo, al punto de que no se entendía de su dicho mucho más que el aviso de que quería hacerle algo grave a una creatura llamada Susy algo.

—¿Susy qué? —preguntaba Lezama cada vez, buscando alguna claridad en el arcano de dientes trabados de la dicción de Gamiochipi. A lo que Gamiochipi respondía con denuedo:

—MvycgeraSusy.

La tarde que referimos Lezama había podido escuchar por primera vez con claridad el nombre, el apellido y el propósito que bullían en el fondo complejo, oscuro, por momentos inexistente, del cerebro del hermoso Gamiochipi. Era el mismo propósito que había estado siempre en su superficie: cogerse a Susy Seyde.

No que fuera un gran propósito, no, ni que Gamiochipi no pudiera lograrlo. Todo lo contrario. Gamiochipi había estado tantas veces cerca de cumplir su amoroso designio que, en verdad, para el momento en que estamos, el incumplimiento de aquel designio era ya una especie de derrota generacional. Entre otras cosas, porque el hecho de que Gamiochipi no hubiera logrado introducirse en Susy Seyde, desde el punto de vista de Susy Seyde, no requería tanta espera. Según las confidencias abstrusas del mismísimo Gamiochipi, Susy Seyde estaba siempre lista, quemándose por él: los cachetes púrpuras, los labios trémulos, las orejas encarnadas, toda ella a punto, como el famoso bife de chorizo argentino. Lo único que faltaba en realidad era lo que Gamiochipi se había decidido a cumplir por fin aquella tarde: meterse de verdad en Susy Seyde.

Lezama corrió a los detalles:

—¿Y cómo piensa proceder usted, maestro?

—No sé, cabrón. Nunca lo he hecho.

—¿Nunca ha hecho qué, maestro?

—Nunca me he cogido a Susy Seyde.

"Napoleón sin plan de batalla. Un pobre Napoleón", iba a decir Lezama. Pero no dijo nada, sino que se arrastró de plano a las urgencias del chisme:

—¿Y dónde, maestro?

—¿Dónde qué?

—¿Dónde piensa usted llevar a cabo su siniestro propósito?

—En su casa, cabrón.

—¿En su casa de Susy?

—O en el coche, cabrón. O en el cine. Donde sea, pero ya. Porque Susy no aguanta más.

—¿*Porque Susy no aguanta más*? ¿Pues cuánto tiempo lleva aguantando, maestro?

—Desde el primer día, cabrón, desde el primer día.

—¿Y por qué no procedió usted desde el primer día, maestro?

—Porque es virgen, cabrón.

—Ah, pues por eso no se aguanta —dijo Lezama.

—¿De qué hablas, cabrón?

—Susy no tiene experiencia en aguantarse *porque* es virgen, maestro. Si usted quiere que aprenda a aguantarse, tiene que quitarle lo virgen: desvirgarla y ya.

—No hables así de mi novia, cabrón.

—¿Pero si es su novia, por qué se la quiere usted coger, matador? A la novia se le respeta.

—Gamiochipi ignoró la mayéutica inquinosa de Lezama, quien se dirigía a él, indistintamente, como maestro o como matador.

—Tiene que ser —porfió Gamiochipi—. Es lo que Susy quiere. Si no me la cojo, quedaré como un pendejo.

Lezama pensó que había un tono terminal en las palabras de Gamiochipi, un tono digno del fin de las tribulaciones del joven Werther, libro que Lezama había leído también, con fruición, durante algunas ineficientes madrugadas. Al final de su lectura le había parecido que las tribulaciones referidas eran por su mayor parte vaporaciones glandulares, y que al joven Werther, como a su contenida Carlota, y a Goethe todo, lo único que realmente les faltaba era eso que Gamiochipi se disponía a perpetrar en Susy Seyde aquella tarde.

Oh, tardes decisorias. Oh, inminencia. Oh, Werther. ¿Por qué no te habías cogido simplemente a Charlotte y Charlotte a ti y tú a su novio y su novio a ti, y todos a todos, y de paso a Goethe, de modo que nadie se pegara un tiro por vaporizar de más?

Ejerzo el privilegio del narrador omnisciente para decir que Susy Seyde efectivamente se mojaba a discreción con Gamiochipi y que, al mismo tiempo, no sabía bien a bien lo que era eso. Se mojaba sola, de hecho, a la menor provocación, con independencia del apuesto Gamiochipi. Se mojaba, como si dijéramos, a fondo perdido, sin ser hija de Manhattan ni creerse un cosmos ni estar a la intemperie en su gigantesco país, como decía estar el pinche Whitman. Susy Seyde estaba sólo aquí, en la colonia San Ángel Inn de la ciudad anterior al Terremoto, pero se mojaba como un cosmos, carajo, como si un cosmos tocara a la entrada de sus muslos y sus muslos estuvieran listos para abrirse a la mismísima Estatua de la Libertad.

Lezama era capaz de imaginar todo eso y de lamentar, con afecto y envidia, el desencuentro fenomenal en que por tantos meses había incurrido el apolíneo Gamiochipi, respecto de la ardiente Susy Seyde. ¿Por qué no había podido simplemente perderse en ella? ¿Por qué no había podido simplemente hacer feliz a Susy Seyde, y a sí mismo, en la clandestinidad arrebatadora de cogérsela y ya? Cosas eran del tiempo, no de Gamiochipi.

Ahora bien: mejor que las tribulaciones de Werther por su Carlota, pensó Lezama, era la astucia urdida por Gamiochipi al decir que debía meterse en Susy Seyde no porque *él* quisiera cogérsela, sino porque *ella* quería que se la cogiera. Es decir, porque era *ella* la que no aguantaba más.

Oh, ingenioso Gamiochipi.

Diré que Susy Seyde era una hermosa muchacha en cuya tranquila superficie de porcelana era imposible leer las pasiones turbulentas que escondían sus ojos claros, serenos, y sus modales tersos, exquisitos, inglandulares. Pero las glándulas de Susy Seyde estaban ahí, despertadas sin contención por el magnífico Gamiochipi. Apenas veía a Gamiochipi, Susy empezaba a mojarse, ya lo hemos dicho, quizá lo hemos dicho de más, nuestras disculpas por ello, pero el hecho es que de verdad seguía mojándose mientras estaban juntos, tocándose o besándose, y a veces se mojaba más entre menos se tocaban y se besaban.

Oh, los novios.

El noviazgo de Susy Seyde con Gamiochipi había empezado meses atrás, con todos los agravantes de una comedia romántica, vale decir, un moderno cuento de hadas. Se habían conocido en el baile de fin de año de la generación de Gamiochipi de la Ibero, baile al que Gamiochipi en principio no iba a ir porque no tenía un traje oscuro, ni siquiera un traje, mucho menos el esmoquin que pedían los esnobísimos organizadores del festejo, sin contar con que tampoco tenía los trescientos pesos que debía pagar cada quien y los otros cincuenta pesos, más una orquídea, que había que pagar para llevar una pareja.

—Pinches ricos —había dicho Alatriste, solidariamente, cuando Gamiochipi le contó los requisitos: se les hacía fácil pedir trescientos pesos, *más* cincuenta pesos, *más* la orquídea, por llevar a bailar y a platicar durante horas a una pareja a la que en el fondo uno sólo se quería coger. Ah, los ricos. Pero éste era el dilema: ir o no ir, pagar o no pagar. Tener o no tener esmoquin, *más* trescientos cincuenta varos.

Nada habría sucedido aquella noche, ni Gamiochipi habría conocido a Susy Seyde, si en el día previo al oligárquico festejo no hubiera llegado a la casa de huéspedes el sobrino de las hermanas que administraban la casa frente al parque. Era un robusto y sonriente morocho panameño, que iba de paso a su propia graduación en una universidad americana. Había venido a la Ciudad de México a conocer a sus legendarias tías, las hermanas que manejaban la casa, de las que su padre les había hablado toda la vida. El sonriente sobrino, llamado Donatelo, traía entre su menaje de graduante un esmoquin digno de una celebridad latina de Los Ángeles, digamos Desi Arnaz. Donatelo resultó ser no sólo el cuerno de la abundancia que era, sino también un pozo de generosidad, pues apenas se enteró del drama en que la casa se consumía por la privación de Gamiochipi, ofreció su esmoquin sin estrenar y le dio a Gamiochipi treinta dólares de su cartera, para la entrada y para la orquídea, y le dijo:

—Pero la besas hoy, hermano.

Gamiochipi tenía un cuerpo de príncipe y un guardarropa de mendigo, pero lo cierto es que hasta las prendas más tristes mejoraban en su horma, no se diga el reluciente esmoquin de Donatelo.

Hubo un "¡ah!" de niños expósitos cuando Donatelo extrajo el esmoquin de su maleta, una maleta de doble cuerpo, de antiguo viajante europeo, y sacó luego la camisa y los tirantes y la banda y la *black tie*, y fue vistiendo a Gamiochipi. Gamiochipi había visto en las películas muchos esmoquins, pero no se había puesto ninguno, de modo que se dejó vestir por Donatelo, como un torero, y cuando Donatelo le entregó también los zapatos de charol y los calcetines negros transparentes que completaban el atuendo, Gamiochipi era Cary Grant y brillaba doblemente en el resplandor natural de su apostura.

Aquella noche, en el baile, investido por la magia del rutilante esmoquin de Donatelo, Gamiochipi conoció a Susy Seyde, la cual venía con su hermana mayor, compañera de generación de Gamiochipi. Aquella misma noche, apenas verlo, Susy Seyde se empezó a mojar, con lo que quiere decirse que hubo humedad a primera vista. Al final de la noche, Susy Seyde accedió a la petición de Gamiochipi de visitarla en su casa, como era de rigor entonces, en la ciudad anterior al Terremoto.

De vuelta en la casa, Donatelo le largó un abrazo fraterno a Gamiochipi y preguntó:

—¿La besaste, hermano?

Gamiochipi negó, avergonzado.

Ahí había empezado, según Lezama, aquella misma noche, el juego de Aquiles y la Tortuga que se jugaría durante tantos meses por venir entre Gamiochipi y Susy Seyde, a saber: que por más que Susy Seyde se mojara y Gamiochipi avanzara hacia sus humedales, no habría nunca de llegar a ellos, como Aquiles no alcanzaría nunca a la Tortuga. Oh, Zenón.

Sobre cómo Gamiochipi hizo espiritualmente suya a Susy Seyde, hay esta escena que contar:

Una de las primeras veces en que pudieron estar solos en la sala de su casa, Gamiochipi y Susy Seyde no tenían nada de qué hablar. Susy Seyde había estado muda durante unos larguísimos minutos, ella que hablaba todo el tiempo, y a Gamiochipi no se le ocurría nada que decirle y no hacía sino mirar el perfil de alabastro de Susy Seyde. Durante todo aquel silencio, Susy Seyde se reía para sí misma, en secreta connivencia con alguna zona de su memoria, y eso era todo lo que Gamiochipi veía: la sonrisa mona lisa de los labios de Susy Seyde. Entonces Gamiochipi dio con la frase del refranero que cambió para siempre sus deseos y sus vidas. Gamiochipi le dijo a Susy Seyde:

—La que a solas se ríe de sus pecados se acuerda.

Esta frase hizo en Susy Seyde el efecto de un rayo sobre un árbol, el árbol de sus secretos, y sembró en su cabeza, para siempre, la perversa servidumbre amorosa de creer que Gamiochipi conocía el fondo de su alma, como un Gurdjieff o un Rasputín, lo cual la hizo sentirse desde entonces llena de Gamiochipi, aunque Gamiochipi no la tocara ni entrara en ella, sino que la mantuviera caliente hasta hervir cuando pensaba en él, ya no se diga cuando lo tenía cerca, silencioso y acezante, pues en medio de sus silencios de novios de mano sudada, Susy Seyde oía acezar a Gamiochipi como el centro delantero al defensa que le respira en la nuca. Qué oso Gamiochipi, qué manera de acezar.

Sentirse leída por Gamiochipi, sentirse, más que saberse, porque en la Susy de aquellos años no había tanto saber como sentir, le hacía el efecto de querer saberse más y de que Gamiochipi acabara de poseer sus secretos, ignotos para ella, metiéndose en ella. Susy Seyde no podía aceptar ni decir esto, sólo podía quemarse al contacto de Gamiochipi y decirle sin decirle que dispusiera de ella, que actuara como un hombre con una mujer, carajo, después de tantos calentones.

Changoleón le había dicho a Gamiochipi, proféticamente:

—Te vas a consumir como cautín, cabrón, a puros calentones.

En aquel tiempo, en aquella casa, no había nada particularmente anticipatorio, original o visionario en la metáfora metalúrgica de Changoleón. El veredicto universal de la casa sobre la condición humana, una vez revisada la tradición occidental, podía resumirse en el latinajo del turbulento doctor Freud, favorito de Lezama: *Semen retentum venenum est.* Lo cual, venido al castizo, podía extenderse al *dictum* terapéutico de la casa, acuñado por el Cachorro: "Coged y os curaréis". En aquella ciudad anterior al Terremoto, posiblemente en el universo, todos estaban reteniendo semen y envenenándose con él.

Regresamos al balcón:

—Esta tarde voy a cogerme a Susy Seyde —dijo Gamiochipi, resoluto, por última vez, y entró a su cuarto en busca del atuendo de matador para aquel día.

Oh, Susy Seyde, murmuró la casa, por fin te iban a coger.

Era un viernes, Gamiochipi debía ir a la universidad por la tarde y, luego de la universidad, a la casa de Susy Seyde para cumplir su avieso propósito.

La casa siguió su ritmo hacia la noche y era el caso que esa noche Changoleón había arreglado con su amigo el Falso Nazareno, hijo de un rico dueño de tiendas de departamentos, que el Falso Nazareno abriría su departamento para una fiesta con las amigas de una novia de Changoleón llamada Dolores. Changoleón tenía el don único de ir a una tienda de departamentos a fingir que compraba algo, pararse en el mostrador de perfumes, preguntar por los perfumes a la dependienta que le gustara y hacerla reír una vez, dos veces, tres veces, decirle luego que se vieran en el café de las Américas al terminar su turno, y en el café engatusarla, divertirla, quedar con ella de verse después, y verse después, hasta que algún día las besaba en su Taunus verde y las llevaba a un motel y tenía con ellas ese sucedáneo del amor eterno que es coger.

Con una de sus novias así procuradas, de nombre Dolores, Changoleón había urdido la telaraña de una fiesta, mediante el persuasivo mecanismo de que Dolores escogiera entre sus compañeras a las candidatas idóneas para reunirse con los amigos de Changoleón, en el departamento del llamado Falso Nazareno, el hijo mayor del dueño de la tienda de departamentos rival de la cadena donde trabajaban Dolores y sus amigas, detalle que puede juzgarse trivial, pero que a la hora de los flujos sentimentales de la lucha de clases era en realidad decisivo.

Las tiendas de departamentos eran una novedad en la ciudad, al punto de que la gente, en pareja o en familia, iba a caminar por ellas para ver los mostradores y las mercancías como antes iban al parque o a la feria. Novedad en aquel mundo eran también las dependientas de aquellas tiendas, todas jóvenes sin cuarto propio, pero con dinero propio, proveedoras sustitutas o complementarias de hogares de padres ausentes y madres extenuadas, todas jóvenes en busca del amor de su vida o de la aventura de su vida, o de las dos cosas, y de ser libres y jugar su suerte en la ciudad anónima, propicia a sus audacias sin testigos, al alcahuete amparo de las recién aparecidas píldoras anticonceptivas.

Y a través de Dolores les dijo Changoleón a aquellas novísimas jóvenes de la ciudad, como aquel hijo de Judea: "Venid y os divertiréis, os acordaréis, acaso os enamoraréis y cambiaréis de vida". Y ellas decidieron venir aquel viernes por la noche y vinieron riendo, nerviosas y curiosas, tímidas y audaces, reservonas y coquetonas, al departamento del Falso Nazareno, donde esperaban ya, impacientes e incrédulos, el escribiente Lezama, el ingenioso Morales y el prudentísimo filósofo de Atasta (Campeche), Jerónimo Alatriste, presididos todos por el Falso Nazareno y por el criminógeno Changoleón.

Oh, vinieron todas, todas las convocadas, primeras hijas nuevas de la nueva ciudad, amigas y compañeras de trabajo de Dolores, a las que los machos masturbines bautizaron y recordaron el resto de sus días como: la Falsa Rubia Verdadera, llamada Julieta; la Pestañosa Cariñosa, llamada Ruth; la Bésame, Bésame Mucho, llamada Nina; la Gloria Eres Tú, llamada Gloria Magallanes; la Mírame y No Me Toques, llamada Deifilia, y La Jefa del Partido del Bando de las Viejas, la susodicha Dolores Do, una trigueña que hablaba como tarabilla, digna pareja de embustes de su embustero novio Changoleón. Llegado el pase de lista del inicio de la fiesta, quedaron de un lado Julieta, Ruth, Nina, Deifilia, Gloria Magallanes y Dolores Do, y del otro lado Lezama, Changoleón, Morales, Alatriste y el Falso Nazareno, cuyo nombre nadie conocía, pero al que Morales, experto en apodos, había bautizado así porque era rubio y barbado como los falsos nazarenos de los almanaques. Fueron nerviosamente felices de encontrarse sin conocerse y decidieron empezar la fiesta diciéndose sus nombres, demostrando luego los hombres que recordaban el nombre de cada una de las mujeres y las mujeres el de los hombres. Los que no se acordaran tendrían que hacer algo, contar un chiste, cantar un comercial, pararse de cabeza o quitarse una prenda. Así lo acordaron por inducción del avieso Changoleón, mientras el Falso Nazareno les ponía enfrente las primeras cervezas y ofrecía cubas libres de su fabricación, por el módico precio de un beso en la mejilla. A las primeras de cambio recibió el beso pedido de parte de Dolores Do, que odiaba la cerveza por meona, según dijo, y porque lo que quería era bailar y sólo podía bailar luego de una segunda cuba, según dijo, así que le pidió al Falso Nazareno una cuba doble, del siguiente modo:

—Para mí, doble, papá.

Julieta siguió a Dolores en el camino de la cuba, lo mismo que Gloria Magallanes, pero no Ruth, la pestañosa, que pidió una cerveza, ni Deifilia, la tímida, que rehusó incluso la cerveza, ya con los ojos abiertos como platos por lo que estaba viendo que veía venir. En Deifilia puso sus ojos vigilantes Alatriste, el filósofo de Atasta (Campeche), ganado por el valor de aquella muchacha capaz de decir *no* sin alharaca.

Conforme se aprendían los nombres unas de otros y otros de unas, el Falso Nazareno fue apagando las luces altas, muy exhibidoras, y prendiendo unas lámparas sesgadas de cómplices reflejos, luego de lo cual alineó con mano veterana los repertorios etílicos de su pequeño bar. Así que cuando todas y todos pudieron repetir sus nombres, se habían tomado al menos un trago, habían sido envueltos ya por una penumbra propicia y estaban sentados una junto a otro y otro junto a una en los mexicanísimos sillones Sears y las aztequísimas sillas Chippendale con que el Falso Nazareno había llenado de historia patria y autenticidad mobiliaria su leonero.

El juego de sillas resultantes fue que el criminógeno Changoleón sentó a su izquierda a su novia Do, de rodillas rubicundas, y a su derecha quedó Julieta, de caderas altas, y en la siguiente silla quedó Alatriste, inhibido por el perfume que exudaba Julieta, y junto a Alatriste, la falsa flaca llamada Ruth, de pestañas portentosas, y a la derecha de Ruth, el avisado Morales, que tenía cara de niño, pero de niño calvo, y usaba en compensación unos bigotes de morsa, a la Groucho Marx; junto a Morales quedó Nina, narizona cuerpo de uva, y junto a Nina, Gloria Magallanes, de labios gruesos, ojos chinos y dientes blancos, hijos de ignotas etnias chiapanecas, y al lado de Gloria Magallanes el alerta Lezama, que portaba una melena de león joven pero sin lavar y no había tenido la diligencia de arreglarse, por lo que su vecina, la tímida güera de rancho llamada Deifilia, lo miraba de tanto en tanto como a la espera del momento en que empezara a convulsionar.

Durante todo ese tiempo el Falso Nazareno les había dispensado un fondo musical Ray Conniff y otro Benny Goodman, pero nada había sucedido con eso respecto del efecto buscado, a saber, el acercamiento de los cuerpos. Entonces el Falso Nazareno fue a la consola, puso el *long play* de rumbas probado en mil batallas (bueno, en cuatro) y sacó a bailar a Nina. Nina salió a bailar con el Falso Nazareno y Do salió tras ellos, arrastrando a Changoleón. Una súbita alegría corrió de todas partes a todas partes y arrancó una sonrisa a la mismísima Deifilia. El adusto Alatriste registró aquella felicidad de su Deifilia como una certificación de los buenos rumbos en que se le había empeñado, a primera vista, el corazón. Haciendo su irresistible bizco Groucho Marx, el oportuno Morales le extendió una mano a Gloria Magallanes y le dijo:

—¿Moveremos el bote, capitana?

A lo que Gloria Magallanes asintió con una sonrisa y una carrerita a la posición de codos en rumba que había adoptado

Morales y Morales clamó entonces, mientras giraba sobre sí, demostrándose maestro de la rumba:

—Se siente, se siente: el fiestón es inminente.

El Falso Nazareno respondió con un grito destemplado de júbilo y una carcajada que mostró en su perfecta boca de labios rosados el oscuro hueco de un diente faltante. Puede decirse que la fiesta empezó con esta descarga de rumba, aunque no estaban bailando ni Deifilia, ni Julieta, ni Ruth, ni Alatriste ni Lezama. Sonaron entonces en la puerta dos aldabonazos perentorios que nadie oyó, salvo el oído policiaco de Lezama, quien fue a ver quién era. Puso la mejilla en el vano de la puerta y los labios como cucurucho junto a la mirilla para preguntar:

—¿Quién osa?

—Soy yo, pendejo —gruñó del otro lado la escrofulosa voz de Gamiochipi.

—Usted no puede ser, matador —dijo Lezama—. Usted está en este momento inaugurando a Susy Seyde.

—Abre, cabrón, no te burles. No te vuelvo a contar nada, cabrón.

Lezama entendió que Gamiochipi no estaba para bromas y le abrió. Gamiochipi entró bufando. A la entrada de Gamiochipi, Alatriste sintió esponjarse a su compañera de silla, la falsa rubia verdadera llamada Julieta, la misma que lo había ahogado y seguía ahogándolo con la dulzona vecindad de su perfume. Cuando Julieta vio a entrar a Gamiochipi bañó a Alatriste con un *shot* adicional de la misma vaharada, pues lo que hizo fue meterse los brazos bajo la melena de falsa rubia verdadera y sacudirla hacia arriba, y dejársela caer sobre los hombros, como tomando vuelo para levantarse de su silla. Eso hizo, levantarse, y fingir un rodeo por el bar que regenteaba el Falso Nazareno, un rodeo llamado a terminar, como apostó Alatriste consigo mismo, en la vecindad de Gamiochipi. Las mujeres que se perfuman quieren que las huelan, pensó estúpidamente Alatriste, y fijó la mirada en el taimado periplo de Julieta.

Luego de abrirle la puerta, Lezama había seguido a Gamiochipi hasta el sillón donde se dejó caer, enfurruñado, y se cernía sobre él como un buitre socrático para arrancarle el secreto de lo sucedido con Susy Seyde. Pero la falsa rubia verdadera llamada Julieta, tal como anticipó la mirada de lince de Alatriste, había terminado su rodeo por los dominios del Falso Nazareno y, como quien se pasea por el Sena, había ido a parar a la ribera izquierda del sillón de Gamiochipi.

—¿Cerveza, cuba o qué, señor? —le preguntó Julieta a Gamiochipi, con la clara denotación intertextual de que ofrecía realmente el qué.

El enfurruñado Gamiochipi respondió sin mirarla:

—Una cuba, gracias.

—¿Sencilla o doble? —preguntó Julieta.

—Doble —farfulló Gamiochipi.

—¡Ah, igual que yo! —celebró Julieta, alzando otra vez con los brazos su melena perfumada y girando alegremente rumbo al bar del Falso Nazareno.

Lezama se acercó a Gamiochipi como la sierpe del paraíso y le preguntó, con insidia digna de un Yago criollo:

—¿Desfiló Susy Seyde ante las armas de la República, matador?

—No estés chingando, cabrón. No te vuelvo a contar nada.

—De acuerdo, matador. ¿Pero, desfiló o no? Advierto que en caso de no recibir respuesta proclamaré ante nuestra audiencia el enigma que tenemos pendiente usted y yo.

Gamiochipi lo miró con lo que podría calificarse como un arrebato de furia ibérica, pero, ante la mirada juguetona de Lezama, no pudo sino rendirse ante su propio ridículo.

—No desfiló, cabrón. Pero esto no se va a quedar así. Pinche vieja, este mismo día comienza mi venganza.

No bien había dicho esto Gamiochipi cuando Julieta volvía con las cubas dobles bamboleantes en las manos. Gamiochipi la vio entonces por primera vez, con lo que quiere decirse que cayó en la cuenta de su largo pelo de girones rubios y oscuros, sus piernas de cadera alta, su cintura de chamaca, sus pequeños pechos bien puestos bajo el suéter delgado de lanilla ceñida.

Entonces Gamiochipi le dijo a Julieta, sin más, olvidando por el resto de la noche a Susy Seyde.

—¿Pero y tú dónde andabas, mujer?

—Acá en la cocina, preparando cubas —respondió Julieta—. ¿Y tú?

—Persiguiendo la ballena, mamita, persiguiendo la ballena. Pero creo que ya la encontré.

Y diciendo y haciendo, Gamiochipi tomó a Julieta del redondo y musculado brazo izquierdo y la sentó en el brazo duro de su sillón y le enlazó la cintura con su propio brazo de vellos vascuences, y luego de darle un primer trago de camello a su cuba doble recostó la sien en el pecho breve de Julieta, y musitó, acurrucándose:

—Y tú, ¿estudias o trabajas, mmm?

Impresionante había sido siempre el don de Gamiochipi para cambiar de la tragedia al ligue, del amor de su vida a los pechos anónimos cubiertos de lanilla que se ofrecieran a su inspección inesperada, y al sucedáneo del amor que se decía entonces fajar y, en lo alto de la loma levantada, señoras y señores, simple, absoluta, paladinamente: coger. Oh, dioses, pensó Lezama, cómo podía Gamiochipi cogerse a quien quisiera salvo a Susy Seyde.

Las risas de Julieta, suscitadas por las cosquillas que le hacía Gamiochipi, encendieron la envidia de Lezama, que decidió levantar el campo y largarse con su mayéutica a otra parte. Vio al fondo de la sala, como en el confín del mar, bebiendo su cerveza, embebida en sí misma, a la falsa flaca llamada Ruth, cuyas pestañas de vaca enrimeladas lo habían atraído desde el primer contacto. Nada equivalente había encontrado Ruth en la indefendible efigie de Lezama, sino que, al revés, se había puesto en guardia ante la visión de sus zapatos de gamuza, en los que no quedaba gamuza alguna. Aquellos zapatos irredimibles habían hecho saltar en el cerebro de Ruth la única frase de saber mundano que había en el repertorio de su familia, a saber, el dicho de su abuela Filemona: "Los hombres van a ser como sean sus zapatos".

Los zapatos de Lezama no alcanzaban para garantizar que hubiera un hombre dentro de ellos, a lo más un joven zombi, quizá, pasado el tiempo, un hombre de verdad, el hombre que se iba construyendo dificultosamente dentro de Lezama, un hombre lleno de gracia, ingenio y gravedad, incluso un hombre guapo, pero no aquella noche, en que lo era todo inacabadamente, en gestación, digamos, como un ajolote. El ajolote se acercó nadando de pecho hasta Ruth y le dijo, luego de alisarse el pelo y cabecear en lo profundo demeritado de la sala:

—Tú no tienes pestañas, tienes abanicos.

Lo dijo con la cara de perico que usaba a veces y Ruth no pudo sino sonreír, abriendo y cerrando en aceptación sus abanicos. El detallista Lezama observó que Ruth no sólo tenía las pestañas largas y curvadas, sino perfectamente definidas, embreadas por el bastoncillo de rímel con una mano maestra, al punto de que las pestañas podían contarse una por una. De lo anterior, el cartesiano Lezama derivó que la pestañosa llamada Ruth era una mujer capaz de concentrarse en los detalles de sí misma: una narcisa. Atacó por ahí:

—No sé por qué pienso que cuando vas por la calle vas levantando piropos.

—No me fijo en eso —dijo la fijada.

—Yo era bueno para los piropos, pero he perdido vuelo.

—¿Y por qué?

—Sólo se me ocurren barbajanadas.

—Dime una.

—Con una que te diga me dejas de hablar.

—No, ¿por qué?

—Yo me dejaría de hablar si la dijera.

—Me estás picando, ¿eh? ¿Cómo te llamas?

—Hugo Lezama. ¿Y tú?

—Ruth.

—¿Ruth qué?

—Ruth Emilia.

—¿Ruth Emilia qué?

—Ruth Emilia Zerecero.

—Ruth Emilia Zerecero —se infló Lezama—: ¡Con el pincel de tu pelo, dibujaré tu nombre en la luna!

—Ay, qué bonito —dijo Ruth Emilia Zerecero, abanicando al prevaricador con sus pestañas.

Lezama la invitó entonces a bailar, y Ruth salió.

El Nazareno bailaba ya con Nina, Gamiochipi besaba introductoriamente a Julieta, Changoleón dejaba que Do se le untara al bailar, Morales circundaba con sus pasos de rumba sevillana la cintura sevillana de Gloria Magallanes. Oh, las cinturas, la felicidad de las parejas bailando sin conocerse. Cómo referir esta armonía de cosas en el fondo tan inarmónicas, destinadas sólo por un momento a la felicidad. Otra vez: Lezama adulaba a Ruth, que se rendía a la adulación. Nina dejaba que el Falso Nazareno le acercara al bailar el coso a medio erguir que acaso habría tenido el Verdadero Nazareno. Changoleón ejercía al bailar con Do el libertinaje sobreentendido de los amantes. Julieta empezaba a gemir bajo los efectos del acezante Gamiochipi. Deifilia y Alatriste fingían bailar, pero en realidad se miraban y miraban a su alrededor sabiéndose fuera de lo que miraban, pero unidos por eso, como quienes miran la línea temblorosa de un muro a punto de derrumbarse sobre ellos.

Fue entonces que Do se quitó la blusa y le ofreció a Changoleón sus medios pechos trigueños, cinchados por un sostén de media copa, de tenues varillas. Changoleón bajó la media copa faltante del sostén de Do y besó sus pechos enteros. Oh, los pechos de Do, los pezones de Do, las areolas cafés de Do. Madre mía de mis amores.

El asalto de Changoleón a los pechos de Do cambió la adrenalina de la fiesta, como se diría ahora, después del Terremoto. Con lo que se quiere decir que en aquel momento todos supieron a qué habían venido y que eso a lo que habían venido podía hacerse realidad, vale decir que iban a cumplir en otro cuerpo sus delirios, que iban a frotarse en otro cuerpo, a cumplirse en otro cuerpo hasta acallar al menos por un día sus pulsiones infantiles. Oh, Freud.

Deifilia paró la débil rumba que bailaba con Alatriste y se puso las manos en la cara para no ver lo que de cualquier modo veía entre sus dedos. Pero la suerte de la noche estaba echada. Todos entendieron, cuando Do expuso sus pechos, que habían cruzado un umbral. Julieta dio un gritito y atrajo a Gamiochipi de la nuca para que le hundiera su perfil en el esternón, lo cual Gamiochipi hizo farfullando brrr brrr

brrr mientras Julieta le movía los hombros en bienvenida. Gloria Magallanes metió uno de sus muslos duros entre las piernas de Morales, quien lo retuvo entre los suyos sin perder el ritmo de la rumba. Nina aferró las flacas nalgas de Judea del Falso Nazareno para decirle que aceptaba sus vergüenzas semierguidas. Ruth besó cursimente el cuello de Lezama, que olió el bilé dulzón de aquellos labios y la hebra agria de sudor de sus propias axilas descuidadas.

En el sabroso ritmo de la rumba se oyó la voz del inspirado Morales:

—Se siente, se siente, el reventón es inminente.

El perceptivo Alatriste llevó a la pálida Deifilia hacia un punto cercano de la puerta para ponerse a las órdenes de su escándalo.

Le dijo:

—Si usted quiere irse de aquí, señorita, yo la llevo a donde usted me diga.

A lo que Deifilia respondió:

—Yo no venía a esto.

Alatriste le dijo:

—La llevo a donde me diga.

Deifilia asintió con un puchero. Alatriste fue a pedirle a Changoleón las llaves de su Taunus verde, que era como la ambulancia de la casa, y Changoleón se las puso en las manos casi sin ver quién las pedía, pues había pasado de besar los pechos de Dolores a lengüetear su cuello camino al llamado Cuarto No. 1 de la instalación del Falso Nazareno.

No he descrito el departamento del Falso Nazareno y quizá no hace falta describirlo, salvo, quizá, porque abundaba en el bien más escaso de la época, a saber: la cama cómplice. Oh, un cuarto limpio, claro, escondido, seguro, con una buena cama donde coger. No había en aquel mundo un bien tan escaso como aquella cama, aquel cuarto, aquella intimidad soñada tantas veces en las noches y en las vigilias del mundo marsupial de los machos masturbines. El departamento del Falso Nazareno había sido en otros tiempos el leonero de su padre. Tenía un Cuarto No. 1 con cama matrimonial, un Cuarto No. 2 con cama simple, un Cuarto No. 3 con doble cama, y un Estudio donde no había una cama sino una *chaise lounge* de aquellas donde el perturbado doctor Freud interrogaba a sus pacientes. Ejerzo el privilegio de narrador omnisciente para decir que en aquel Estudio podía ejercerse el mismo ritual que se ejercía en las camas, si acaso con alguna desviación francesa. Además, estaban la sala y el comedor, donde los convocados de aquel viernes se habían conocido, y el bar con consola desde donde el Falso Nazareno proveía la música y las bebidas cargadas, características de su hospitalidad. Además estaba la cocina, claro está. Entre paréntesis: el departamento ocupaba una esquina del tercer piso del edificio donde estaba, y sus dos lados daban a un parque que se llamaba el Parque Hundido por la única razón de estar hundido.

Alatriste llevó a Deifilia en el Taunus de Changoleón por las calles oscuras de aquella ciudad en la que apenas había coches por las noches, a diferencia de las mañanas, donde convivían los coches de marca Oldsmobile y Nash y Packard y desde luego los Ford y los Chevrolet y los incipientes Citroën y los imponentes trolebuses que apartaban de su carril a sus competidores en la mañana y llenaban el silencio de las noches con un rumor vibrante. Los trolebuses cruzaban desde temprano la ciudad helada de entonces que empezaba su vida antes del alba con mujeres barriendo y baldeando sus banquetas, y terminaba al caer la noche, cuando las dependientas de las tiendas salían de trabajar a las ocho y se iban a sus casas con un doble sentimiento de libertad y de tristeza, pues venían de su libertad laboral, de las tiendas donde trabajaban, de sus mostradores suntuosos y sus pasillos radiantes de luces, pero volvían al caer la noche, modernas cenicientas, a sus tugurios familiares, sus cuartos hacinados, sus casas amarillas, sus tercerías de vecindad, todos nidos precarios que apenas se atrevían, socialmente, a decir su nombre: volvían a ser las hijas cautivas de sus casas luego de ser las hijas libres de la ciudad.

Deifilia le dio a Alatriste la dirección de una cuadra con nombre de doctor, en la epónima colonia de las calles de doctores, la redundante colonia Doctores, y Alatriste llevó a Deifilia al lugar donde le dijo que quería ir, discreta y verdadera, todavía con el traje de luces que se había puesto para la fiesta pero que no había podido honrar aquella noche. El fracaso de la impostación libertina de Deifilia, como hemos sugerido en el curso de este relato, había cautivado a Alatriste. Y su humilde regreso a casa, habiéndose reconocido incapaz de las falsas candilejas de la fiesta del Falso Nazareno, había hecho pensar a Alatriste que Deifilia era una *starlet* al revés, un hada madrina de la autenticidad en medio de su mundo pequeño, modesto, invisible, subalterno.

Alatriste detuvo el Taunus de Changoleón donde Deifilia le dijo, varios metros adelante de la puerta que era su casa, una vecindad a la que Alatriste la vería meterse minutos después. Pero antes de que Deifilia bajara del coche y se metiera en su casa, Alatriste le dijo:

—Yo no soy nadie, señorita, salvo el que quisiera verla otra vez.

A Deifilia le dieron ganas de llorar pensando que se había ligado al tipo más feo de la fiesta, pues los pelos de Alatriste y sus perfiles de raza de bronce estaban más claros que nunca. Pero Deifilia regresó de aquel fracaso y se dijo que en el fondo se había conseguido al mejor de la fiesta y le dio un beso en la mejilla a Alatriste y le dijo que la buscara cuando quisiera, a la salida de la tienda de departamentos donde trabajaba, pero que el día que quisiera ir a buscarla a la salida fuera a decírselo antes, por la tarde, para que ella pudiera hacer sus arreglos y salir con él. Luego de lo cual le dio otro beso en la mejilla y Alatriste olió en esa proximidad un perfume barato, mezclado con un olor a talco infantil. Volvió a la fiesta envuelto en aquel olor mixto de escuela primaria y salón de belleza de barrio.

Cuando el amoroso y sociológico Alatriste volvió con sus llaves del Taunus al departamento del Falso Nazareno no encontró un paisaje de final de la batalla sino el de una batalla a la mitad. Las luces estaban apagadas, pero entraban los reflejos tenues del parque que dejaban más o menos verlo todo. Inolvidable fue para Alatriste por el resto de sus días aquel paisaje de parejas reunidas una vez para quizá no reunirse nunca más.

Gamiochipi tenía a Julieta semidesnuda montada sobre sus piernas de futbolista. El Falso Nazareno estaba tendido en el suelo, desnudo junto a Nina, también semidesnuda, junto a él. Había una mujer aullando en uno de los cuartos. Alatriste tuvo la hipótesis auditiva de que quien así aullaba era Dolores Do, enloquecida por el torvo Changoleón. Aparte de ese aullido, sólo había en la transparente penumbra del lugar un murmullo de gente arrumacándose, emitiendo sonidos inexpertos, mal ayuntados.

Oh, cogidas primeras de la prisa, dijo la casa, qué buenas eran.

Lezama se apareció en calzoncillos frente a Alatriste y le dijo:

—No hagas juicio de lo que ves. Estamos todos pedos.

—Lo que veo es lo que veo —dijo Alatriste—. Dónde va a acabar esto.

—Te digo una cosa, cabrón: lo importante no es dónde va a acabar, sino lo rápido que va a acabar y el mucho tiempo que vamos a extrañarlo.

Entonces, de nuevo, sucedió Dolores. Alatriste la vio entrar desnuda por la sala, tambaleante, a la vez esbelta y regordeta, con el triángulo oscuro del sexo anticipándola como en un torneo de caballeros andantes, y dijo a media sala, en altísima voz baja, como quien susurra a gritos:

—¿Quién quiere conmigo? Yo quiero con todos. Con todos quiero. Me alcanza para eso. ¿O no me alcanza, corazón?

Changoleón venía desnudo tras ella, con la tripa colgando, y a él se dirigía Dolores con su última pregunta.

—Te alcanza, pandillera —dijo Changoleón—. Pero vente conmigo.

Dolores tuvo entonces un efluvio por su desnudo Changoleón y se fue a abrazarlo y Changoleón la cargó y la llevó de nuevo al refugio de su cueva, lo cual distendió por un momento las emociones del tendido.

Reinó la penumbra un rato, interrumpida sólo por las luces del parque que entraban por los ventanales y por los arrumacos de las parejas.

Alatriste, que se había sentado en uno de los asientos de la fiesta, oía suspiros falsos y verdaderos y veía las siluetas moverse, confusamente, mientras pensaba en Deifilia. Al rato vio a Do volver desnuda caminando hacia él, ojerosa y ebria como una diosa. Tenía ahora el talle largo y los pechos pequeños, los hombros musculares como un trapecio, las piernas anchas y largas con el mismo triángulo isósceles de pelos oscuros y brillantes entre las piernas. Su cabeza era también de pelos oscuros y revueltos y su mirada, la de una deidad del alcohol en busca de sexo. Alatriste la sintió llegar hasta él oliendo a ron y nada pudo hacer antes de que Do lo tomara de la bragueta con una mano brusca. La oyó decir:

—Contigo, el feo, también quiero, cabrón, con todos quiero.

Experto en temer, Alatriste temió la manipulación de Do y se apartó de ella, caminando a la ventana. Desde ahí la vio con alivio olvidarse de él y avanzar hacia Morales y Gloria Magallanes, que no habían terminado de terminar sus rumbas desnudas.

—Ustedes no necesitan ayuda —dijo Do, poniendo en la oreja de Gloria Magallanes una lengua húmeda.

Changoleón vino de nuevo de su cuarto al rescate de Do y Do se montó en el torso denudo de Changoleón y se dejó llevar al encierro.

Pasaron los minutos de una muerta media hora, demoledora para Alatriste, que pensaba culpablemente en Deifilia y en la mano de Dolores Do, hasta que el criminoso Changoleón reapareció de nuevo, ahora a medio vestir, el pantalón puesto, desnudo el torso de nadador, y fue hacia el pedazo de alfombra donde yacía el Falso Nazareno, junto a Nina, para darle instrucciones. Dibujado por su silueta de anchas espaldas, Changoleón volvió al cuarto donde había recluido a Dolores. El Falso Nazareno se puso de pie momentos después y galvanizó a la concurrencia con un grito de guerra:

—¡A los tacos, cabrones! ¡Toca echarse unos tacos!

Hubo un abucheo penumbroso, pero el Falso Nazareno porfió:

—¡Tacos para todos, cabrones! ¡A los tacos del farol!

Los tacos del farol se ponían por las noches en la banqueta de un estacionamiento de Río de la Loza y Niño Perdido, y eran una especialidad de las madrugadas de los machos masturbines, una mezcla portentosa de tortillas recién echadas con bisteces al carbón rezumantes de grasa y paletadas de chiles verdes molidos en las trincheras de Verdún. Las primeras mordidas de aquellos tacos despertaban dinosaurios, disparaban como con un cañón de circo los cantos gástricos de la alegría de la madrugada.

Hubo un acuerdo mascullado para la arenga del Falso Nazareno, un acuerdo de todos, salvo de Julieta, que quería seguir montada en Gamiochipi, de Gamiochipi, que seguía medio metido en Julieta, de Nina, que se había dormido cumplida de amores junto al Falso Nazareno, de Gloria Magallanes, que babeaba en el hombro del peludo Morales, y del sorprendido Lezama, que juntaba recuerdos del cuerpo de Ruth para inmortalizarlos en un relato.

Hechas todas las cuentas, pocos querían moverse de donde estaban, aunque había en ese reposo feliz de los cuerpos, como en el de los pueblos, la necesidad de una orden de marcha, un llamado a la acción, un regreso a la vida dura y torpe de la que se habían escapado por un rato amoroso, pero de la que en el fondo era imposible salir, de modo que la voz de marcha tenía que venir de algún sitio, del sitio más pendejo, del heraldo más pendejo del mundo al que debían regresar, encarnado esta vez, aquella noche, en el llamado a los tacos de la voz del Falso Nazareno.

Oh, prédica siniestra: olvidar el amor, deshacer la paz, regresar al mundo idiota, ¡ir a la calle a comerse unos tacos!

Nadie quería moverse de donde estaba, cogido y saciado, tratando de recordar para siempre lo sucedido. Nadie quería moverse de donde estaban porque estaban felices en el gozo de sus tropelías cumplidas. Otra vez fue Dolores Do la que tuvo los arrestos de volver del cuarto donde la había recluido

Changoleón a gritar el discurso de la noche. Y dijo, ante la evidencia de que todos los hombres de las parejas antedichas empezaban a responder a la arenga del Falso Nazareno, contra el mandato de sus mejores emociones. Dijo Do:

—Qué fácil los mueve el hambre, cabrones. Como a los niños. Qué ciegos son. Como si les sobrara el amor, cabrones. Como si pudieran comerse el amor de aperitivo, antes de unos tacos. Ya sé qué tacos dice este cabrón: los Tacos del Farol. Y sé por qué les pasan por la cabeza esos tacos después de coger. Porque ustedes, cabrones, lo único que quieren es coger y luego comerse unos tacos. Uno: cogernos. Dos: comerse unos tacos. ¡Pinches escuincles! No tienen corazón, sólo tienen pito y boca, cabrones. Les digo esto, de acá de este lado: estoy por encima de ustedes porque sé lo que quieren. Porque todo lo que quieren ustedes, cabrones, es coger. No nos ven nunca como somos, porque todo lo que quieren es coger. Nos ven cuando estamos vestidas como si estuviéramos desnudas. Nos ven encueradas cuando estamos vestidas, cabrones, sólo piensan en cómo tenemos las piernas y las chichis, y en cómo seremos encueradas. Porque lo único que les interesa a ustedes, cabrones, es coger. Bueno, les digo, y óiganme bien, abusones: yo también lo que quiero es coger, pero cuando acabo de coger quiero que me quieran, cabrones, que me quieran mucho, o al menos por el siguiente rato, cabrones. Parecen liendres, chinches, garrapatas. Saben qué: búsquense otra vaca. Abusones, ojetes, garrapatas.

Do estaba desnuda, los músculos tensos de los brazos, las piernas duras, las plantas arqueadas de los pies bien puestas en el suelo, y su voz tenía un ritmo grueso, gutural. Cuando terminó de decir lo que dijo aquella noche tenía el rímel corrido sobre las mejillas a la manera de Edipo desojado y toda ella era un pistón de llanto.

En honesto ejercicio de autor omnisciente digo que aquella noche los machos masturbines se pusieron tristes con el discurso de Do y luego fueron a comer tacos y tuvieron el cuidado de llevar a sus casas a las mujeres, una por una, y arroparon a Do para que viniera todo el trayecto con ellos, en el Taunus de Changoleón, y aunque no pudieran caber en aquel Taunus todos los que fueron aquella noche en él, caben en el relato de esa noche con una especie de fuerza epifánica, de amor saciado, de modo que aunque no cupieran todos en los hechos, caben todos en la memoria, y fueron cayendo esa noche cada uno y cada una en su lugar, las mujeres en sus casas, inquietas por su ausencia, los machos masturbines en la suya, frente a la jacaranda, todos hijos de su ciudad, cada uno y cada una un cosmos como el cabrón de Whitman, que había vivido todo, soñado todo, inventado todo.

Cuando habían llegado todos a sus casas, todavía quedaban Lezama, Changoleón y Do en el Taunus de Changoleón, que manejaba Changoleón, y se dirigían a la casa de Do, en la esquina de Viaducto y Tuxpan, una casa que Do y su mamá habían heredado de un padre y de un marido ahorrador, de cuya sombras sensatas y estables Do estaba en trance de fuga desde hacía dos años.

—¿Ven aquella luz de la esquina del segundo piso? —dijo Do—. Es la recámara de mi mamá. Son las dos de la mañana y me está esperando. No me pide nada, ni a qué horas llego ni a qué horas me voy. Lo único que me pide es que llegue a la casa o le avise que no voy a llegar. Y que cuando llegue, me asome a verla. ¿Ustedes creen que me puedo asomar a ver a mi madre con estos rímeles corridos y estos ojos rojos y esta facha de puta con que me están dejando, cabrones?

—No —dijo Changoleón.

—¿Quiere decir que me van a esperar a que me limpie la cara y me ponga mis trapos y me eche colirio en los ojos y entre a mi casa metida en mis zapatos, zarandeada pero vestida, y vaya a decirle a mi mamá que me eché unos tragos de más porque es viernes, pero nada más?

—Lo que tú digas, pandillera —le dijo Changoleón.

Esperaron entonces a la ceremonia de recomposición de Dolores. Lezama puso especial atención en el ritmo de sus suspiros, que gemían primero, como en el principio de una pérdida y se regularizaron después en las hermosas fosas nasales de Do, y en su garganta, mientras sus manos recomponían su hermoso rostro trigueño, de ojos rasgados y mejillas jóvenes, y su pelo enmarañado volvía a ondularse en torno al óvalo trigueño de su rostro. Lezama observó también, con ojos que no olvidaron, la forma resignada y niña en que Dolores volvió a vestirse con las ropas que traía y a ponerse las medias de raya y sus zapatos de tacones altos, pues no era muy alta, y dos toques de bilé y un punto de perfume en cada oreja, y la forma como después se volteó hacia Lezama desde el asiento delantero del Taunus donde viajaba, para decirle:

—¿Fuiste feliz, cabrón? ¿Fuimos felices?

A lo que Lezama respondió:

—Más que felices.

Dolores se volvió entonces a Changoleón y le dijo:

—Zángano, embaucador, eres la perdición de mi vida. ¿Y sabes lo peor? Que me vas a dejar, que me estás dejando ya en este momento.

Hizo una pausa, se miró los ojos en el espejo y volvió hacia Changoleón, llena de contento y energía:

—¿Me das un beso de últimas, embaucador?

El embaucador la tomó por la nuca, la atrajo hacia él y la besó como Rhett Butler a Maureen O'Hara o a la otra, ya saben, comprobando que era un embustero.

Luego vieron a Dolores bajar del coche, caminar a la rejilla del jardín que precedía la entrada de su casa, abrir la puerta con su llave, voltear hacia ellos y decirles adiós con un gesto que empezó alto y que terminó desmayándose en sus muslos, sintomático, según Lezama, de que ahí habían vuelto a salírsele las lágrimas.

Era octubre, había una luna llena de octubre, redonda y cercana como una promesa cumplida en el cielo incipientemente nublado de la ciudad.

Changoleón le dijo a Lezama mientras manejaba, ebrio y apacible, hacia la casa:

—Lo único malo de todo lo que pasó hoy, cabrón, es que ya pasó. Y no volverá.

EDENES PERDIDOS, 2

Gamiochipi era la hechura de sus dos hermanas. Había sido el último hijo de un padre viejo y nacido diez años después de sus hermanas, justo en la edad en que éstas necesitaban un niño que fuera al mismo tiempo la última encarnación de sus muñecas y la primera anticipación de los hombres jóvenes que les iban a gustar. Gamiochipi brilló desde bebé como una aparición, como una fiesta, en una casa que estaba de luto porque el padre había muerto de viejo prematuro y había perdido su caudal en una mala apuesta de comercio, de modo que el niño venía camino hacia la casa en los momentos en que el padre y la fortuna de la casa estaban yéndose de ella. Apenas viuda, la madre de Gamiochipi parió como una madre joven, con felicidad inexplicable, sin dolor ni largas pujas, un bebé que no tuvo fricción al venir al mundo y que tenía desde los primeros días una carita de guapo por completo ajena a las indefiniciones faciales de su edad, como una especie de niño adelantado a la belleza de sus años por venir, como un puntual anticipo del niño guapo, del adolescente guapo, del joven guapo, del guapo señor y del viejo guapo que Gamiochipi estaba llamado a ser desde sus primeras babas en la cuna. Como hemos referido ya, tan frustránea como cuidadosamente, Gamiochipi tenía aquella obsesión desvirgatoria por su novia debutante, la húmeda y alabastrina Susy Seyde, cuya blancura le recordaba a Gamiochipi la blancura española de su madre y de sus hermanas. *Como se ha dicho antes, la obstinada caza del virgo de Susy Seyde por Gamiochipi, imitaba la aporía de Aquiles y la Tortuga, según la cual, por más que Aquiles en su velocidad de vértigo se acercara a la taimada lentitud de la Tortuga nunca podría darle alcance. Susy Seyde era la tortuga invencible de los afanes de Gamiochipi, desde luego, pero cuando los turbios sueños de Gamiochipi lo llevaban por las sorpresas de la polución nocturna, quien estaba en sus desahogos no era Susy Seyde, sino la mulata descalza, llamada Zenaida, que venía a lavar pisos y ropa a la casa grande de los Gamiochipi en Pinotepa, antes de la muerte del padre viejo de Gamiochipi. En las apariciones nocturnas de Zenaidita venían como un tropel las nostalgias de aquel mundo perdido, que Gamiochipi tenía como inexistente durante el día pero que le hablaba en su vieja lengua mientras dormía por las noches, nunca por cierto durante las siestas, que Gamiochipi también dormía porque, puesto a dormir, Gamiochipi era una fiera. El hecho central de su vida era, sin embargo, en la vigilia y en el sueño, que las mujeres venían a él con naturalidad y alegría, y él iba a ellas sin vanidad ni atropellamiento, como en un pacto tácito de gusto y de juego, en el que no había engaño ni cortejo, ni promesas ni manipulaciones, sólo las ganas de probarse para hoy, quizá para mañana, ojalá para después. Por eso, por la mnemotécnica razón de los contrastes, su asignatura pendiente de la juventud, llamada Susy Seyde, habría de acompañarlo el resto de sus días con un resto impenitente de tristeza, entre tantas felicidades rutinarias del recuerdo de su trato con las mujeres.*

El narrador omnisciente incurre aquí en un salto cuántico en el tiempo, en general ajeno al espíritu de su relato, pues se adelanta a los detalles de una escena sucedida muchos años después, durante una tropelía nocturna en que el narrador acompañaba a Gamiochipi, más próximos ya los dos a la mortaja que a la cuna, y Gamio-

chipi tuvo el pronto juvenil de llevarle a Susy Seyde un gallo, oh, un gallo, como se llamaba entonces y se llama todavía entre nosotros, a pesar del Terremoto, a las serenatas. *Se fueron los dos a buscar un mariachi de tres trompetas para irse a plantar luego, a las tres de la mañana, al pie de las ventanas de una mansión de la colonia Anzures, sita en la esquina de las calles de Leibniz y Kant, oh, qué esquina, donde era fama que Susy Seyde vivía sola, bien divorciada luego de bien casada, madre de dos hijos bien casados también y de una hija menor, treintañera, que cursaba un posgrado en Cornell. Nada menos que en Cornell, Vladimir Vladimirovich, el lugar donde tú has quedado prendido, cazando mariposas y ninfetas, mientras que esta madrugada fría Gamiochipi anhelaba sólo, otra vez, a su joven gloriosa Susy Seyde, su edén entrevisto, perdido tantas veces que no se le había podido ir del corazón.*

Advierto para lectores ajenos a las tradiciones de aquel mundo nuestro, anterior al Terremoto, de donde provenía la costumbre bárbara de llevar gallo, que era de etiqueta amorosa en los gallos que la mujer agasajada con las trompetas de Jericó del mariachi bajo su ventana, en las silenciosas madrugadas de la ciudad, debía prender la luz de sus habitaciones, o al menos de la sala de su casa, en señal de que recibía con gratitud los tamborazos, los trompetazos y las altas notas destempladas que alcanzaban los cantantes en la banqueta de su casa, justo al pie de su ventana, o aproximadamente frente a ella. Pues bien, el narrador omnisciente consigna aquí, sin afición ni odio, que la Susy Seyde de sus altos años no prendió la luz que hubiera prendido feliz de joven, acaso porque Gamiochipi seguía siendo reo en su corazón de no haberse introducido en ella cuando sus pocos años.

El narrador omnisciente puede dar fe de que aquella noche infausta, luego de no ver prenderse la luz en la casa de Susy Seyde durante cuatro canciones, Gamiochipi pagó lujosamente al mariachi y ordenó a su chofer que los recogiera donde ya sabía, y se volvió con éste su amigo caminando desde la calle de Leibniz esquina con Kant hasta la esquina de Leibniz con la calle de Tolstoi, donde por las madrugadas se ponía un taquero ambulante bajo el toldo del restaurante Los Panchos. Y llegados a la fritanga bajo el toldo, el narrador y Gamiochipi pidieron y comieron los dos cuatro tandas de tacos de costilla y de bistec con paletadas de salsa macha, y mascaron y tragaron como tiranosaurios rex hasta que empezaron a salírseles los mocos por las narices y las lágrimas por los ojos, en tributo a los efectos convergentes de la salsa macha y el recuerdo de Susy Seyde.

EL HIJO DEL PRESIDENTE

—*Historias inolvidables:*
—*Nunca sucedieron*
—*Suceden en la memoria:*
—*Añicos de la memoria*
—*La casa tenía una fachada blanca*
—*Estaba frente a un parque*
—*Una jacaranda extendía sus ramas*
—*Sobre el balcón:*
—*Pasaban tantas cosas en el balcón*
—*Hablamos bajo su sombra*
—*Somos su sombra*
("Fantasmas en el balcón")

Los viernes se chupaba a escondidas en la casa, todos los viernes, y había siempre un cuarto habilitado desde las ocho de la noche para que los *huéspedos,* como llamaba el Cachorro a los habitantes de la casa, se reunieran ahí a echarse un trago, y los que tenían fiesta siguieran a su fiesta, porque había muchas fiestas en la ciudad de entonces, anterior al Terremoto, y los que no tenían fiesta se quedaran a chupar encerrados, hasta que llegara la hora de bajar por el balcón, que tenía una reja muy a propósito, y cruzar el parque rumbo a la cantina El Parque, que era como el Aleph de sus borracheras y de sus ganas de coquetear con las meseras, que tenían el extraño don de ser más bonitas cuando las recordaban. El caso es que los viernes unos se iban y otros se quedaban a chupar en uno de los cuartos de la casa, y los que se iban sabían que al volver habría al menos un cuarto donde podrían echarse el último trago o no, pero normalmente sí, hasta el amanecer.

Había casi siempre uno o dos invitados de fuera que no entraban a la casa por la puerta sino por la referida reja que daba al balcón de la jacaranda. De ahí podían entrar sigilosamente a cualquiera de los otros cuartos del primer piso de la casa donde fuera la fiesta. La casa tenía en el primer piso cuatro cuartos. Dos daban al parque, el del balcón bajo la jacaranda, donde vivían Changoleón y Gamiochipi, y el que tenía sólo ventana al parque, donde vivían Lezama y el Cachorro. Los dos cuartos de atrás daban a la casa de los Gemelos y a su preciosa y repujada hermana que todos conocían en la casa como el Cuero. En el más pequeño de esos cuartos vivían Alatriste y Colignon, agua y aceite, y en el de junto, Morales, con alguna variante zoológica de la inverosímil familia Fernández, con lo que se quiere decir que durante un año Morales había compartido cuarto con Manuel Fernández, el Caballo, y luego seis meses con Bernardo Fernández, el Caimán, y luego ocho semanas con Héctor Fernández, el Trucutrú, y otras ocho con Óscar Fernández, el Chiste, hermanos todos o primos todos, blancos y barbados, herederos de un desviante linaje de prógnatas borbónicos, criadores de reses bravas en Tlaxcala.

Aquel viernes la casa había quedado de reunirse a chupar en el cuarto de Gamiochipi y de Changoleón, precisamente el cuarto del balcón que daba al parque, y estaban chupando sanamente, rítmicamente, cubas sin hielo con ron Batey, el Cachorro, Morales, Alatriste y Lezama. Gamiochipi se había ido a una fiesta con Susy Seyde, inconcluyente como todas las suyas. Changoleón se había desaparecido desde el día anterior en lo que la casa sospechaba una más de sus boconas aventuras, a saber: que lo había invitado a cenar a un restaurante de postín una mujer de temer. Colignon se había ido con una su novia gringa, hija de un padre rico y optimista, como le gustaban a él los suegros: optimistas y ricos a la gringa.

Entonces, de pronto, alguien empezó a gritar desde la calle con susurros perentorios el apellido de Morales. Morales salió al balcón para ver quién le seseaba y habló con él unas cosas en clave que nadie entendió, salvo el propio Morales, quien volvió demacrado al cuarto donde chupaba la casa. Y les dijo, nos dijo:

—Va a suceder una cosa muy rara, cabrones. Pero está bajo control. Les pido paciencia e ironía.

Estuvimos de acuerdo con Morales, como lo estábamos siempre, en nuestra vida ansiosa de acontecimientos memorables. Teníamos debilidad por las improvisaciones de Morales, que empezaban por parecerse a la sorpresa y terminaban pareciéndose al recuerdo de la felicidad, aunque es cierto que la felicidad no se recuerda tanto como la desdicha, sino que suele consumirse cuando se cumple.

Advierto en mi calidad de narrador omnisciente que el nosotros de esta narración usurpa el punto de vista de los declarantes reales, que eran siempre menos que el dicho nosotros y siempre más que cada uno, de manera que lo que llegaba delgado y titubeante de cada uno a ese nosotros, regresaba henchido y firme como recuerdo de todos, y es la materia firme de estos desvaríos.

Apenas los había prevenido Morales de la sorpresa cuando se hizo presente en el balcón, alámbricamente, un flaco color café, de bigotes poblados, frente estrecha y camisa negra. Reconoció el lugar con una mirada profesional y dijo, con discreta y perentoria voz:

—Soy el mayor Pinzón. Estoy aquí por invitación de nuestro amigo —señaló a Morales—. ¿Cómo se llama usted, amigo?

—Morales —dijo Morales.

—Por invitación de nuestro amigo Morales —completó el Mayor Pinzón—. Les advierto que el verdadero invitado no soy yo. Pero antes de hacer subir al verdadero invitado, si ustedes lo permiten, debo inspeccionar el campo.

La estupefacción de los huéspedes valió como permiso para el mayor Pinzón, quien empezó por inspeccionarlos a ellos con su mirada de sobreactuados rayos X. No hay que abusar de los poderes del narrador omnisciente para referir el triste espectáculo que registraron aquella noche los aguzados ojos del mayor Pinzón: un cuarto de camas revueltas donde chupaban en algo más que paños menores tres jóvenes idiotas animados inverosímilmente por su conversación, pero en realidad por lo que había en sus organismos ya de la media botella de ron Batey y las trasegadas botellas de coca cola que esperaban su ingesta desordenada en una mesita del cuarto estrecho, en cuyas dos camas individuales holgaban bebiendo los anfitriones inopinados. Al aparecerse houdinescamente por el balcón y asomarse al cuarto, el mayor Pinzón habría visto al distendido Lezama, echado sobre una de las camas a la espera de su futuro, y sentado en la esquina de aquella misma cama al Cachorro, en camiseta de tirantes propias de su tierra yucateca, y en el espaldar de la otra cama, que abría al jol del primer piso de la casa, al erguido y atento Alatriste. A la izquierda del mayor Pinzón había quedado el hospitalario Morales, quien no acertaba sino a hacer gestos para sus amigos, queriendo sugerir con ellos que la llevaran calmada, que el azar de la historia los había asaltado y no había sino gaudear. Se había traído este verbo, gaudear, de lo único que recordaba de su educación religiosa de la prepa, el tremendo asunto apocalíptico según el cual Agustín, o algún otro padre de Iglesia, habría dicho o escrito alguna vez: *en el ínterin gaudemos*, lo cual quería decir aproximadamente algo así como: mientras llega el Apocalipsis, disfrutemos del mundo. Antes de morir, gocemos. A coger, mientras podemos.

Pinzón vio la escena desoladora de aquellos huéspedos chupando en paños y mentes menores, y miró a Morales con ceño de reproche. Pero siguió su misión. Abrió la puerta del cuarto que daba al jol del primer piso, vio que no había luz en las rendijas de las puertas del resto de los cuartos, pero igual preguntó si no había alguien más en esa planta.

Morales respondió que no.

—¿Puedo entonces traer al invitado? —preguntó el mayor Pinzón, con readquirida confianza.

—Puede hacer lo que le plazca, si me puedo servir otro trago —irrumpió resonante el Cachorro, que ya tenía adentro media estocada de Batey. Dijo esto mientras se ponía inciertamente de pie, camino a la mesita del ron y las coca colas.

El mayor Pinzón miró a Morales, a quien le sudaba la calva prematura, y le dijo al Cachorro, con inesperada complicidad:

—Puede servirse lo que quiera, amigo. Y no sólo eso, sino que traje bastimento al efecto. Bajo y vuelvo.

Autónomo de los permisos del mayor, el Cachorro ya se estaba sirviendo, y no respondió. El mayor asintió con prusiano cabezazo a la indiferencia civil del Cachorro y se fue por el balcón igual que había venido, en un juego de sombras.

Alatriste saltó hacia Morales:

—¿Qué invitado es éste, cabrón? ¿Quién es? Es un sardo. ¿Dónde te conseguiste a este sardo?

Sardos se llamaba entonces, con un toque despectivo, a los militares.

—En una cantina, líder —dijo Morales, secándose el sudor de la frente con la mano.

—¿O sea?

—Pues estaba chupando y se me acercó este mayor.

—¿Y luego?

—Me dijo que cuidaba al hijo de una gente importante que quería mezclarse con su generación, pero que estaba encerrado en la prominencia de su padre. Le pregunté qué quería el hijo. Me dijo: "Hablar y chupar con gente de su edad. Ayúdame, lo tengo que sacar de su muralla. Es un buen muchacho, le gusta coger y todo, pero tiene esta manía de enterarse por él mismo de cómo es el país donde vive y que no puede ver desde su casa".

—Harún al-Rashid —se burló Lezama.

—Pues eso me dijo el mayor, cabrón. Y yo, en la peda, le dije que sí, y le di el teléfono de la casa —se disculpó Morales.

Siguió:

—Esto fue un sábado. Bueno, pues el pinche mayor llamó el lunes diciendo que si podíamos organizar la reunión para el fin de semana siguiente y le dije que sí, que los viernes de cualquier modo estábamos chupando aquí en el cuarto del balcón, que me gritara de la calle cuando llegara. Me dijo que cuánto le iba a cobrar, le dije que nada, que nos invitara la peda y ya. Dijo que sí. No volvió a hablar, sino que de repente se apareció ahí abajo con los dos camionetones y su protegido.

—¿Pero quién es su protegido, cabrón? —se enervó Alatriste.

—No sé —dijo Morales, mientras iba al balcón—. Pero aquí vienen subiendo.

—¿Vienen? ¿Cuántos? —preguntó Alatriste.

Antes de que Morales pudiera responder apareció en el balcón un joven rapado cargando un saco grande. Subió luego el mayor Pinzón con un saco pequeño. En el primer saco había dos botellas de ron y unas coca colas. En el saco pequeño había una botella de *whisky* y otra de champaña, néctares inencontrables en la ciudad aquella, anterior al Terremoto.

Subió luego por la reja el invitado, cuyos eficientes pasos de escalador de rejas cuidaron desde la acera dos idiotas vestidos de negro que alzaban sus brazos hacia el que subía, en prevención de su desplome. Pero el invitado subió con presteza gatuna la reja y cayó de un brinco grácil en el balcón de los machos masturbines.

Morales dio un paso atrás al verlo. Supo que pasara lo que pasara estaban ya metidos en un lío, porque el fulano de solvencias felinas que había saltado al balcón era nada menos que el Hijo del Presidente.

Nadie había visto su foto, su figura no existía oficialmente, estaba prohibida su existencia hasta en las páginas de sociales, pero todo el país sabía quién era y cómo era el desconocido hiperconocido Hijo del Presidente. Ah, los ojos fijos, la frente ancha, las orejas grandes y planas, la cara de

buena onda y de pendejo sin fin del Hijo del Presidente.
Bueno, aquí estaba en el balcón de la casa, en el cuarto clandestino de los machos masturbines, en el centro de su vida.

Los presidentes eran entonces parte fundamental de nuestra vida, aunque no fueran parte de nuestra vida, sino sólo esas personas de las que nos hablaban todo el día, aunque no supiéramos qué personas eran, ni por qué escuchábamos de ellas todo el día. Eran unas personas que hacían las cosas bien, en mejor servicio de todos nosotros, y que tenían una virtud genérica, a salvo de nuestras molestias, que era hacernos bien, el continuo bien que nos hacían nuestros presidentes. Y de pronto aquí estaba, en nuestro cuarto, en nuestra casa, nada menos que el hijo de uno de nuestros presidentes. Oh, momento. El Hijo del Presidente tenía los ojos redondos, la mirada fija, los hombros atléticos, y a primera vista se veía igual de pendejo que nosotros, es decir, a la altura de nuestra pendejez, aunque, bien visto, resultaba más pendejo, porque era el Hijo del Presidente y debía parecer menos pendejo por el simple hecho del aura presidencial que lo rodeaba, la cual, una vez visto de cerca, no tenía, sino que era sólo un pendejo sin aura o con aura de pendejo. Ah, lo pendejos que podíamos ser y lo poco pendejos que éramos comparados en una noche cualquiera de peda con el pendejo Hijo del Presidente. Nos quedó claro pronto, de inmediato, con la objetividad característica de nuestro buen alcohol, que el Hijo del Presidente no era pendejo de su por sí, sino que tenía poco que ofrecer a la fruición de nuestras pedas sin rumbo, que se han ido ahora, que sólo pudieron existir entonces y sólo pueden brillar en la memoria de aquellos interminables días de la ciudad anterior al Terremoto. Nos volvimos luego cuidadosos, amaestrados, silenciosos. Pero entonces hablábamos sin parar en el ejercicio de una libertad de la que no éramos dueños cabales, salvo porque la ejercíamos sin saber que la teníamos.

El Hijo del Presidente pasó del balcón al cuarto y le tendió a Morales una mano franca. Morales lo reciprocó. El mayor Pinzón aprobó su saludo mirando por encima de los hombros del Hijo del Presidente, que no era muy alto, aunque sí muy fuerte. El Cachorro enmendó con elegancia ciceroniana la parquedad salutatoria de Morales. Dijo, mientras meneaba con el dedo índice lo alto de la cuba libre que acababa de servirse:

—Llega usted a esta casa por el mejor de los conductos, heredero: el balcón.

El Hijo del Presidente rio, el mayor Pinzón también, Morales por lo mismo, pero no el Cachorro, que permaneció impertérrito luego de su dicho.

Asumo como narrador omnisciente que es la hora de describir aquí al Hijo del Presidente, aparecido inopinadamente por el balcón, aunque creo que lo he descrito antes, y la verdad no hay nada interesante que añadir, por lo que podemos saltar ese trámite y seguir diciendo que apenas se apareció el Hijo del Presidente en el pinchurriento cuarto donde estábamos, le echó el ojo a la única silla medio decente que había, frente al mínimo escritorio que nadie utilizaba, donde imperaban las botellas y los refrescos, y se sentó en ella de espaldas al balcón, con el mayor Pinzón a sus espaldas. El mayor puso en manos del Hijo del Presidente un caballito del *whisky* del que había traído, mientras el Hijo del Presidente se sentaba derecho en su silla, muy distinta pero al final no tanto de la de su papá. Lezama se sumó con discreción al privilegio, haciéndole señas al mayor Pinzón de que quería lo mismo que le había tramitado al Hijo del Presidente. La osadía de Lezama le pareció al mayor Pinzón un gesto de bienvenida, la naturalización del momento sandio en que estaban, y procedió con diligencia a servirle a Lezama su caballito de *whisky* de la botella verde de Buchanan's.

—Gracias, amigos, por dejarme entrar a su casa —dijo el Hijo del Presidente—. Y a su cuarto.

Lezama notó desde el primer momento que su agradecimiento era falso y su seguridad, sincera.

—Yo vivo encerrado, aunque no quiera —siguió el Hijo del Presidente—. Pero salgo a ver lo que pasa fuera de mi encierro, y ustedes me abren una ventana a la libertad. No olvidaré nunca eso.

Lezama notó que el Hijo del Presidente hablaba con tono histórico. Notó también que en medio de la concentración intencional del rostro y la mirada había la tendencia a mover la cabeza mientras hablaba, y a mirar lateralmente, como los cotorros. Puede juzgarse imposible la fijeza de la mirada y la oscilación de cotorro descritas, pero en el Hijo del Presidente eran parte de la misma fijeza trabajada. No dejaba de mirar lo que miraba mientras movía como cotorro la cabeza al hablar.

—Estamos a sus órdenes, señores —dijo Morales, con tono de político revolucionario de los años veinte—. Mayor, gracias por este invitado. Invitado, ésta es tu casa. Estamos listos para lo que quieran: chupar, cantar, bailar.

—Chupar por lo pronto —dijo el Hijo del Presidente—. Salud.

Salud dijeron todos y bebieron, menos Alatriste, que no bebía. El Hijo del Presidente bebió de un golpe su caballito de *whisky*. El mayor Pinzón se lo llenó de inmediato.

—Quiero hacerles una pregunta —dijo el Hijo del Presidente, dando un brevísimo sorbo a su nuevo *whisky*, como si fuera el primero—. La pregunta es ésta: ¿ustedes creen en el tercer ojo?

—Sólo en las mujeres —dijo sin pensarlo Morales.

Todos se rieron menos el Hijo del Presidente.

—Me refiero a la dimensión espiritual —dijo el Hijo del Presidente.

—Entonces sí —dijo Morales, sin pensar otra vez—. Las mujeres tienen un tercer ojo que les permite reconocerse a primera vista.

Era un chiste pendejo muy popular entre los machos masturbines, de modo que todos se rieron, menos el Hijo del Presidente, quien volvió a la carga, siempre moviendo la cabeza inmóvil, como cotorro divagante.

—Entiendo los chistes y los albures. Pero estoy en busca de algo que me interesa seriamente, filosóficamente, espiritualmente —dijo el Hijo del Presidente.

—Usted nos dice y nosotros escuchamos —dijo el Cachorro.

—¿Han leído a Lobsang Rampa? —preguntó el Hijo del Presidente.

Hubo un silencio penoso, que rompió Alatriste:

—Yo lo he leído.

—¿Y qué te parece?

Otro silencio penoso.

—Nada —dijo Alatriste.

—¿Nada?

Un silencio más, y luego el golpe de vulgata marxista de Alatriste, quien dijo:

—Bisutería pequeñoburguesa.

—A mí me ha impresionado lo del hilo astral —dijo el Hijo del Presidente—. Porque lo he probado.

—¿Probado? —saltó Lezama.

—He viajado en él —dijo el Hijo del Presidente—. ¿Ustedes no creen en esto?

—Con las reservas de ley —dijo el Cachorro.

—¿A dónde viajaste por el hilo astral? —preguntó Lezama, metiendo luego la cara en su sobaco.

—Estaba buscando la huella del presidente Calles, un presidente mexicano que mi papá admira mucho —dijo el Hijo del Presidente.

—¿Calles, el que desató la guerra cristera? —cargó Alatriste.

—Sí, pero a mí no me interesa ese Calles, el Calles político —dijo el Hijo del Presidente—. A mí me interesa el Calles espiritual.

—Será el espiritista —dijo Alatriste.

—Los dos —dijo el Hijo del Presidente—. Al final de su vida Calles creyó en el espíritu.

—En los espíritus —porfió Alatriste.

—Espiritismo, espíritu, los espíritus, es lo mismo —dijo el Hijo del Presidente—. Yo me refiero a la espiritualidad.

—¿Del presidente Calles? —bramó Alatriste.

—Al final de su vida el presidente Calles *se conectó* —dijo el Hijo del Presidente, poniendo un énfasis claro en esas cursivas—. Al principio de su vida se había conectado también el presidente Madero. Por eso hubo Revolución mexicana, porque Madero creyó en los espíritus. México ha creído siempre en los espíritus, amigos.

Hubo un elocuente silencio en torno a las palabras del Hijo del Presidente. Entonces el hijo del Presidente cambió pero no cambió de tema. Dijo:

—¿Ustedes han leído *La mujer dormida debe dar a luz*?

—Hojeado —dijo Alatriste, que estaba trabado con el Hijo del Presidente.

—¿Y qué te parece?

—Que no ha dado a luz.

—Es una metáfora —dijo el Hijo del Presidente—. No se puede tomar literal.

—La mujer dormida es el volcán Iztaccíhuatl, ¿de acuerdo? —preguntó Lezama.

—De acuerdo —dijo el Hijo del Presidente—. Pero es una metáfora. Es como decir que el Atlántico algún día nos devolverá la Atlántida.

—¿Y cuál sería la Atlántida en el caso del Iztaccíhuatl y la mujer dormida? —preguntó Lezama, volviendo a meter su cara en el sobaco.

—La grandeza perdida de México —dijo el Hijo del Presidente—. Nuestra grandeza olvidada.

—No veo en ningún lado esa grandeza —dijo Alatriste.

—Está enterrada —dijo el Hijo del Presidente.

Hábilmente, Morales propuso un brindis. Todos acataron su moción, que Morales cumplió con un brindis idiota, típico de la época:

—Que esto, que lo otro: salud.

—Salud —celebró el coro.

Pasado el brindis, el Hijo del Presidente volvió a la carga, ahora con una granada. Preguntó, nada menos:

—¿Cómo les parece que está gobernada la república?

Lezama volvió a meter la cara en el sobaco.

—¿Cuál república? —preguntó Alatriste.

—El país en que vivimos.

—No vivimos en una república —dijo Alatriste—. Vivimos en una dictadura.

—Mi padre no es un dictador —dijo el Hijo del Presidente.

—No es personal —concedió Alatriste.

—Naturalmente que no es personal —dijo el Hijo del Presidente—. Mi padre no es personal. Es el presidente. Pensémoslo históricamente. Primero fueron los aztecas, luego los españoles, luego la Independencia y la Reforma, y en el siglo xx la Revolución, y luego de la Revolución, uno tras otro los presidentes de México, hasta llegar a mi padre, del que no hablo, porque no es personal. ¿Qué pudo mantener a un pueblo unido en sus esfuerzos sino un hilo invisible, una especie de hilo astral en el que hablamos, oímos y nos ponemos de acuerdo todos?

—El hilo astral, desde luego —celebró, acérrimo, Alatriste, dándose una palmada de eureka en el muslo derecho.

El mayor Pinzón, diplomado de Estado mayor, le echó una mirada de halcón a Morales, esbozándole, con un minúsculo movimiento de cabeza, un rotundo *no* para la escena.

Morales entró untuosamente al quite:

—Propongo invitarle a nuestro invitado un trago social en nuestra cantina favorita.

Lezama entendió que Morales quería interrumpir la deriva de Alatriste y le hizo segunda. Gritó:

—¡Balcón!

Era el grito de guerra de la casa cuando los comía el encierro o se acababan los tragos en los cuartos y era llegada la hora de bajar por la reja del balcón al Parque México, que estaba frente a la casa y se llamaba en realidad General San Martín, y cruzar el parque caminando rumbo a la cantina El Parque que estaba cruzando el parque San Martín, recinto que hemos descrito a medias y terminaremos de describir después.

Se pusieron todos en movimiento rumbo a sus cuartos, para acabar de vestirse, todos menos el Cachorro, que siguió bebiendo de su cuba, impertérrito, en su camiseta de tirantes.

El Hijo del Presidente asintió complacido a la movilización en su torno, que sintió amistosa, al revés de Alatriste, que la sintió servil.

Pinzón llevó a Morales al balcón y le preguntó cuál era la cantina que había dicho y dónde estaba. Morales dio las referencias del caso:

—Nos queda caminando.

—¿Hay putas ahí? —preguntó Pinzón.

—Meseras —dijo Morales.

—¿Mota?

—No.

—¿Bebidas adulteradas?

—Se sabe al día siguiente.

—Voy a mandar comprar los tragos para que nos sirvan de ahí. Ellos hacen ahí como que nos sirven y nosotros les pagamos la cuenta como si nos hubieran servido. ¿De acuerdo?

—De acuerdo —dijo Morales.

—¿Usted puede arreglar eso?

—Son amigos —dijo Morales.

El mayor Pinzón bajó por el balcón con prestancia de leopardo, para arreglar la mudanza a la cantina El Parque.

Morales bajó tras él y atrás de Morales bajó el Hijo del Presidente. Luego bajaron Lezama y Alatriste. El Cachorro los vio partir desde el balcón, con un desdén olímpico, impávido en su camiseta de tirantes. Le había dicho a Lezama, por lo bajo: —No hago ronda con ojetes.

—Nos vamos caminando, señor —dijo Pinzón al Hijo del Presidente.

—Está fresca la noche —celebró el Hijo del Presidente.

Lezama pensó que la frase era digna de un espíritu epicúreo y se metió la cara en el sobaco.

Cuando empezaron a caminar por el parque, Lezama y Morales entendieron la seriedad relativa de la situación, porque el mayor Pinzón apenas daba un paso sin mirar hacia sus flancos delanteros y hacia sus flancos traseros, estableciendo con su mirada de hurón movimientos que replicaban los de un director de orquesta, pero no en entradas de violas o cornos, sino en los pasos que daba entre las sombras, flanqueando la comitiva, una red de rapados vigilantes invisibles.

—Quiénes son estos cabrones ——preguntó Alatriste al oído de Lezama, pues registró también el movimiento concertado de los espabilados vigilantes.

—No hay nada como la libertad —dijo el Hijo del Presidente—. Y el aire fresco de la noche.

—Voy a matar a este cabrón —masculló Alatriste en el oído de Lezama.

Morales guiaba la expedición por los senderos de tierra del parque, en cuya penumbra, por la débil iluminación de la vida en general de los tiempos anteriores al Terremoto, resplandecía el surtidor plateado de una fuente que nunca paraba entonces, en cuyo chorro diáfano los habitantes de la casa recordaban haber bebido grandes tragos de agua limpia y fría.

La cantina El Parque estaba en aquellos tiempos en la calle de Teotihuacán, ducha en cantinas pues en sus únicas dos cuadras, entre las avenidas Insurgentes y Ámsterdam de la colonia Condesa, había dos cantinas, una por cuadra, siendo una El Parque y la otra el legendario College, bautizada así por Morales en reconocimiento a sus servicios pedagógicos.

Los habitantes de la casa conocían la cantina El Parque como la palma de su mano, es decir muy mal. Normalmente entraban ahí a medios chiles y salían herméticamente pedos, sin que nadie pudiera saber entonces de dónde sacaban el dinero para tantas recaladas. Había una fe tácita en los excedentes laborales del Cachorro y en el bolsillo mágico de Changoleón, fértil en billetes misteriosamente habidos y en alhajas y relojes negociables, de inconfesable procedencia. La cantina El Parque estaba en la vida de los machos masturbines todo el tiempo, como estaría después en su memoria.

Era en realidad un restaurant bar, con siete mesas y una barra, dos meseros y tres meseras, siendo los meseros Artemio y Julio, y las meseras Chola, Serafina y Raquel. Artemio era un gordo prieto y mal intencionado; Julio, un flaco amarillo y chismoso; muy linda y alburera era Chola; divertida y güereja era Serafina; preciosa, cobriza y coqueta era Raquel. No habían ido una sola vez a la cantina sin tener, al contacto con aquellas mujeres, familiares y misteriosas a la vez, de trato reticente y democrático, la ilusión de que podrían ligarse a alguna, pero a decir verdad no lo hacían porque Artemio interfería rápido con mal semblante cuando algún parroquiano lo intentaba, y el mismo Artemio había esparcido sobre ellas lo que podía ser visto como calumnias, de un lado, pero como leyendas protectoras del otro, pues según Artemio todas las noches al cerrar la cantina venían por ellas unos güeyes infranqueables: por la Chola un hermano que no era su hermano, por Serafina un primo que no era su primo, por Raquel un tío y a veces un sobrino que no eran ni su tío ni su sobrino.

La omnisciente memoria colectiva recuerda la cantina El Parque en tonos lilas y morados, con unos pisos brillantes de granito negro y todo a media luz a todas horas, salvo por los destellos de plata y de neón azulado que echaba la rockola. El local tenía en los flancos mesas fijas con asientos de gabinete, rojos, capitoneados, pegados espalda con espalda, y en el centro del recinto mesas normales, cuadradas. En un hueco junto a la barra había una rockola con discos de 45 revoluciones, que una garra inteligente tomaba sin equivocarse cuando alguien ponía la moneda de un peso en el orificio plateado donde había que ponerlo, y la rockola se echaba a andar como una nave espacial rastreando la canción escogida en el botón que llevaba su nombre, por ejemplo "King Creole", y salía a cantar Elvis Presley, o "Ven acá", y salía Toña la Negra, con Agustín Lara al piano. Los machos masturbines eran tributarios de Benny Moré y de Javier Solís, en particular de la muy zarandeadora "Vendaval sin rumbo", cuyos versos cuchos sentían ellos que los describían, razón por la cual se consignan abajo, por no dejar, tal como la cantaba Benny Moré:

> *Vendavaál sin rumbo,*
> *cuando vuelvas traeéme aromas*
> *de su huertooó,*
> *para perfumaaár el coórazón*
> *que poór su amor*
> *casi casi estaá muertooó.*
> *Dile que no vivoó*
> *desde el día en que de miií*
> *apartooó sus ojos,*
> *llévale un recuerdoó*
> *envuelto en los antoójos*
> *deé mi corazoóng*

Ninguno de los machos masturbines había tenido ese amor de rockola que los volvía locos, pero todos lo tenían grabado en el fondo de su alma. El hecho es que eran capaces de amar sin haber amado y de recordar para siempre amores que no habían tenido.

Morales se adelantó en la calle con el mayor Pinzón para advertir a los de la cantina lo que traían entre manos. Ya estaban esperando en la puerta dos de los muchachos rapados de Pinzón, con los restos de los sacos que habían alijado del cuarto de los machos masturbines y uno nuevo. El mayor Pinzón tomó juntos los sacos con un puño de hierro y entró a la cantina siguiendo a Morales. La cantina abría con una puerta doble de cristal, de ir y venir, forrada de una doble muselina drapeada. El sitio estaba a medio llenar, mal animado por un cuarteto de necios que estaban instalados en un gabinete del fondo, hablando y chupando fuerte desde la comida.

—Lejos de esos —legisló el mayor Pinzón.

Morales iba a empezar su explicación para Artemio, que estaba en la barra, pero el mayor Pinzón se le adelantó y le dijo a Artemio:

—Nos vas a servir lo que te pidamos, pero sólo de estos sacos —puso los sacos sobre la barra—. Y yo te lo voy a pagar todo, como si viniera de tu barra. ¿De acuerdo? Tú te repartes lo que crees que sobre.

Artemio miró a Morales y Morales le dijo con un golpe de ojos que todo estaba en orden. Morales era un parroquiano favorito de Artemio porque le preguntaba todo el tiempo si ya habían desfilado ante su bayoneta calada la Chola, Serafina o Raquel. O las dos. O las tres. Y Artemio contestaba sólo:

—¿Qué pasó, qué pasó?

El mayor Pinzón tomó el gabinete intermedio, del lado de la barra, sus rapados tomaron el que estaba cerca de la entrada y la mesa cuadrada más próxima, de modo que el Hijo del Presidente tuviera parapeto.

El Hijo del Presidente tomó posesión de la esquina del gabinete que miraba a la puerta, con el mismo sentido de dominancia que había tomado la silla en el cuarto de los machos masturbines. Se puso en escorzo ahí mirando a sus invitadores, recargado en el ángulo que hacían la pared y el sillón del gabinete. Luego, como quien no quiere la cosa, subió al asiento la pierna izquierda, doblada, para marcar su territorio. Al lado de su rodilla se sentó Morales y Alatriste y Lezama tomaron el sillón de enfrente. El mayor Pinzón se mantuvo en guardia de pie y llamó a las meseras. Vinieron contoneándose la Chola y, muy derecha, Raquel. Antes de que preguntaran qué querían, Pinzón legisló:

—Un *whisky* solo para el señor y cubas para los muchachos —siendo el señor el Hijo del Presidente y los muchachos Morales, Lezama y Alatriste.

—Yo no bebo —dijo Alatriste.

—¿Ni una coca cola?

—Menos, gracias.

Tenía un diferendo personal con las llamadas entonces aguas negras del imperialismo yanqui.

Aprovechando su cercanía, el Hijo del Presidente acercó su cabeza de cotorro parlante a la mirada de Raquel y le dijo:

—¿Habrá en esa rockcola un tango, señorita?

—Varios —dijo Raquel.

—¿Será que puede ponerme uno?

—¿"La cumparsita" está bien?

—"La cumparsita" es el tango mismo —dijo el Hijo del Presidente.

Lezama metió la cabeza en el sobaco. Pensó que cuando contara esto diría que el Hijo del Presidente tenía una cabeza esencialista, como la de Platón.

Aprovechando la distracción del Hijo del Presidente con Raquel, Alatriste se puso las manos alrededor de la boca, como una bocina, y le dijo a Morales, con el silente movimiento de los labios:

—Lo voy a mataaaar.

La Chola trajo los tragos que pidió el mayor Pinzón y le dijo al Hijo del Presidente:

—Por más que lo escondan sus amigos, yo sé quién es usted.

—Muy amable, señorita.

—Sea muy bienvenido.

—Así me siento.

Lezama volvió a meter la cara en el sobaco. Atrás de la Chola llegó Raquel con unos cuencos de cacahuates enchilados, especialidad del súper de la colonia. Apenas dejó las cosas en la mesa empezó a sonar "La cumparsita" en la rockola. El Hijo del Presidente se puso de pie y atropelló a Morales para salir del gabinete. Le dijo a Raquel:

—Baile ésta conmigo.

—No sé bailar esto —dijo Raquel.

—Yo me encargo —dijo el Hijo del Presidente

El mayor Pinzón le quitó a Raquel la bandeja que traía todavía entre las manos, con los famosos cacahuates enchilados del lugar. El Hijo del Presidente la tomó de la mano izquierda. Los rapados del mayor Pinzón apartaron una mesa para hacerle espacio.

El Hijo del Presidente empezó a bailar entonces "La cumparsita", con perfección clásica, pasando con prestancia militar sobre los falsos pasos y los sonoros taconazos que daba Raquel tratando de seguirlo. Y así fue hasta que Raquel cayó casi al piso de donde la alzó como una pluma el Hijo del Presidente y la paró y la miró fijamente, y le dijo: "Suavecita, nada más sígueme". Entró luego al baile en el acorde preciso y los machos masturbines vieron operarse el milagro del tango imposible ante sus ojos, porque de pronto la deshilachada y arrítmica Raquel era una seguidora perfecta, hipnotizada, de los cruces y quiebres y pausas que imponía el Hijo del Presidente en su *performance* inesperada.

Cuando terminó la pieza, Raquel dijo:

—Ay, corazón, no te voy a olvidar.

—Estoy para servirle, señorita —le respondió el Hijo del Presidente.

El mayor Pinzón musitó entonces en los incrédulos oídos de Morales:

—Ése es mi gallo, güey.

El Hijo del Presidente agradeció a Raquel con una venia prusiana que hizo las delicias de Lezama. Luego pasó a sentarse en su esquina y reanudó su amena plática.

Preguntó:

—¿Ustedes saben lo que dicen los argentinos en Buenos Aires? ¿No? Dicen que nosotros los mexicanos descendemos de los aztecas, mientras que ellos sólo de los barcos. Creo que tienen razón. Pero hay que concederles que inventaron el tango y que son buenos maestros de tango. A mí me enseñaron en sólo cuatro años a bailar tango. De mis trece a mis diecisiete.

—Se me hacen pocos —dijo Lezama.

—Yo hubiera dicho que lo menos diez —dijo Alatriste.

—No creo que tantos —dijo el Hijo del Presidente—. La verdad, no es para tanto.

La siguiente hora fue una tortura para los machos masturbines, en especial para Alatriste y para Lezama, que contenían a duras penas, alternativamente, la rabia y la risa, y para Morales, que sentía a Pinzón a sus espaldas, mirándolo, como posado en él.

El Hijo del Presidente peroró durante aquella hora sobre lo mismo que había perorado toda la noche, aunque al final tuvo una derivación feliz hacia lo que realmente lo rondaba.

—Amigos, mi hilo astral me dice que ustedes saben de una buena casa de citas en esta colonia. Tiene fama su colonia. ¿Alguna recomendación al respecto?

—Morales sabe todo de eso, se las trae aquí ——dijo Alatriste, sobándose con el pulgar derecho las yemas de los dedos.

Morales sintió que el cielo se abría. Todo lo que había bajo su armoniosa calva prematura se arrulló con el sueño de la casa de citas llamada La Malinche, que en efecto estaba a sólo dos cuadras, en la esquina de Ámsterdam y Michoacán. Era la casa a la que Morales había podido colarse sólo dos veces, una con Changoleón, otra con Gamiochipi, y de donde los habían invitado a retirarse las dos veces, con ceños fruncidos, luego de sólo unos minutos de dar vueltas obnubiladas entre las mujeres del lugar. Les habían dicho las dos veces lo mismo: "El consumo es obligatorio, jovenazos. Pidan un trago y se quedan lo que quieran, pero aquí no hay taco de ojo". Es decir, que no podían calentarse sólo viendo. No habían tenido para un trago las dos veces, porque los tragos ahí costaban lo que una botella, y los habían echado las dos veces del lugar, de manera que La Malinche era una fortaleza que no habían podido tomar ni timar. Una asignatura pendiente.

—Hay una casa aquí a sólo dos cuadras —le dijo Morales a Pinzón, que seguía a sus espaldas—. La mejor.

Volteó entonces a ver a Pinzón por primera vez en la noche. Pinzón asintió con su cabezazo prusiano y fue a la barra a pagar. Al volver, instruyó a dos de sus rapados:

—Ustedes de avanzada; los demás, conmigo.

La Chola y Raquel vinieron de lambisconas con el Hijo del Presidente. El Hijo del Presidente les besó las manos como si fueran la duquesa de Windsor. Cuando caminaban hacia La Malinche, Alatriste se fue quedando atrás, como no queriendo. Lezama fue a alcanzarlo a la retaguardia.

—Yo aquí me corto —le dijo Alatriste—. Si no, voy a matar a este cabrón.

—Sería un atajo a la lucha de clases —dijo Lezama.

—No me chingues, cabrón. Me voy a la casa a leer y les mando a los que vayan llegando. Por una vez, que los mantenga el gobierno.

—¿Qué pasa con su amigo? —inquirió Pinzón.

—Nada. Tiene coágulos cerebrales que se le agudizan en la noche.

—Mala tarde —dijo Pinzón.

La casa de La Malinche estaba rodeada de los conseguidores de siempre, invitando a detenerse a los coches que pasaban. Había dos coches con chofer estacionados frente a la casa: un Oldsmobile y un Nash. Era una casa de dos plantas y un altillo, con su antigua reja abierta a la calle forrada por láminas negras, para impedir la mirada de los mirones.

Pinzón habló con los energúmenos trajeados de la entrada, que se le cuadraron sin aspavientos. Entró el Hijo del Presidente y atrás de él los recelosos machos masturbines, con reverencia de creyentes ingresando al templo. Habían rondado esta casa muchas noches, como se ha dicho, pero se habían colado nada más dos veces, para ser expelidos las dos por el mal olor de su falta de dinero. Ahora les flanqueaban el paso como en celebración de un cortejo. Había muchas mujeres esa noche, pintadas, empelucadas, entalladas, de medias negras, de pestañas embreadas, de hombros desnudos, de pechos asomados, emisoras entre todas de una mezcla de perfumes irresistibles y asfixiantes. Por entre ellas las llevó el mesero hacia la salita del fondo que le había pedido el Mayor Pinzón y hacia allá fueron todos, mareados con lo que olían y veían, salvo el Hijo del Presidente que se detuvo en una flaca de pechos grandes y piernas de atleta, a la que sin decirle una palabra se llevó del brazo por la escalera curva de la casa, rumbo al segundo piso, donde estaban las recámaras. A media curva de la escalera le hizo a Pinzón el gesto de que atendiera a sus recientes amigos y siguió subiendo con su olímpica amazona. Pinzón llevó a los machos masturbines a la salita del fondo de la casa y les dijo que podían pedir tragos e invitarles tragos a las chamacas, pero nada más.

Eso hicieron, pedir sus inevitables cubas a los meseros que los veían por primera vez como mandantes, no como mendicantes. Y por primera vez, de las dos que habían podido entrar a la casa sagrada, en vez de rondar ellos por la sala buscando conversar y acercarse a las radiantes mujeres de la casa, venían ellas hasta ellos, a la salita donde estaban, para mostrarse. Oh, el poder.

Nunca se habían sentido cómodos en aquella casa y empezaban a tomar confianza, pero antes de empezar diálogo alguno con las diligentes presencias que los rodeaban se abrió la puerta de la salita y reapareció el Hijo del Presidente, con un brillo en la mirada, dispuesto a conversar. Pinzón dispersó con un golpe de ojos negros a las bellas que rondaban y la salita quedó libre para la conversación del Hijo del Presidente, a la que sus acompañantes no podían negarse, como se dieron cuenta de pronto, pues ni tenían dinero ni tenían poder y aunque lo hubieran tenido, eran presos tácitos, servidores forzados pero voluntarios, del poder inmaterial del poder, ése que los envolvía sin envolverlos, los sometía sin someterlos, los obligaba sin obligarlos, dejándoles ni siquiera el recurso del agravio, el rechazo o la rebelión. Nada de eso, no, sólo esta nata pendeja, obligatoria, del Hijo del Presidente que quería platicar de sus temas luego de cogerse a la puta de sus gustos. Oh, las putas. Oh, la inigualdad. Oh, el poder.

El Hijo del Presidente pidió un vaso de agua fría al mesero que le ofrecía champaña. Luego invitó a los machos masturbines a sentarse en su torno y dijo algo así como:

—Hay la realidad material, que representa este sitio, y hay la realidad espiritual que está en nosotros. Todos somos llamados por el mundo material, pero lo que verdaderamente nos llama es la voz inmaterial de nuestro espíritu, eso que está oculto en nosotros, esperando despertar.

En ese momento fundamental de la disquisición se abrió la puerta de la salita y entró una muchacha con vestido guinda de tirantes y flecos en las rodillas rubicundas. El Hijo del Presidente la miró y quedó turulato con aquella presencia, debido a lo cual dijo:

—Me disculpan.

Se paró entonces, se acercó a ella, le puso enfrente su perfil y su frente como concertando una pasión inicial o una vieja, renovada, luego de lo cual la tomó del brazo y salió de la salita palpándole las nalgas.

Lezama siguió sus pasos y los vio subir otra vez por la escalera de granito blanco hacia las altas recámaras de la casa. El mayor Pinzón fue a cerrar la puerta y les dijo que pidieran otra vez lo que quisieran, salvo lo que hubieran podido querer: unas chamacas. La verdad es que los machos masturbines estaban tan fuera de sí por el espectáculo inesperado de la noche, que apenas alcanzaban a pensar siquiera en lo que realmente querían. Pidieron otras cubas y conversaron entre ellos, pero en realidad no conversaron porque estaba de pie a sus espaldas, erguido como un pino, el mayor Pinzón, el custodio del Hijo del Presidente. Tenían la impresión de que aquel custodio los odiaba porque su custodiado había hecho demasiadas estupideces frente a ellos y se había mostrado estúpido de más. Morales entendió esta molestia en la rigidez de pino del mayor Pinzón y se acercó a él diciéndole:

—Mayor, ésta es la mejor velada de nuestra vida.

Pinzón le dijo:

—No de la mía.

Morales abundó:

—No somos nadie, mayor. Aquí estamos echados en esta sala con el pizarrín erguido mirando a ningún lado.

Pinzón contuvo una sonrisa.

—Habiendo tanto jardín donde retozar —siguió Morales.

—Imposible dudar de eso —dijo Pinzón, con ceño militar.

Morales entendió que había tocado una grieta en su coraza y dijo:

—Todos nos hemos enamorado, mayor, de alguna de estas pinches viejas en las únicas dos veces que hemos estado aquí.

—Sólo dos veces —precisó Lezama.

—Sólo dos veces, mayor —siguió Morales—. Y sin un quinto en la bolsa. Sólo mirando los aparadores para recordar al menos una curva y hacernos justicia por propia mano.

—Entiendo su impulso —empezó a reírse Pinzón—. Pero yo no estoy aquí para eso.

—El que se ríe se lleva, mayor —dijo Morales—. Sólo por imaginar: ¿cuál de estas viejas le llena el ojo?

—La de los flequitos —dijo Pinzón.

—¿La que se llevó el Hijo del Presidente?

—La misma —dijo Pinzón—. Y la de antes.

—Ésas ya son dos, mayor. Está usted camino de hacerse justicia por propia mano.

—Justicia al amanecer —sonrió cómplicemente Pinzón, ablandado por Morales.

—Armado hasta la empuñadura —remató Morales con invencible gracia—. Como el terrorífico hidalgo Hernán Cortés y sus conquistadores. Se hacían justicia por propia mano en todos los sentidos.

Pinzón tuvo un espasmo de risa. Se lo tragó y volvió a su compostura militar. Sólo por un momento. Luego dijo:

—Está bien: qué quieren tomar, cabrones. Y tú, pinche calvo, deja de hablar —le dijo a Morales—. Me estás aturrullando.

La inesperada conjugación del verbo aturrullar despertó a Lezama, que somnolecía en un sillón de la salita.

—Chúpale, pichón —dijo Lezama.

En eso tocaron a la puerta de la salita. Abrió el mayor. La que tocaba era una preciosa morena con peluca de güera. El mayor oyó lo que tenía que decirle. Cerró luego la puerta y preguntó a los machos masturbines.

—¿Ustedes tienen noticia de un sujeto que se hace llamar Changoleón?

—Es nuestro compañero de casa —dijo Morales.

—Está tocando que lo dejen pasar. ¿Cómo supo que estamos aquí?

—Por el que se fue —dijo Lezama—. Costumbre de la casa compartir, mayor.

—¿Ustedes dan cuenta de lo que pueda hacer este sujeto?

—Sólo quiere chupar —dijo Lezama.

—¿Que pase entonces?

—Que pase, mayor.

—Hay también otro sujeto tocando con el anterior que se dice llamar *Coliñó*. ¿Lo reconocen también?

—Colignon —dijo Lezama

—¿Francés o qué? —dijo el mayor.

—Mexicano, de pito grande —dijo Morales.

—Nos lo medimos —dijo el Mayor Pinzón—. Pero si ustedes fallan, pagan la cuenta cabrones.

Abrió la puerta de la salita y le dijo a la morena rubia:

—Que pasen, amor.

Venía bajando en ese momento el Hijo del Presidente como un chambelán de película, guiando del brazo a la del vestido guinda de tirantes a mitad de los hombros, con flequillos a la mitad de las piernas. Las piernas que habían subido desnudas venían cubiertas ahora por medias negras de cancanera. El mayor Pinzón hizo un gesto de todos quietos en la salita y abrió la puerta obsequiosa para que entrara el Hijo del Presidente. Los machos masturbines oyeron al Hijo del Presidente decir al oído de su bella de tirantes:

—Nos vemos luego, chiquita.

Lezama metió la cabeza en el sobaco. El Hijo del Presidente entró entonces al lugar que tenía en el centro de la salita, sin haberse despeinado un pelo y luego de una pausa brevísima reinició sus parlamentos que por alguna razón tenía que proferir meneando la cabeza como un loro.

—Al final de su vida el presidente Calles visitó el arcano —dijo el Hijo del Presidente—. Está documentado. El general Calles reconoció a los espíritus. En una casa de Tlalpan tuvo con ellos innumerables encuentros de los que han quedado testimonios. Mayor, ¿puedo tener un tehuacán?

En aquel mundo anterior al Terremoto, un tehuacán era un agua mineral con burbujas.

El mayor caminó con prestancia militar hacia la puerta de la salita y dio la instrucción de que trajeran un tehuacán.

El Hijo del Presidente siguió hablando:

—Estaba muy enfermo ya el general Calles y con muchos dolores. Pero el dolor mayor que tenía no estaba en su cabeza. Y era la muerte de su hijo muy pequeño, cuando él no era ni siquiera general. Ya no digamos presidente. ¿Les interesa esto o cambiamos la conversación?

En eso hubo toquidos en la puerta de la salita y la morena rubia mostró a Changoleón y a Colignon, prieto uno, rubito el otro.

—Personal de la casa que lo quería conocer —explicó el mayor Pinzón al Hijo del Presidente.

—Pasen amigos —los invitó con mano marinera el Hijo del Presidente y entraron el par de vagos, Changoleón con una camisa a cuadros, metida en sus ceñidos pantalones, y Colignon con una de lino blanco por fuera de unos *blue jeans* que sus robustos muslos llenaban y que por alguna razón obligaban a voltear hacia sus botines de gamuza color arena. Había mucha gamuza color arena en los zapatos de entonces, antes del Terremoto.

Pero entonces el Hijo del Presidente le dijo al oído a Pinzón, no tan quedo que no lo pudiera escuchar Lezama:

—Hay una de satén azul, Mayor, con un mechón rojo. Ésa.

—Cuando usted diga, señor.

—Ya —dijo el Hijo del Presidente.

El mayor Pinzón salió de la salita por la de azul y volvió de inmediato. Cuando se abrió la puerta, Lezama la vio. El Hijo del Presidente se levantó, fue a la puerta y desapareció tras ella. No volvió. Lezama lo atisbó por el vano de la puerta llevándose a la de azul de la cintura hacia puerta de salida de la casa. El mayor Pinzón se dio maña para volver a la salita y decirles a los machos masturbines, con la voz estentórea y susurrante que era su especialidad:

—Pandilla, no se mueven de aquí. Yo voy y vuelvo. Voy a dejar a mi custodiado a su refugio. Aquí me esperan. Pero nada más chupan. No alquilan señoritas. Es una orden. Peláez, usted queda al cargo.

Hasta entonces supieron los machos masturbines el nombre del joven rapado que había subido los sacos de rones y *whiskies* por el balcón y los había seguido todo el trayecto, como sombra del mayor Pinzón.

Morales, que era entendido en esto, se acercó a Peláez y le dijo:

—Jefe Peláez, ¿podemos chupar?

Peláez asintió con desconcierto juvenil.

Morales dijo:

—Pues a chupar, cabrones. Chango, que venga el mesero.

Torcido de la risa por las ventajosas astucias de Morales con Peláez, el criminoso Changoleón fue a la puerta de la salita y llamó al mesero. El mesero vino y tras él la muchacha de los tirantes del vestido guinda que se había cogido en su segundo turno el Hijo del Presidente.

—¿Algo, muchachos? —dijo la de guinda, haciendo salivar a todos los reunidos, menos a Peláez.

—Que te cante una el trío —le contestó Changoleón, repegándosele.

—Les traigo al trío —sonrió la de guinda, pasándole el índice por la mejilla a Changoleón.

Vino el trío. Changoleón invitó a la mensajera de guinda a sentarse junto a él, pero ella fue a sentarse junto a Colignon que, al igual que Gamiochipi, tenía esa cosa de primer impacto con las mujeres.

—Acá, mi reina —dijo Colignon, que repetía como suyas todas las frases de la erótica sin sexo del cine mexicano—. ¿Cómo te llamas?

—Alma Nora, ¿y tú?

—Colignon —dijo Colignon, cuyo apellido sonaba a Coliñón.

Fue así como los machos masturbines se encontraron por primera y única vez amos de la gruta de sus sueños que era la casa de La Malinche, el gran serrallo de sus fantasías. Y los atendieron como marajás, en el sentido de que fueron y vinieron diligentes los tragos y el mesero y el trío, que les cantó las que quisieron, de modo que bebieron como señores dominantes por primera vez en su vida, en aquella sala de la gruta mítica, Lezama, Morales, Changoleón y el rubito Colignon, que tenía que quitarse de encima a la de guinda, Alma Nora, para poder tomar al ritmo de los otros.

Peláez, el guardián, sonreía con bondad de muchacho ante el despliegue del pequeño desmadre que le había encargado vigilar su mayor Pinzón.

El trío cantó "Vendaval sin rumbo", y luego "Amor perdido", y luego "La mentira" y luego "Contigo a la distancia", y luego "Nunca", y luego "No volveré" y todas las que dictaba la emocionante certidumbre de haber tenido y perdido un gran amor.

Changoleón le dijo a Alma Nora:

—Trae a tus amigas.

—No, cabrón —dijo Morales—. Nos capa el mayor. Ahorita que venga él, las invita él. ¿No es así, Peláez?

Peláez asintió. Morales ordenó al mesero:

—Otra ronda, hermano. Doble, para que no des vueltas.

Tomaron dos rondas dobles y le dieron otra vuelta al trío.

Alma Nora no descansaba despeinando a Colignon. Changoleón bebía con los ojos perversos entornados. Morales se untaba la cuba en la calva como loción, para oler a gente grande. Lezama iba y venía del vano de la puerta, tomando nota de la gruta.

—Conté doce, pero parecen cien —dijo en un regreso.

—Y todas cogen, mi amor —dijo Alma Nora, rebuscándole la coronilla a Colignon—. No como éste.

En eso se entretuvieron y en otras cubas dobles, hasta que entró como un tornado el mayor Pinzón.

—Bueno, ¿qué? ¿Ya cogieron?

—No, jefe —dijo Morales—. Usted nos dijo que lo esperáramos. Lo estamos esperando.

—Pues qué decentes. Se ve que no les urgía.

—Jefe… —porfió Morales.

—Qué jefe ni qué jefe. Se levanta el campo. El que cogió, cogió. Y tú me caes bien, pelón. Te busco luego. Pide la cuenta, Peláez.

Changoleón salió atrás de Peláez diciendo que iba al baño.

Ya fuera de la casa, en la banqueta, el mayor Pinzón se despidió de ellos.

—Ustedes son gente sana, muchachos. Lo mejor del país. No voy a olvidar sus servicios.

Vieron irse al mayor con Peláez y con sus otros dos rapados en una camioneta como un tanque y caminaron de regreso, por la calle de Michoacán hacia el Parque México.

Changoleón les caminó adelante y se volvió de pronto hacia ellos sacándose de la nada una botella, como si sacara una pistola.

—Se la cargué al mayor —dijo con una carcajada.

Le dieron buches rotatorios, pero no se alegraron. Caminaron por el parque y fueron a sentarse frente al estanque de los patos. Estaban todos guardados. Se sentaron en la orilla. Había una luna semillena que alumbraba sus perfiles cabizbajos.

—Nos la metió doblada el leviatán —dijo Morales, que estudiaba ciencias políticas.

—Leviatán mis güevos —dijo Changoleón—. El pinche mayor.

—El pinche mayor —repitió Lezama.

Entraron en un silencio largo, de nuevos tragos rotatorios. Cuando se estaba acabando la botella, Colignon dijo:

—¿Saben cómo se llama la de guinda?

—Alma —dijo, aburrido, Changoleón.

—Alma Nora —completó Lezama.

—No —dijo Colignon—. ¿Cómo se llama de verdad?

—Da igual, cabrón —dijo Lezama.

—No, mira —dijo Colignon y les mostró la tarjeta que Alma Nora le había dejado en la bolsa de la camisa.

Decía con una letra de mala secundaria:

Isabel 284275.

—¡Te la ligaste, cabrón! —dijo Lezama, alzando los brazos en triunfo.

Pero no había triunfo en sus brazos ni en su voz, ni en la mirada fija de Colignon sobre la tarjetita con la letra quebrada de Isabel.

EDENES PERDIDOS, 3

Morales era hijo único de una madre abandonada por un vividor marido español, una entre los dos o tres millones de madres abandonadas de la república, pero era la suya. Había penado la ausencia de su padre durante toda su corta vida y escondido su vergüenza por la soledad culposa, acaso culpable, de su madre. No era ésa una pena que afligiera a su madre, sin embargo, sino un timbre secreto de su orgullo, pues a partir de aquel abandono no había vuelto a sentir sobre sus hombros la opresión de tener marido y soportarlo, característico de las mujeres que no pueden vivir sin hombres. Ella sí. No había complicidad ni servidumbre con los hombres en su corazón. Y había sido la estricta aunque ineficiente pedagoga de un hijo al que supo desde muy temprano tan suelto, dispendioso y encantador como su padre. La figura que saltaba a la cabeza y al corazón de Morales, cada vez que los impulsos de la sombra del padre lo llevaban a equivocarse, era la faz riente y cabrona de su madre diciéndole: "Si no quieres que se sepa, mi hijito, no lo hagas". Como una rama torcida de aquella pedagoga recta, tolerante en sus efectos prácticos sobre la conducta de su hijo, pero risueñamente inflexible en sus principios, Morales no tenía ilusiones sobre ninguna muchacha. Le gustaban las mujeres mayores que él, mujeres que lo regañaran como mamás, pero que aguantaran sus pecados como hermanas mayores, sin que hubiera tenido hermanas. Buscaba en las mujeres la madre tierna que creía no haber tenido aunque era lo más tierno que había tenido. El hecho es que sólo le gustaban de veras las mujeres mayores que él y era en esto un adelantado de los delirios por la mujer madura inherentes a los que serían andando el tiempo los habitantes de la casa. Había en Morales el lado ascético de su madre y el lado embaucador de su padre ausente, gustoso de mundo, que lo hacía resumir sus aspiraciones de aquellos tiempos, anteriores al Terremoto, en dos postulados maximalistas: beber licores adulterados y bailar con mujeres desconocidas

Por sus nexos con el misterioso mayor Pinzón, Morales se había conseguido un improbable trabajo como inspector de lecherías en la populosa zona del Peñón, cerca del aeropuerto, donde el gobierno había creado una red de venta de leche a bajos precios para las clases populares. La venta empezaba al amanecer en expendios habilitados al efecto y en tiendas ya existentes, cuyo funcionamiento diario Morales debía vigilar para evitar abusos. De modo que salía de la casa frente al parque todavía de noche, a las cinco de la mañana, y a las seis empezaba su rondín por los expendios lecheros, para terminarlo a las ocho, luego de haber rehusado todas las ocasiones de unto o mordida que el mayor Pinzón le había recomendado aceptar para empezar a hacerse, le dijo, de un legítimo patrimonio. Las ocasiones de unto o mordida venían de que los expendedores le ofrecieran dinero por dejarlos despachar litros de 900 mililitros, o por conseguirles cuotas mayores a las autorizadas o por dejarlos vender parte de la mercancía en un mercado negro donde el precio oficial de 1.30 pesos el litro se tornaba en 1.80, 2.00 y hasta 2.30 pesos el litro. Sabio de números, el Cachorro había hecho una vez la lista de los ofrecimientos rehusados por Morales en una semana, durante aquellas rondas de inspector de leches, había traducido a pesos la cuenta del unto indevengado y convertido los pesos a equivalentes botellas de ron, botellas de cerveza y cajetillas de cigarros, dando por resultado que Morales había no recibido en una semana tanto como 23 botellas de Bacardí blanco, o 37 botellas de Ron Batey, o 45 paquetes de cajetillas de cigarrillos Raleigh con filtro, o 77 cajetillas de Delicados sin filtro, o 38 cartones de seis cervezas Victoria, o 29 cartones de Bohemia, la más cara del mercado.

—Si tuviéramos que empedar cada semana a un sector de la colonia en que vivimos —había concluido el Cachorro—, en seis semanas la empedaríamos toda con la lana que no has recibido.

Pero Morales había pasado con impavidez masónica por aquellas tentaciones del imperfecto mundo material, lo cual le había valido en el circuito lechero del Peñón un prestigio digno del Mahatma Gandhi, lo que quiere decir que lo saludaban con respeto los lugareños al cruzarse con él, mientras hacía cada mañana su ronda de inspector por las calles del Peñón, calles muy jodidas, hay que decirlo, calles sin banqueta ni pavimento, de interminables y ambiciosas casas feas, todas de mampostería, todas hechas a mano, a cuchara y plomada, por los propios habitantes del Peñón, todos albañiles de nacencia, todos infectados de fe en el futuro, pues no había una sola de aquellas concentradas fortalezas de cuatro por cuatro metros que no tuviera puesta en el último ladrillo de las esquinas de sus techos unas guías de alambrón anunciando la cimbra del siguiente piso. Oh, qué cosas dignas de ver casa por casa eran las calles del Peñón con sus penachos de alambrones buscando el cielo.

Morales gozaba de una popularidad cuasi bíblica entre el buen pueblo noble, pobre y cabrón del Peñón. No tomar mordidas ni aceptar cochupos siendo inspector del gobierno le había dado una fama milagrosa de justo entre pecadores, de honesto entre rateros, y circulaba por aquellas calles de ceño duro, saludando de voz o de mano a quien se cruzaba con él, como candidato popular en campaña. Había puesto de moda entre la plebe del Peñón varios dichos, entre los cuales el narrador omnisciente recuerda y subraya su frecuente saludo callejero: "Que le vaya bien, cuídese aquellito". Todo

el mundo reía ante la invocación de Morales, sintiéndose amigable-
mente descubierto y disculpado en su aquellito.

Morales solía terminar su rondín de inspector de leches en el
comedero Pisa y Corre, de Lucha la Joven, hija de Lucha la Grande, una cocina popular con mesas de latón que empezaba a atestar-
se al amanecer. Lucha la Joven le daba gratis de desayunar, nunca
quería cobrarle, aunque él siempre le dejaba el pago en la mesa. Al
día siguiente, o el día que volviera, Lucha la Joven le ponía en la
mesa un papelito de estraza donde había apuntado con la punta fina de un lápiz la suma de pagos que Morales había dejado y
ella le tenía en una cuenta a su favor. Y le decía: Tiene esto fiado
por pagado, Curro, dígame qué le pongo. Lucha la Joven decía "le
pongo" por decir qué le sirvo de desayunar, y le decía "Curro" por
decirle guapo, niño, torero, gachupín, vago, vividor. Al entrar a la
fonda, Morales saludaba a Lucha la Joven con la gratitud de un
novillero hambreado, luego de su primer par regular de banderillas.
Sus bigotes de morsa sonreían solos y hacían sonreír a los demás, y
desde luego a Lucha la Joven, una gordichuela acelerada, infatiga-
ble y despierta, más activa que la actividad. Atendía el comedero
Pisa y Corre yendo y viniendo entre las mesas con levedad de bai-
larina, siendo más llena, de nalgas grandes y brazos inteligentes,
capaces de extender sobre las mesas con la mano derecha los platos
que traía de la cocina puestos sobre el antebrazo izquierdo, platos de quesadillas o huevos revueltos o longaniza frita que pasaba
sobre las cabezas de los parroquianos con una gracia de equilibrista
que dispersaba una alegría milagrosa. Oh, Lucha la Joven, la labo-
riosa Lucha del Peñón. Llevaba la melena negra atada con cintas
hacia arriba, formando un cucurucho de dos pisos que habría envi-
diado Carmen Miranda. La torre inverosímil de su pelo era también una forma de la alegría y hacía reír a todos, como los bigotes
de morsa de Morales.

Oh, las afinidades capilares.

Apenas veía entrar a Morales al comedero, Lucha la Joven empezaba a hablarle, sin perder el paso de su trajín entre las mesas: Ya llegaste, Curro, con qué te voy a agasajar, a lo que Morales contestaba: Cualquier cosa rápida, doñita, a lo que Lucha la Joven respondía: Lo que quieras, Curro, aquí estamos para ti, y le daba a escoger por hablado chicharrones en salsa verde, memelas con costilla, o sus celebrados huevos rancheros, a sabiendas de que en todos esos platos le traería siempre al Curro algo más, un cuero más de chicharrón salseado, tres huevos rancheros en lugar de dos, o una costilla más larga, casi doble, todo lo cual, hay que decirlo, Morales pagaba y Lucha la Joven apuntaba hasta la siguiente vez, en que Morales llegaba y Lucha la Joven le decía: Ya llegaste, Curro, qué te pongo, etcétera, hasta que un día Morales respondió: Póngame cualquier cosa de entrada por salida, doñita. ¿De entrada por salida, Curro, o de metida por sacada?, preguntó Lucha la Joven, a lo que Morales respondió, con malicia tlaxcalteca, De las que sean su voluntad, doñita, a lo que Lucha la Joven dijo, en el mismo logaritmo de malicias: De las primeras te sirvo ahorita, Curro, pero de las segundas tienes que venir al rato, cuando mengüen estos méndigos, y señaló con un tiro por elevación de la cabeza a los abundantes parroquianos. Porque tengo que prepararlas, siguió, y no tengo tiempo ahora para eso. Sabrá Dios cuántos parroquianos entendieron estos intercambios gongorinos de Lucha la Joven y el Curro Morales, pero desde luego ellos dos entendieron lo que hablaban, o al menos lo entendió Morales, que se presentó en el Pisa y Corre esa misma mañana, pasado el trajín de los desayunos, es decir, como a las diez de la mañana, antes de que empezaran los ajetreos del lonche, y encontró a Lucha la Joven sola, con una ayudanta en la cocina, a la que Lucha la Joven despidió de inmediato, acompañándola gentilmente hasta la calle, para trancar luego la puerta de tubos blancos del Pisa y Corre y llamar a Morales con un ven del brazo hacia el cuarto de atrás, separado del resto del recinto por una cortina luida de estampados rojos. Morales siguió los pasos ondulantes de Lucha la Joven hacia el cuarto que estaba detrás de la cortina, donde Lucha la Joven le dijo: Ay, Curro, qué me vas a hacer, mientras se alzaba de un tirón el vestido y dejaba ver sus cachondos calzones negros y sus pechos de matrona sin sostén, Qué me vas a hacer, mientras le quitaba el suéter a Morales de otro tirón por la cabeza, Qué es eso que me dices de que de entrada por salida, Curro, y de metida por sacada, mientras se colgaba del cuello de Morales y le daba un beso de su boca grande, húmeda, fresca como un manantial. ¿Qué me vas a hacer, Curro, dime: qué me vas a hacer? ¿Me vas a desgraciar? Ay, Curro. Ven, déjame verte. ¿Qué es eso, Curro, qué es eso? Qué guardadito te lo tenías, Curro. Ven, pónmelo aquí. No, así no. Así, encima mío. Así. Así, Curro. Ahí. Ay, ahí, Curro. Ay, Dios, ay, Virgen mía, ay, madre de mi alma, mira lo que me está haciendo el Curro, Virgen de Guadalupe, milagro del Tepeyac, qué me haces, Curro, qué me haces, me vas a desconchinflar. Desconchínflame, Curro. Desconchínflame. Que la virgen te bendiga. Bendice al Curro, Virgen de mi alma. Soy muy mala, Curro, por qué digo esto. Dime que te gusto. Dime que soy tu Virgen del Tepeyac. Me matas, Curro. Me estás matando. ¡Me estás matandooo! ¡Currooo!

Morales sintió a Lucha la Joven retorcerse primero y distenderse después bajo su cuerpo, como en un vahído, y sintió luego cómo todo aquello se resolvía en torno a su modesto pito en un estertor hirviente que lo apretaba y lo soltaba, lo apretaba y lo soltaba, a la manera de la sístole y la diástole que se reputan características del corazón. Y eran en efecto la sístole y la diástole del corazón alterno, humilde, oscuro, desaforado, de Lucha la Joven. Morales salió del Pisa y Corre bendecido por los besos finales de Lucha la Joven, y caminó como sobre una nube hacia la tienda de materiales de construcción que tenía don Matías Bedoya, en un extremo del pueblo del Peñón, al que Morales iba normalmente a tomar café porque el dueño, don

Matías, era tlaxcalteca y decía recordar algo del padre español de Morales, desconocido hasta el último detalle para él. Y sucedió aquel día, como sucede tantos otros en beneficio de los narradores omniscientes, que don Matías estaba festejando unas ventas récord de su tienda de materiales para el pueblo del Peñón y le dijo a Morales que se aprestara a celebrar con ellos, siendo ellos don Matías, su secre Lucy y los catorce empleados de su tienda. Les tenían dispuesta, dijo don Matías, una comida de carnes varias, asadas y fritas, con tortillas de maíz y tortillas de harina, en un restaurante cercano al aeropuerto, donde comerían hasta hartarse y beberían hasta ponerse medios bolos, pero sólo medios, pues don Matías no quería estimular en sus empleados el pernicioso hábito de beber. Morales se sintió aludido por el puritanismo de aquella prevención, él, que no era capaz sino de beber al primer llamado de la suerte, pero aceptó gustoso la convocatoria, porque sentía que aquella mañana le había pasado algo grande en la vida y no podía pensar en nada mejor que beber para recordar y olvidar lo que le andaba en el alma, todavía envuelto en la alucinación de su lucha mañanera con Lucha la Joven.

Y fue así como en el coche destartalado de don Matías, con Lucy en el asiento de atrás, Morales se dejó llevar al restaurante llamado Cabo Cañaveral, a unas cuantas cuadras del Peñón, dispuesto a despegar de ahí como cohete espacial, entre los tragos que iba a tomarse y el recuerdo embriagador de los brazos de Lucha la Joven.

Al mediar la comida lo envolvían ya los humos del alcohol, los olores de las asadas carnes homéricas, las músicas de cumbias que eran ritmos adoptados del Peñón y que los dueños de Cabo Cañaveral repetían en sus bocinas como invitación a sus vecinos del Peñón. Morales se paró a bailar aquellas cumbias con la secretaria de don Matías y luego con una muchacha de la mesa vecina que se fue enganchando con su meneo, porque Morales, en medio de sus bigotes de morsa, bailaba con maestría plebeya aquellas tonadas y tenía la cintura estrecha y las nalgas españolas bien puestas, de modo que giraba alrededor de sí mismo insinuando bien lo que insinuaban sus nalgas cumbancheras y sus piernas proporcionadas y su sonrisa de morsa, de modo que el conjunto de sus dones era invitador y risueño. Morales tenía desde joven el don de chupar y reír, chupar y seguir chupando, chupar y olvidarse del mundo en que estaba, a la búsqueda de otro, es decir que era un alcohólico en ciernes en busca de otro mundo, lo cual explica retrospectivamente por qué, sin saber bien cómo, aquella tarde de tragos en el Cabo Cañaveral se volvió para él una noche de rumbos desconocidos, en cuya corriente se metió, como tantas veces, sólo por la alegría del alcohol y por la libertad sin rienda de haber bebido. Un ricacho de una mesa vecina le dijo a Morales mientras bailaba frente a él: "Eres muy chistoso, cabrón, cuando acabes con los de tu oficina vente con nosotros".

Cuando don Matías levantó el campo y agradeció a su tribu la comida que él había pagado, Morales se despidió de todos en la puerta del restaurante, pero regresó al baño a ejercer una de las meadas épicas que le daba el alcohol. Cuando volvió entre las mesas, saciado, lleno de sí pero rodeado en su epidermis por unas ganas de fiesta que lo ahogaban, el ricacho de la mesa que lo había invitado mientras bailaba lo invitó de nuevo a beber con ellos. Y Morales fue.

Eran muy distintos los comensales de la nueva mesa, nada que ver con el modesto festín de triunfo de la modesta tienda de don Matías Bedoya, sino que había en la nueva mesa gente con relojes de oro y collares dorados y atuendos de cuero y de gamuza delgada, como la chamarra que portaba el ricacho que invitaba a Morales, un calvo rechoncho y joven que lo recibió refrendándole su simpatía:

—Eres muy gracioso, cabrón, nadie que quiera empedarse a gusto puede dejar de invitarte. ¿Cómo te llamas?

A lo que Morales respondió:

—¿Nombre propio o nombre impropio?

Su invitador estalló de risa, proclive como era a reírse de más.
Morales bebió cubas mientras la mesa bebía whisky *y coñac, y*
los hizo reír hasta la hermandad.

Fue ahí donde Morales, al final de su día de gloria, embutido de
carnes y alcoholes, hizo su famoso discurso del equilibrio de los peca-
dos, que ha quedado inscrito en la historia de las relatividades de la
moral y las imperfecciones de la perfección.

Fue aproximadamente como sigue:

—Salvo matar, señores, todos los pecados pueden ser virtudes.
Una buena mezcla de pecados es mejor que una mala mezcla de
virtudes. Y más fácil de hacer, amigos, porque hasta el más pendejo
sabe que es más sabroso pecar que no pecar. Coger es más sabroso
que no coger, y cogerse a la mujer de otro es más sabroso que coger a
secas, porque cogerse a la mujer de otro son dos pecados en uno: uno
coger y otro robar, lo que se llama robo de uso. Si conoces al otro y es
tu amigo, entonces son tres pecados, la perfecta trifecta pecadora:
coges, engañas a tu amigo y te robas a su mujer. Muy ojete, nadie
quiere ser así de ojete. Pero así somos. La pregunta es cómo se pue-
de ser menos ojete. ¿Aguantándose las ganas? Eso dice la Iglesia,
pero nadie se aguanta. La respuesta es otra: hay que pecar más de
todos lados.

—No mames —dijo un barbón de la mesa.

—Más de todos lados, líder —se impuso Morales—. Digo: el
día que quieras cogerte a la mujer de tu amigo, en vez de cogértela,
comes y te empedas. Es decir, pecas de gula. Al otro día amaneces
crudo y eres un fardo. La gula te ha traído a la cruda, la cruda, a la
güeva, que es el pecado de pereza. La gula y la pereza se han chin-
gado las ganas de cogerte a la mujer de tu amigo, se han chingado tu
lujuria. O sea, que los pecados se chingan a los pecados, amigos: la
güeva se chinga a la lujuria, pero la lujuria se chinga la güeva, por-
que si quieres coger, no puedes echar la güeva. Otro pecado capital,
jefes, la codera, que es la avaricia, se chinga a la gula, a la cogedera

y a la güeva. Porque coger, comer y güevonear es caro, líder. Si comes y bebes y coges de más, pagas de más. La avaricia por su parte corrige la güeva, porque si no trabajas, no ganas. Corrige también la bebedera y la cogedera, porque coger y chupar cuesta, jefes, ya lo dije. Y al revés también: las ganas de beber, de comer y de coger corrigen la codera, porque si no gastas no tomas, ni comes ni coges, jefe. Otro pecado grave en la vida es encabronarse. Es un pecado cabrón, la ira. Puedes llegar a matar si te encabronas, pero la ira se cura también con otros pecados. Por ejemplo, cogiendo, comiendo y güevoneando. Si coges y comes, tu ira se va a la chingada. Y si eres güevón, no se diga. Al revés también: si te encabronas de más, coges de menos. O sea que el que coge más se encabrona menos y el que se encabrona de más, coge de menos. Y ésta es la regla de la buena vida, amigos, pecar de todos lados. Y cuando te toque la de llegar con el aburridísimo san Pedro a las puertas del cielo, san Pedro se va a ir de nalgas contigo, se va a morir de envidia el cabrón, porque te va a ver que tocas a su puerta bien cogido, bien comido, bien bebido, bien güevón y bien riquillo, convertido por tus pecados en el mismísimo santo pecador. De los santos pecadores es el reino de los cielos, mis amigos. De modo que, como dijo la Muda: ¡Pecadores del mundo, uníos!

—*Pinche genio, cabrón* —dijo el pelón barbado que invitaba—. *Oigan a este pinche genio.*

Lo siguiente que hubo en la cabeza de Morales al día siguiente fue la cabeza del pelón barbado que le hablaba de la vida en un lugar llamado Gitanerías, muy lejos del Peñón, pero muy cerca del parque General San Martín, frente a la casa de Morales. En aquella escena, el pelón, joven, rico y echador que lo había invitado le decía, completamente borracho: "Esa gitana que zapatea en el tablado, mi amigo, ya me arreglé con ella. Me la voy a coger en un lugar que tengo aquí en la esquina. El problema que tengo es el coche en el que vinimos de allá del aeropuerto, porque estoy tan pedo que no puedo manejar, así que te pido esto, como hermanos que ya somos. Maneja tú, me llevas con la bailaora al leonero, y luego te llevas el coche esta noche y me lo devuelves mañana".

El coche era un Impala rojo convertible con aletas traseras en forma de mantarraya. Hay versiones encontradas sobre lo que dijo el pelón barbado en realidad, pero es un hecho que Morales salió del Gitanerías con las llaves del Impala en la mano y fue o no fue a dejar al pelón con su bailadora al leonero cercano, pero sí se llevó el Impala. Y no teniendo otro lugar a donde ir sino a su casa fue y lo estacionó en la entrada, frente al parque San Martín, fundamentalmente para no tener que caminar en la noche sino los pasos que le faltaban para llegar a su puerta, subir la escalera y echarse a dormir en su cama de siempre, a la que le habían cambiado las sábanas ese sábado y a las que Morales volvía al amanecer del domingo, con lo que se quiere sugerir que las sábanas olían todavía a limpio y no a él.

De lo que sucedió con el Impala hablaremos después. De lo que sucedió con Morales la mañana siguiente podemos decir ahora que despertó desnudo, envuelto en el olor de las sábanas limpias que él había impregnado con el olor de los brazos morenos de Lucha la Joven.

CONVERSACIONES CON EL ARCANO

—*Los fantasmas recuerdan*
—*Tiran cosas*
—*Abren ventanas*
—*Sacuden camas*
—*Arrastran cadenas.*
—*Los fantasmas recuerdan mal*
—*Se confunden*
—*Hablan cortado*
—*Viven en casas viejas*
—*En balcones abandonados.*
—*Son tímidos*
—*No se dejan ver*
—*Eligen a sus testigos*
—*Huyen de sus testigos*
—*Dice el poeta:*
—*¿En una realidad más estricta*
—*No seríamos fantasmas?*
("Fantasmas en el balcón")

Hubo el día en que los ovnis visitaron la ciudad. Los habitantes de la casa fueron a dar fe del hecho como los otros miles que ya estaban ahí cuando ellos llegaron al Ángel de la Independencia, en el Paseo de la Reforma. Todos o casi todos miraban al cielo, viejos, jóvenes, niños, abuelitas con sus hijas y sus nietas, gente en silla de ruedas, vendedores ambulantes de todas las bisuterías del universo y un teporocho que gritaba: "El mundo se va a acabar y a mí me la va a pelar". Todos mirando al cielo, como digo, el teporocho y los vendedores incluidos, aunque menos concentrados que los demás, en espera del cumplimiento del augurio. Oh, los augurios.

Los primeros ovnis que hubo en la cabeza de los habitantes de la casa llegaron retratados en el magazín de policía favorito de Alatriste, donde los editores habían desplegado unas fotos concluyentes, junto con el testimonio de una pareja que había sido sorprendida al anochecer, en un lugar llamado Desierto de los Leones, que no era desierto ni tenía leones, por la luz de un cuerpo flotante, alargado, detenido justo encima de ellos, de cuya escotilla cintilante había salido una invitación a que subieran, una invitación sin palabras, infusa, telepática, pero hecha de modo tan suave y convincente que había sido imposible negarse. Los declarantes no podían recordar bien lo sucedido a continuación, sino que estaban de pronto suspendidos en el aire, en el centro del chorro de luz que el platillo orinaba por su escotilla y, sin poder explicar cómo, ya iban subiendo, levitando propiamente, hacia el ojo de luz del objeto hospitalario. La luz los había cegado del todo al llegar a la boca de la escotilla, al tiempo que los invadía una alegría indefinible, sobrenatural. No podían decir exactamente cómo, pero a partir de ese momento había empezado un viaje maravilloso del que sólo podían recordar, nuevamente, la alegría y la luz que los bañaba en el trayecto, al cabo del cual volvieron en sí, por así decir, en el mismo lugar donde habían estado besándose desnudos y borrachos (esto no lo decía la crónica, lo agregaba inquinosamente Lezama), y no tenían de su viaje otro recuerdo que aquella misma alegría sin límites, además de un dibujo que les habían dejado los visitantes, el esbozo a carboncillo de un ser bajito, enano se diría si no fuera por no ofender, pero inconsútil, de hecho un ectoplasma, con ojos de perro de aguas y cabeza de hongo boletus, sostenida en un cuello, como un tallo de hongo boletus sobre unos hombros delgados en un cuerpo delgado de brazos delgados y dedos delgados, cuya copia reproducía el magazín en prueba del aserto de los viajeros. La noticia era que los viajeros habían viajado a un lugar distinto al nuestro, tanto, que no podían decir palabra de él, comprobando con ello que un mundo nos vigila, como decía entonces un perturbado programa sobre los ovnis al que los machos masturbines nunca habían prestado atención. En los días que siguieron a la publicación del reportaje, la redacción del magazín de policía había sido sepultada, según la propia redacción, por un alud de testimonios semejantes venidos de lectores innumerables, de toda clase y condición social, que referían una experiencia parecida, pero añadían, muchos de ellos, haber escuchado de los visitantes la promesa de que, muy pronto, se dejarían ver en el cielo de México, elegido entre todos los cielos de la Tierra para aquella aparición. Ésa fue la noticia que despertó en Lezama la idea de emprender una indagación a fondo del suceso, a poco de iniciada la cual Lezama supo que los únicos ignorantes del hecho descomunal que se cernía venturosamente sobre nuestros cielos eran ellos, los machos masturbines, pues las noticias sobre los ovnis llevaban mucho tiempo azotando la imaginación de la república, no se diga la de la ciudad. Se hablaba en todas partes de los visitantes extraterrestres y de los objetos voladores no identificados, se hablaba en los noticieros estelares de la radio, en las primeras planas de los diarios, en las casas, en el fragor parlante de oficinas y cantinas, en los moteles de exhaustos amantes reanimados por la nueva, se hablaba con una frecuencia y una naturalidad desbordadas, suficientes para mostrar a los naturales de la casa cuán lejos estaban sus obsesiones de las de su ciudad y lo tarde que llegaban a la sabiduría de tantos. Retardados como iban, distraídos de más por la caza de mujeres que no podían alcanzar, los habitantes de la casa nunca pudieron entender cómo aquel saber profuso y descorcholatado había adquirido al fin la forma de una necesidad, de una esperanza, de una ensoñación colectiva, ni cómo del concierto de aquellas emociones imperiosas pero difusas había nacido, monda y lironda, una fecha exacta, la venturosa fecha en que tendría lugar el desfile de los ovnis sobre la ciudad, el día en que volarían sobre nuestro cielo dos mil naves de otro mundo, en una ceremonia de despedida, luego de habernos observado por un tiempo indefinido de entre dos décadas y cinco mil años.

—¿Ustedes creen en los ovnis? —preguntó Lezama a sus amigas, las psicólogas del café blanco de la Ibero, donde se reunían a hablar del oscuro doctor Freud.

—Yo vi uno —dijo la primera.

—Hay fotos —dijo la segunda.

—Jung estudió todo eso —sentenció la tercera—. Los ovnis no son más que emanaciones del inconsciente colectivo.

Lezama tuvo el impulso de echársele encima y besarla desde las plantas de los pies hasta el nacimiento de la frente, como se besaban las estampitas de la Virgen de Guadalupe, pues nada había oído en esos días tan cercano a la explicación científica de los misterios del cielo, ni que hubiera sembrado en él tantas ganas de levitar y la esperanza de levitar algún día.

A través de su investigación, Lezama vino a saber que, por segunda vez en la historia conocida por el hombre, alguien había elegido nuestro suelo y nuestro cielo como destino, siendo la primera vez aquella en que una virgen se le apareció en un cerro, detenida en el aire, al más humilde de sus hijos, sellando con aquello su propósito de hacer con ésta lo que no había hecho con ninguna otra nación.

—¿De la Virgen a los Ovnis? —saltó el agrio Alatriste, al oír las conclusiones de Lezama—. Han abaratado mucho la mercancía.

—No se burlen del pueblo bueno, cabrones —dijo Morales, que era un político en construcción.

—Pueblo bueno tira a pendejo —legisló el Cachorro.

Ni Alatriste ni Gamiochipi ni Changoleón emitieron palabra.

—No puedo creer tanta indiferencia —estalló Lezama—. Aunque sea ríanse, cabrones. ¿No se dan cuenta?

No se daban.

Lezama recogió sus notas y decidió sumirse más en la investigación de los ovnis y sus misterios, camino a la fecha prometida de su desfile por los cielos. El desfile estaba previsto para dentro de dos meses aproximados y cuatro días exactos. Lezama se volvió miembro activísimo del coro de lectores y repetidores de noticias sobre los ovnis y alcanzó a saber en unos días todo lo que se podía saber sobre ellos: los avistamientos múltiples, las fotos, los testimonios borrados de la Nasa y sus apariciones preferenciales en nuestra patria, pues habían sido vistos en el cielo de Tijuana, de Ensenada, de Veracruz (Puerto), de Nuevo Laredo, de Tacámbaro y de Cuernavaca, esta última proféticamente, pues había sido en presencia del secretario de Gobernación, que sería luego presidente. Habían aterrizado también, una vez, en Zacatenco, en la cancha de prácticas de futbol americano de los Burros Blancos del Instituto Politécnico Nacional, en la Ciudad de México. Sobre todo, habían dejado tras de sí un reguero de testimonios de mexicanos de a pie, inducidos por las naves a subir para darles una vuelta por el rumbo de aquellos seres inmateriales, luminosos, que observaban desde hacía algún tiempo, con el alma en los pies, lo que llamamos nuestra civilización, las planas de palitos de nuestra civilización, el triste espectáculo moral de nuestro músculo cardiaco, sólo un pozo de envidias; de nuestra máquina biliar, un bazar de iras; de nuestras glándulas reptilianas, botica de discordias. Todo era distinto en el mundo de luz y armonía a que pertenecían aquellas naves y que nos observaban por segunda vez, habiendo sido la primera miles de años atrás, cuando vinieron también para enseñarnos a construir pirámides, a sembrar maíz, a leer los astros, luego de lo cual se habían ido para dar tiempo a que todo aquello germinara, pero no, nada había germinado sino nosotros, y por eso volvían ahora, miles de años después, y qué encontraban, nada: más coches, aviones, la píldora anticonceptiva, los presidentes mexicanos, pero de ahí en fuera el mismo paraíso despilfarrado, la misma ruina en marcha de la especie humana, que podía ser especie pero desde luego no era humana. Oh, Darwin.

Todo esto aprendió Lezama de los ovnis durante su investigación y una noche, en lo alto de un viernes de chupe en la casa, volvió a dirigirse a los no muy atentos bebedores que lo oían para exponerles sus hallazgos, cuya cuenta terminó con lo que podría considerarse una arenga cívica:

—Lo que quiero que piensen, cabrones, es que todas

estas mamadas andan circulando ahora mismo en la cabeza de millones de cabrones en este país.

—Pan y circo de la burguesía —dijo el cada día más ideológico Alatriste—. Ya no les alcanza con la religión, ahora traen los ovnis. Todo eso lo va a acabar la revolución.

—No mames, cabrón. ¿Cuál revolución? Estamos todavía padeciendo una.

—Hablo de otra revolución.

—¿La que vas a hacer tú, cabrón? —dijo Lezama—. Buena suerte. Pero mientras eso llega, este país está asentado sobre otro país que es un basural de pendejadas. ¿No entienden esto?

—Entendido y apuntado —dijo el Cachorro—. ¿Otro trago?

—No, cabrón. Ustedes creen que el basural de las pendejadas no los toca, pero somos parte del basural. Todos traemos un ovni adentro. Estamos parados todos en la superstición y la mierda. Y no es que haya un mundo sin superstición ni mierda, sino que está mezclado todo y nosotros somos la mezcla, y me jode haberlo descubierto a través de los pinches ovnis.

Nadie se tomó a pecho el discurso de Lezama pues en aquellos años, con la excepción de Alatriste. A los machos masturbines les daba por todo menos por querer arreglarle la cabeza a la república. De modo que la vida siguió su curso como si nada. Aunque la nada... Oh, Sartre.

Antes de los ovnis, la casa había tenido otros tratos con el arcano, pues en esto de los misterios del cielo y de la tierra, la casa y sus habitantes eran hijos cabales de su país y de su tiempo, en especial de su país, de aquel país profundo que era visitado tan naturalmente por lo sobrenatural o al menos por lo antiguo, país rico en tradiciones milenarias, saberes y solvencias en sus tratos con el más allá. En cierto modo, añade el narrador omnisciente, aquel país era sólo más allá, como podía derivarse, por ejemplo, del hecho capital de que su historia recordada no coincidiera nunca con su historia sucedida, la cual quedaba siempre situada más allá del más acá donde había sucedido.

De la misma casa donde vivían, frente al parque de la placa del epónimo general San Martín, matador de siete mil mulas en su conquista de Los Andes, se contaba una historia magnífica que le paraba los pelos de punta a los sencillos escuchas de antes del Terremoto.

Y era ésta:

Un par de amigos conocen en un bar a dos hermanas. Se les acercan y les invitan un trago. Las hermanas aceptan los tragos. Luego aceptan la compañía de los amigos. Dos o tres tragos después, aceptan sus besos. Finalmente los invitan a su casa, que está en la misma colonia, a unas cuadras, frente a un parque donde hay la placa de un general San Martín. Es verano y llueve, el parque está húmedo, lo mismo que las yedras que cubren la fachada de la casa. Los padres de las hermanas están de viaje, las hermanas están de fiesta en la casa. Los amigos y las hermanas cantan, ríen, beben, bailan. Se desnudan después y corren todos desnudos por la casa, se hacen el amor en todos los rincones, hasta el amanecer, en que las hermanas echan a los amigos con inopinada premura.

Distraído por las prisas, uno de los amigos deja en la casa el paraguas que los ha protegido de la lluvia viniendo del bar. Cae en la cuenta de su olvido la tarde del día siguiente, cuando empieza de nuevo a llover. Bendice el pretexto que le da el paraguas olvidado para volver a la casa, y vuelve. Es la tarde radiante del verano, antes de que la nublen los chubascos de rigor. Pero la hermosa casa de la fachada de yedras del día anterior está ahora abandonada y en ruinas. Los vidrios están rotos, las ventanas de madera agrietadas por la polilla y la intemperie. El visitante empuja la puerta desvencijada y entra al recibidor, apartando telarañas. Aquí, en el recibidor, recuerda, había empezado a besar anoche a la hermana cantarina. El visitante dobla luego a la derecha, hacia lo que ayer era una sala de gobelinos y muebles forrados de terciopelo. Una capa de polvo cubre ahora el piso, que cruje bajo sus pies. En el rincón, bajo la ventana, hay un monte de desechos: restos de alfombras, tapices, cortinas. Ahí estaba anoche, recuerda, el sofá donde se echó de espaldas para recibirlo la hermana silenciosa. Ahí está ahora el paraguas del visitante, rasgado y polvoso, comido por ratones. El visitante sale de la casa pálido y loco, y queda así el resto de sus días. Un viejo conserje de la cuadra le cuenta al amigo restante la terrible historia:

En la casa abandonada han vivido dos muchachas huérfanas de madre, que solían invitar a desconocidos los días en que su padre, un ingeniero militar, viajaba fuera de la ciudad. Un día el ingeniero había regresado sin avisar y había encontrado a sus hijas desnudas con sus invitados de turno. El padre, loco de rabia y sorpresa, había matado a los visitantes descargando sobre ellos su pistola de ordenanza, que siempre portaba, luego había matado a sus hijas y luego se había colgado del candil. Desde entonces, cada tanto, venían jóvenes a buscar en la casa abandonada a las muchachas de que habían gozado la noche anterior.

El Cachorro contó esa historia en aquellos días del ovni, diciendo que la había escuchado de las hermanas que manejaban la casa, incapaces de mentir.

Los machos masturbines guardaron un minuto de silencio.

—Es mejor la historia que no nos ha contado Gamiochipi —dijo Lezama, con infidencia manifiesta.

—No chingues, cabrón —se rebeló Gamiochipi.

—Es mejor tu historia —insistió Lezama.

—Te la conté nomás a ti, cabrón. Qué chismoso eres.

—Cuenta —dijo Lezama.

—¿Cómo voy a contar, cabrón?

—¿Qué tiene?

—¿Cómo qué tiene? Van a pensar que estoy loco.

—No alcanzan a pensar —dijo Lezama, y siguió adelante con su infidencia—: Este cabrón se encontró a la Madam. ¿Se acuerdan de la Madam, la vieja del Manolo's la noche que fuimos a bailar a Catedral?

Se acordaban.

—Pues este cabrón se la encontró de nuevo —dijo Lezama—. Hagan de cuenta que se encontró un ovni.

—No mames, Lezama —refunfuñó Gamiochipi.

—Despepita, Gamiochipi —legisló el Cachorro—. ¿Dónde te encontraste a la Madam?

—Despepita —rugió el tendido.

Gamiochipi cedió, acorralado:

—En una de las rumbeadas de El Limonal.

Hubo un *ahhh* de memoria entre los machos masturbines.

Gamiochipi aludía a las rumbeadas legendarias que armaba en su casona de San Ángel un *bon vivant* francés al que le gustaban los muchachos y reunía cada tanto los más que podía, en unas fiestas que llenaba de mujeres disparatadas, inficionadas por la rumba, a las que atraía contratando a los mejores conjuntos de rumba de la ciudad. Los habitantes de la casa conservaban en la memoria saldos inmortales de su primera ida a las rumbeadas de El Limonal, pues aquella primera vez habían bailado y bebido toda la noche, se habían hecho amigos del conjunto canónico de rumba de aquellos tiempos, que era el de Lobo y Melón, y al salir de la casa, al amanecer, había en sus piernas y en sus pechos una exaltación militar de batalla ganada, la certeza de haber trepado al menos una de las cumbres que habían soñado trepar en la vida. No quiero empeñarme como narrador omnisciente en la rendición de los detalles de aquellas fiestas, sólo decir que empezaban en la tarde y solían terminar a la mañana siguiente y que en sus últimas horas, ya en el filo del amanecer, la fiesta toda era sólo una multitud frenética que bailaba en cámara rápida "Pelotero la bola" o el "Mambo no. 9", sudando hasta salpicar. Había sido en uno de aquellos momentos finales de la rumbeada que Gamiochipi, sudando como ninguno, había alzado la vista y había visto a la Madam de pie, en lo alto de la escalera de ladrillo y azulejo de la casona, envuelta en un vestido rojo, el vientre plano, la cintura breve, los labios brillantes, mirándolo a él con tan clara preferencia que Gamiochipi dejó de bailar y caminó hacia ella como hipnotizado, siguiendo la instrucción de su mirada, y cuando estuvieron frente a frente, en lo alto de la escalera, ella le dijo: "¿Te acuerdas de mí?". Vencido por la gloria del azar, Gamiochipi no pudo sino meter la cabeza en el escote de la Madam y brubrubrearle ahí hasta que la Madam lo separó suavemente, mirándolo a los ojos, y le dijo:

—Me dijo —siguió Gamiochipi—: "Quiero que pases una prueba, corazón", "La que mandes, mamacita", dije yo, "Esa prueba me va a decir hasta dónde avanzas conmigo", me dijo. "Hasta *home*", dije yo. "Hasta más allá de *home*, corazón", me dijo ella, "pero despacito. Mira, ven, vuélveme a besar aquí", y me vuelve a poner la cara en el escote, y le vuelvo a hacer brubrubrú, "Tócame aquí", y me hace pasarle la mano por la cintura, y cuando me doy cuenta ya me va llevando a una recámara, en el fondo del pasillo del primer piso, lejos de la fiesta, una recámara muy rara, cabrón, grande, medio a oscuras, porque estaba apenas amaneciendo. Con esa poca luz veo que hay en el cuarto otra mujer, sentada en un diván, con un turbante, medio vieja. Pensé "Estará calva", pero no, sólo era más vieja que la Madam, o menos joven que la Madam, pero igual de cabrona que la Madam, porque miraba también sin parpadear como la Madam. La Madam le dio la vuelta al diván donde estaba sentada su amiga, pasándole la mano por el brazo. Pensé: "Uta, ésta va a querer que con su amiga también". Pero no, no era eso lo que quería, sino que me sentara enfrente de ellas, en una sillita baja que me puso, de modo que me quedaran las dos enfrente, sentadas las dos en el diván viejo, viejísimo, de las mil y una noches. No las veía bien porque estaban a contraluz de la ventana, pero entonces, la Madam va a la mesita que había al lado del sillón donde estaba su amiga, para prender una lamparita que había ahí, muy bonita, dorada, viejísima también, y mientras ella va a prender la lamparita, yo veo a su amiga que me está mirando, sonriendo, y hasta entonces veo que tiene unos ojos así, cabrón, unos ojotes azules, como canicas. Me mira con esos ojotes fijos mientras la Madam trata de prender la lámpara, pero la lámpara no prende, y entonces le dice la Madam: "¿Por qué no prende tu lámpara, Castañuelita?", "Uta", dije yo: "¡Castañuelita!", y Castañuelita le responde: "Porque se fundió, princesa, pero dame el foco para que lo arregle". Le dice eso sin quitarme los ojos de encima, y estira el brazo para coger el foco. Entonces la Madam le pone el foco en la mano y la Castañuelita lo agarra con sus dedos de la base de metal donde se enrosca, y estira el brazo hacia mí y me pone el foco enfrente de la cara, como si me fuera a hipnotizar. Y no me van a creer, cabrones, no me lo van a creer, pero el pinche foco ¡se enciende! Y mientras el foco se enciende, la vieja me mira riéndose, como una diabla, atrás del foco la cabrona. Luego el foco se apaga y ella lo baja, pero lo vuelve a subir, y me lo vuelve a poner enfrente y el pinche foco se vuelve a encender, cabrón, y se vuelve a apagar, y entonces veo atrás del pinche foco los ojotes negros de la Madam y los ojotes azules de la Castañuelita mirándome las dos, sonriéndome las dos, puta madre, se me pararon los pelos, cabrón, pateé la sillita, tiré un sillón, abrí la puerta que pesaba como hierro y corrí hasta la escalera. Bajé a saltos la escalera, cabrón, hasta la puerta, y abrí la puerta y ahí, al abrir la puerta, me di cuenta de que no había ruido, de que no había música, de que no había rumbeada, cabrón. La casa estaba vacía, y yo solo como un hongo ahí, cagado de miedo, en medio de la casa abandonada.

—No mames, Gamio —se rio Changoleón—. Todos sabemos que te empedaste esa vez.

—Ustedes no fueron a esa rumbeada, cabrón, no saben nada —se engalló Gamiochipi—. Yo fui con el Falso Nazareno y con el Caimán. Pero ellos se fueron temprano, como a las dos de la mañana, y yo me quedé. Me quedé a la rumbeada que no había, cabrón. El caso es que salí corriendo de la pinche casa y a las tres cuadras iba ahogado y meado. Puta, qué miedo. Hasta la fecha, cabrón. Me despierto en la noche cagado de miedo en la casa vacía viendo los ojos de la Madam. Es el único miedo que tengo en la vida, encontrarme de nuevo a la Madam. Nomás de pensarlo me pongo loco. Miren:

Extendió su brazo de vellos vascuences. Estaban, efectivamente, espeluznados: una brisita inexistente los hacía vibrar, como espiguitas de trigo.

El Cachorro le alargó la botella de ron Batey. Gamiochipi dio un trago de leñador que le congestionó la garganta y le mojó los ojos. Cuando recobró el resuello dijo:

—Pinches brujas, cabrón.

—¿Crees en las brujas, Gamio? —inquirió, mayéutico, Lezama.

—No creo en las brujas, cabrón, pero de que existen, existen —dijo Gamiochipi.

Lezama tomó la botella de manos de Gamiochipi y le dio también un trago.

—Pues ya ven, cabrones —dijo—. Todos tenemos nuestro ovni adentro. ¿Quién sigue?

Nadie seguía.

—Tú, Morales. Cuéntanos de tu ovni.

—No tengo ovni.

—Claro que tienes, cabrón. Cuéntanos de tu entrada a la masonería.

—Lo tengo prohibido —dijo Morales.

—¿Luego eres masón? —saltó Alatriste.

—Aprendiz —dijo Morales.

—¿Y tú, Colillas? —siguió Lezama, hablándole a Colignon.

—¿Yo qué?

—Cuéntanos algo.

—¿Algo de qué?

—Cuéntanos de la Virgen de Zapopan.

—No mames, Lezama. ¿Cómo voy a contar eso?

—Empiezas por el principio y sigues hasta el final, cabrón.

—No mames.

—Bueno, no cuentes. Nomás contesta lo que te pregunto. ¿Va?

—No mames, Lezama —dijo Colignon.

—Contesta, cabrón, qué tiene. ¿Vas o no vas cada año a la peregrinación de la Virgen de Zapopan?

—Sí, voy.

—¿Te disfrazas o no de gente del pueblo para ir?

—Sí, cabrón. Pero no mames.

—¿Vas con tu tío el mujeriego?

—Sí.

—¿Y llevan sus dobles cirios?

—Sí.

—¿Y le ponen exvotos a la Virgen?

—Claro.

—¿Y qué le piden?

—Eso no, cabrón.

—Le piden tener suerte con las mujeres, ¿no?

—No exactamente.

—¿Sí o no?

—Sí, pero no así, cabrón.

—¿Entonces cómo?

—Mi tío y yo pedimos perdón y pedimos merced.

—¿Perdón por qué?

—Por las mujeres, cabrón.

—¿Por cuáles mujeres?

—Las que nos caen.

—¿Las que se cogen?

—Las que cortejamos y servimos, cabrón.

—¿Y a las que les sacan una lana?

—Mi tío, sí. Yo no. Pero de la lana que mi tío saca le deja algo a la Virgen. Nunca se olvida de ella.

—No mames, Colillas, ¿sobornan a la Virgen? —se rio Changoleón.

—No es soborno, cabrón. Es culto, es fe. Nosotros creemos en la Virgen y ella nos protege.

—¿Tú crees que la Virgen te ayuda a conseguirte viejas? —preguntó Lezama.

—No exactamente.

—¿Pero a quién le va a dar las gracias tu tío por las mujeres que se liga?

—A la Virgen de Zapopan.

—Padrotes marianos —legisló el Cachorro.

Colignon se puso rojo de rabia. El Cachorro reculó:

—No he dicho nada, hermano.

—Yo voy desde muy chico al santuario —dijo Colignon, picado en su amor propio—. Desde chico me llevaba mi tío. Y a mí me gustó mucho desde la primera vez la fe de la gente. El sufrimiento y la fe de la gente. Los cánticos. Las flores. Los incensarios. Vienen de los pueblos más lejanos, cabrón, duermen en la orilla de la carretera, algunos cambian de vida en esas fiestas. Y todos chupan y cogen lo que pueden bajo sus cobijas, y la Virgen los mira con amor, cabrones, y ellos a la Virgen. Ella entiende sus pecados y ellos entienden su bondad. La Virgen es mi ilusión de niño, cabrón. Es lo más puro, lo más inocente que hay en mí. Todo lo demás está lleno de mamadas, pero eso no.

—¿Y tú crees de veras que la Virgen existió? —preguntó Alatriste, que era un materialista histórico.

—Claro, cabrón: existió y existe.

—¿Crees que tuvo un hijo y sigue virgen?

—Sí, cabrón. Por eso es la Virgen.

—¿Y te ha hecho algún milagro de verdad?

—Pues yo tengo mucha suerte, cabrón. Explíquenme de dónde la saco. No le llamo milagros. Pero mi tío me dice: la suerte que tienes con las viejas viene de la Virgen de Zapopan.

—¿Están oyendo, cabrones, el tamaño del ovni de Colignon? —dijo Lezama.

—Yo le rezo todas las noches —siguió Colignon, ya sin cuidarse de Lezama—. Le hablo como si fuera mi mamá, porque a mi mamá la perdí muy niño y viví entre hombres siempre. Puro macho comecuras de Jalisco. Mi abuelo mató cristeros, cabrón. Mi padre blasfema a tiro por viaje. Mi tío no cree en nada, pero la Virgen le ganó el alma. Es una Virgen chingona. No lo digo yo, lo dice todo Jalisco. Era más popular que la Virgen de Guadalupe, más milagrosa y más cumplidora. También más verdadera, más humana, porque está encinta. O sea, es mujer y es virgen de verdad. Yo fui a ver una vez cómo la vestían, me llevó mi tío, y quedé enamorado. Es una virgencita así, chiquita, preciosa, pero entre más chiquita más impresionante, de pronto si te la quedas viendo, crees que va a empezar a respirar, a moverse, porque no está escondida atrás del vidrio como la Guadalupana, ni es una pintura, está en su sitio, tiene cuerpo, cambia de ropa, la pueden tocar, vestir, desvestir, y la puedes ver al natural. Yo la vi sólo con una túnica el día que la vistieron, no le digo camisón porque suena muy corriente, pero la vi en su túnica, vi su pancita de embarazada. La fueron vistiendo como a una mujer de a de veras, le pusieron lo que iba arriba de la túnica, unas camisitas blancas, amarraditas por delante, amarraditas por atrás, y luego una casulla verde, bien puesta, bien estiradita, con sus pliegues bien puestos, como si se los estuvieran poniendo a una modelo, una cosa delicada, cabrones, una cosa femenina, real. Porque la Virgen tiene guardarropa, como las mujeres. Tiene casullas azul y oro, amarillo y oro, grana y oro, siena y oro, por vestuarios no para, es una reina, la mejor virgen de México. Debería ser nuestra patrona, pero acá los de la capital le metieron mucho dinero y mucho sermón y mucho libro y mucha política a la Guadalupana y la Guadalupana se acabó quedando con el cetro. Pero es pura apariencia. La Virgen de Zapopan es de a de veras. Parece que mira, cabrón, que respira. A mi tío le habló una vez.

—No mames, Colillas —se rió Changoleón.

—¡Le habló, cabrón! Estaba muy borracho mi tío o más bien muy crudo, de una papalina de días, porque lo acababa de dejar el amor de su vida, la única vieja de la que estuvo alguna vez enamorado. Y estaba loco. Chupa y chupa y chille y chille. Chupa y chupa y chille y chille. Y un día se fue a la iglesia y no había nadie y se hincó bajo la efigie, que es muy chiquita pero muy mandona, y empezó a quejársele, y a pedirle la merced de que se le olvidara la vieja que lo había dejado, que se la quitara de la mente, y otra vez, y otra vez, hasta que sintió que el piso se movía, y alzó la vista y vio que a la Virgen se le movía también la casullita, como si ella se hubiera movido, pero no, y luego vio la carita, lo que alcanzaba a verle de la carita, porque la virgen estaba en alto, y entonces vio los labios y esos sí se estaban moviendo, y oyó que la virgen le decía, muy quedito, pero muy claro, desde allá arriba: "Búscate otra, mijo". Y ahí empezó mi tío su carrera con las mujeres, y luego, ya que pensó que estaba listo, me adoptó.

Changoleón y Lezama empezaron a reírse desde que oyeron el consejo de la virgen. Cuando Colignon terminó su parlamento estaban riéndose a carcajadas también el Cachorro, Morales y Alatriste. Colignon estaba colorado de la emoción, feliz de las risas que recibía de sus amigos, como si valieran por una aceptación y no por una burla de su secreto mariano.

—Hay otra cosa con esa Virgen —siguió Colignon, ya en confianza, luego de tomar un sorbo de la cuba que llevaba a medias—. Tiene las devotas más guapas del país, cabrón. Tú te sientas un rato en la iglesia de la Virgen de Zapopan y empiezas a ver pasar con su mantilla, de puntitas, malabareando misales y rosarios, a los mejores cueros de la república. El viejerío de la Virgen de Zapopan no tiene madre. Es el viejerío de Jalisco y de Guadalajara, todas zapopanas de armas tomar, porque eso sí, como decía mi tío, en Jalisco una cosa es el culto a la Virgen y otra el culto a la virginidad.

Lezama se volteó hacia Morales, mirándolo fijamente:

—¿Qué? —dijo Morales.

—Ahora cuenta tú, cabrón.

—¿Qué quieres que cuente?

—Ya te dije. Tu ovni masónico.

—No es ovni, cabrón. Y me lo prohíbe el rito.

—Miren, un masón juramentado. Está peor que los ovnis porque los ovnis por lo menos no existen. En cambio, los masones, puta madre, andan escondidos en todos lados.

—Cuenta, cabrón —dijo Gamiochipi.

—Les cuento una y ya, ¿de acuerdo? —se escabulló Morales.

—De acuerdo.

—Bueno, va ésta. Yo llegué a la universidad hecho un pendejo, el gran pendejo de provincias en la ciudad. Me sentía más solo que el dedo. No sé por qué dicen eso del dedo, porque el dedo está siempre acompañado. Pero bueno:

los primeros a los me acerqué fueron los primeros que se me acercaron. Eran un trío de ojetes que se la pasaban en un rincón del jardincito de la escuela de ciencias políticas, afuera de la cafetería, fumando mota y burlándose de todos. A todos invitaban a su desmadre, en especial a las viejas, y no faltaban, sobraban las que se unieran a su banda, que luego se iba a chupar y a seguir fumando mota a las islas de la Ciudad Universitaria, que no eran islas, sino jardines. Bueno, luego de varias mamadas que no vienen al caso, estos cabrones me dijeron: "Morales, ¿quieres ser político?". "Sí." "¿Y quieres triunfar en la política?" "Sí." "¿Como triunfó Juárez?" "Sí." "Entonces tienes que entrar a la hermandad y pasar por el rito." "¿Cuál hermandad?" "¿Cómo cuál hermandad? La Hermandad, cabrón." "¿Y cuál rito?" "El rito masónico, no seas pendejo." Yo había oído en mi pueblo del rito masónico, pero me parecía una mamada. Se reunían los tinterillos locales en una casa misteriosa a planear chingaderas políticas, a repartirse el poder. Eso decían en el pueblo, pero yo la única vez que tuve la tentación de asomarme por ahí, lo que vi es que salía el presidente municipal hasta las chanclas, con una suripanta que tenía doble piso de panza y doble ancho de nalgas. Pero estos cabrones me dijeron: "No seas pendejo. Todos los que la rifan aquí en la escuela son masones. El rector, el director, el secretario, los maestros, el presidente de la sociedad de alumnos. Todos son masones. Y mientras no entras a la Hermandad, no te enteras. Ves pasar cosas, nombran a uno, corren a otro, llega uno nuevo, y todo viene de acuerdos que toman en la Hermandad. No se mueve una hoja aquí sin eso, así que, si quieres rifarla aquí, tienes que entrar a la Hermandad." "¿Y cómo se entra a eso?", les digo. "Con nosotros", me dicen. "Vienes a una reunión que te preparamos en una casa, pasas el rito, que es una mamada, y ya, quedas registrado en la Hermandad. Y a medrar, cabrón." Pues fui de pendejo a la casa que me dijeron, y estos hijos de su chingada madre me pusieron a pasar las de Caín, me encerraron con llave en un cuarto oscuro, me echaron luces psicodélicas y gritos, me metieron a una pinche vieja con la cara pintada con pintura fosforescente como las del Catacumbas y daban gritos llamándome. No sabía qué hacer, ya me estaba medio volviendo loco, cuando abren la puerta estos cabrones, muertos de risa y dicen: "No chille, cabrón, es pura vacilada", y me dan de una cuba gigante en un jarrón de flores donde estaban chupando estos cabrones, con sus amigas cómplices. A partir de ahí me empezaron a apapachar como miembro de la pandilla.

—Gran pendejo de provincias en París —sentenció Lezama, sugiriendo a su Balzac.

—Pendejo de doble piso. Pero para bien. Porque se corrió la voz en la escuela de mi falsa iniciación y se burlaban unos, pero me arropó bien la pandilla de ojetes, que eran los más ojetes, pero eran los más divertidos de la escuela. El caso es que una tarde me estaba echando un café en la cafetería y se me acerca un maestro al que le decíamos el Relamido, porque usaba fijapelo Golan's, y me dice: "Sé de su desgracia". "¿Cuál desgracia?" "Lo han engañado y burlado a usted." También le decían el Relamido por cómo hablaba. "Quiero ofrecerle lo contrario: una satisfacción." Tardó como media hora en decirme que era masón y que no podía invitarme a serlo pero que, si yo lo pedía, él podía decirme cómo. Mejor dicho, que no podía decirme cómo, pero sí indicarme con la cabeza cómo. Me estuvo jodiendo un año, con nada, con la mirada, al pasar. Usaba unos lentes de carey que le agrandaban los ojos de miope. Se le veían siempre mojados. Finalmente, una tarde que me vio al pasar le dije *sí* con la cabeza y él se detuvo, miró alrededor y me señaló, también con la cabeza, al maestro de estadística que venía por el pasillo. Era un viejo maestro gobiernista, muy mal querido en la escuela, que era una escuela de izquierda y no aceptaba gobiernistas, aunque la pagara el gobierno. Me dio repelús el matemático, pero me acerqué y me dijo, porque ya estaba esperando: "Tomo su acercamiento como una petición de que quiere acercarse a la obra". "Pues sí", le dije. "¿Qué tengo qué hacer?" "Tiene que querer." "Pues quiero", dije. Se me quedó viendo, tenía unas cataratas diagnosticables a ojo. Y de ahí siguió todo, hace dos años.

—¿Qué es *todo*? —preguntó el Cachorro.

—La iniciación. Pero eso no lo puedo contar.

—No mames, cabrón. Cuenta la iniciación —dijo Gamiochipi.

—No puedo.

—Bueno, pues no cuentes, pero entonces hacemos como con Colignon: yo pregunto y tú responde —propuso Lezama.

—Contesto lo que pueda.

—No seas grillo, pinche Morales. Contesta, cabrón —lo cargó Gamiochipi.

—Lo que pueda.

—De acuerdo —dijo Lezama—. Te pregunto: ¿crees en el Gran Arquitecto?

—Creo.

—¿Con mayúsculas?

—Con mayúsculas.

—¿Crees en que hay un secreto antiguo que sólo los masones tienen y que va a salvar al mundo?

—Creo.

—¿Te dijeron que nunca te encabronaras?

—Sí.

—¿Que perdonaras a tus enemigos?

—También.

—¿Te quitaron reloj, cartera, anillos y medallas antes de empezar el rito?

—Todo.

—¿Te pusieron frente a un altar con una calavera, con los ojos vendados, y luego te dejaron solo y te dijeron que te desvendaras?

—Sí —dijo Morales, empezando a comerse el bigote de Groucho Marx.

—¿Te pusieron unas espadas enfrente, apuntándote al pecho, a ver si te culeabas?

—No lo puedo decir.

—Entonces sí, cabrón. ¿Te dijeron que debías meditar todo el tiempo en la muerte para acostumbrarte a ella?

—No lo puedo decir.

—Entonces también, cabrón.

—¿De dónde sacaste todo eso, pinche Lezama? —dijo Morales—. Todo eso se supone que es secreto.

—De Tolstoi, cabrón —dijo Lezama—. Está todo en la iniciación de Bezujov. Es un rito a toda madre.

—Pero cuenta algo tú, pinche Morales —le dijo el criminógeno Changoleón—. Igual ya te sopeó Lezama.

—No puedo, cabrón.

—Lo que sea —pidió el tendido.

—Bueno, les cuento esto —cedió Morales—: Al final de todo el rito o el ritual como dicen ellos, cuando ya te aceptan, te meten a un cuarto oscuro, sin venda en los ojos. Igual no ves nada. Entonces, de pronto se prenden las luces y ves a todos. Bueno, pues cuando pude ver a todos vi que ahí estaban en efecto el director de la escuela, el presidente de la sociedad de alumnos, el Relamido, el Matemático, otros dos cabrones que ya estaban saliendo de la carrera y... ¿quién más creen?

—El Rector.

—No.

—¿Quién?

—Para que vean que hay un orden oculto en las cosas, cabrones, y que no saben ni entienden nada —dijo el astuto Morales.

—¿Quién estaba, cabrón?

—Si les digo se van a encabronar.

—¿Quién?

—¿No se encabronan?

—No.

—Estaba el mayor Pinzón.

—Eres un pinche grillo, Morales —dijo el enfurruñado Gamiochipi, poniéndose de pie.

—¿Conocías a Pinzón, cabrón? —se crispó Alatriste.

—Sólo de aquella vez.

—Nos dijiste que te lo habías encontrado en una peda, cabrón —le recordó Alatriste.

—Y así fue. Me lo volví encontrar en una peda.

—¿Se apareció en la peda llevado por el orden invisible? —dijo Alatriste.

—Así es —dijo Morales.

—Eres un grillo, cabrón. Tiene razón Gamiochipi —dijo Colignon—. Nos lo trajiste aquí a sabiendas con el Hijo del Presidente.

—Todo tiene un orden —dijo Morales—. Y en todo está la mano invisible. Pero no la del pendejo de Adam Smith, sino la mano invisible de a de veras.

—La de los ovnis —picó Lezama.

—La mano invisible —dijo Morales, con repentina solemnidad.

Los machos masturbines oyeron su voz sonar distinta, quebrada, vieja. Por un momento sintieron que hablaban con un desconocido. Recargado en la cabecera de la cama, Morales entornó los ojos y miró al techo como si fuera a desvanecerse. Cerró los ojos, transcurrió un instante largo y volvió a abrirlos, regresando del brevísimo trance, como si no hubiera existido.

—Ahora que cuente Changoleón —dijo Morales, con una voz triste y honda, también desconocida.

Algo raro, sensible pero incorpóreo, corrió por el cuarto, algo como un velo de miope que nubló los ánimos, distrajo las miradas, hizo ir al baño al Cachorro, apagó a Lezama, recostó a Gamiochipi en la cabecera de la otra cama e hizo decir otra vez a Morales, con una nueva voz desconocida, ahora tajante, perentoria:

—Cuenta, Chango.

Como bajo el influjo de una orden, en la neblina invisible que había tomado el cuarto, Changoleón empezó a contar, muy despacio primero, aceleradamente después.

Contó su noche con el Indio Fernández, el legendario director del cine, a cuya casa de Coyoacán había llegado porque, una noche que comía tacos en El Gallito, en la calle de Insurgentes, el Indio Fernández salió del comedero vecino, que se llamaba El Abajeño, borracho y descamisado, arrastrando a una muchacha vestida de blanco que el Indio zarandeaba y que a cada jalón le decía "Más", y cuando pasaron junto a él, junto a Changoleón, el Indio le dijo: "Tú, paisano, ¿sabes manejar?". Changoleón dijo que sí y el Indio le dio las llaves de un Cadillac que estaba estacionado enfrente y le dijo: "Llévame a Dulce Olivia en Coyoacán, ¿sabes dónde es?". Todos sabían dónde estaba la calle Dulce Olivia en la ciudad de entonces, anterior al Terremoto, todos sabían también que el Indio Fernández había bautizado así la calle donde vivía, por Olivia de Haviland, y había construido ahí una casa de piedra sobre la piedra volcánica del Xitle, que la ciudad conocía como La Fortaleza. Con Olivia de Haviland el Indio había tenido un rendido amor platónico, tendiendo a cursi, a diferencia del que parecía tener con la muchacha de blanco, a la que echó en el asiento de atrás del coche, como un saco de papas, mientras le ordenaba a Changoleón con el escultórico dedo índice, de uña gruesa y piel curtida, que manejara a Dulce Olivia, cosa que Changoleón hizo sin chistar, mientras oía y veía por el espejo retrovisor la batalla que se libraba en el asiento trasero, es decir, al Indio montado en la muchacha de blanco que seguía diciendo: "Más", "Más", "Más", hasta que la mole que era el Indio en el espejo de Changoleón dejó de moverse y no se movió ya, todo el trayecto. Cuando Changoleón paró el coche frente a la casa del Indio en Dulce Olivia, salió el mozo a abrirle el portón para que entrara, salvo que no era un mozo sino un extraño peón de hacienda, con calzones y camisa de manta, y unos guaraches que dejaban asomar sus dedos como garras, y una piocha de cerdas blancas en un rostro curtido, cetrino, como la piel del dedo índice del Indio, y una mirada que parecía de lámina. El Indio volvió en sí, bajó del coche y le dijo a Changoleón: "Tú estaciónate adentro y vienes a chupar conmigo". Llevaba los pelos lacios caídos en lianas sobre la cara, una de las cuales daba al seto del bigote sobre la bocaza y otra caía sobre su nariz de pelícano, dejando ver sus cejas largas y los ojos como dos tajos a la Atila, cubiertos por unas pestañas de aguacero, parecidas a las de Changoleón. Changoleón lo vio entrar caminando a toda prisa con las piernas curvas y abiertas, como si trajera espuelas, los faldones del saco siguiendo su paso agitado al ritmo de los brazos que eran como dos alas de cóndor. La mirada de lámina del peón y su mano engarrulada, de cuatro dedos cuchos, le mostraron el sitio donde debía poner el coche y ahí lo puso. Como en un trance, bajó del coche y al bajar volteó sin quererlo al asiento trasero donde había quedado la muchacha de blanco, después de la montada y la dormida del Indio. Descubrió con cierto estupor que no había ninguna muchacha de blanco en el asiento de atrás del Cadillac, sólo un revólver de cañón largo, metido en una funda charra, reposando sobre el cinturón enroscado de la funda como sobre una serpiente. Tomó el revólver y la funda con las dos manos, como una ofrenda, sin saber por qué lo hacía, hasta que vio al peón mirándolo atentamente desde la puerta, asintiendo a su ocurrencia. No le vio mover los labios, pero oyó su voz muy de cerca, como un soplo caliente, en la oreja:

—Por si ocupa.

Changoleón cruzó una terraza de piedra y luego subió las escaleras, de piedra también, que llevaban por un lado a una torre de dos pisos y por el otro a la puerta de la sala de la casa. El Indio esperaba ya en la sala, hundido y despatarrado en un equipal, bebiendo del pico de una botella de tequila añejo. También con las dos manos tomó el revólver enrollado en su cinto que le entregaba Changoleón y lo puso en otro equipal. Toda su sala era de equipales, con mesas bajas de nogal, candelabros y arañas de fierro, y dos sillas de montar sobre dos burros altos de madera. La casa por dentro era enorme, tenía pasillos, arcos y escaleras que daban a todas partes. "Manejaste bien, ¿chupas bien?", le dijo el Indio a Changoleón, sirviéndole un vaso de tequila. Antes de que Changoleón pudiera tomarlo se oyeron golpes en una puerta del fondo de uno de los pasillos de la casa y los gritos de una mujer en cuyo timbre Changoleón reconoció a la muchacha de blanco. Gritaba: "Pinche Indio, pinche Indio, sácame de aquí. ¡Sácame de aquí!". El Indio puso en manos de Changoleón el vaso de tequila que le había servido y le dijo: "Pérame". Se fue por el pasillo hasta el cuarto del fondo, abrió la puerta dándole dos vueltas a una llave de hierro, una llave de castillo o de calabozo, entró y cerró de un portazo. Changoleón oyó golpes y gritos en el cuarto y la voz de la mujer ahora diciendo: "¡Ya! ¡Ya!". Luego vio al Indio regresar por el pasillo con el mismo paso agitado y los mechones lacios de pelo sobre la cara sudorosa, y luego vio también a la muchacha de blanco que venía aullando como alma que lleva el diablo por el pasillo hasta alcanzar al Indio y saltarle encima, las piernas a horcajadas sobre el lomo duro y gordo del Indio, el brazo izquierdo aferrando su cuello, la mano derecha golpeándolo en la cabeza y en la cara, hasta que el Indio se la sacudió, haciéndola resbalar por su carapacho, la tiró al piso, la levantó después echándosela al hombro izquierdo como un costal de papas, salvo que el costal de papas pataleaba, y siguió con ella al hombro hacia la sala desde donde miraba, atónito, Changoleón. El Indio fue al equipal donde estaba el revólver, lo tomó con la mano derecha de un solo movimiento, sin detenerse, para seguir su camino hacia la puerta por donde había entrado Changoleón. Cruzó la puerta, paró a la mujer frente a él, retrocedió dos pasos y le disparó dos tiros al pecho que la echaron para atrás como una sábana golpeada por un airón. Todo esto vio desde la sala Changoleón. Vio caer a la mujer por las escaleras de piedra, hecha un guiñapo, hasta la terraza, también de piedra, por donde él había cruzado al llegar. Vio luego regresar al Indio hacia la sala con el revólver humeante todavía en la mano. "Te voy a traer un tequila de a de veras, no esa mierda", le dijo a Changoleón y se perdió en una de las escaleras laberínticas de la casa, con los brazos ondeando como alas al ritmo de sus pasos. Changoleón salió a las escaleras de piedra que daban a la terraza, vio la mancha blanca de la muchacha tirada y bajó la escalera para verla de cerca. Conforme se fue acercando, la mancha blanca perdió volumen hasta resultar que lo único tirado en la terraza era el vestido blanco de la muchacha. Buscó el cuerpo con la vista, pero sólo vio aparecer en el jardín, junto a la terraza, al peón, en sus atuendos de manta, extrañamente blanco, con su mirada de lámina. Oyó que el peón decía, otra vez sin mover los labios, otra vez como un soplo caliente en su oreja: "La ocupó, ¿no?". Vio entonces al peón caminar hacia él cruzando del jardín a la terraza con sus guaraches como garras y el brazo de la mano tullida pegado al cuerpo. Conforme se acercaba le pareció a Changoleón que la cabeza del peón crecía rumbo a la forma de un animal gatuno, maleado, viejo, tuerto. Al menos había todo eso en su mirada y en su voz cuando le dijo, sin mover los labios: "Es hora de que se quede o de que se vaya". Entonces Changoleón lo vio de verdad, le vio los dientes largos, las orejas mondas, los ojos amarillos, estriados. Pensó que era el diablo. Supo que era el diablo. Era el diablo.

Estas últimas palabras no las dijo Changoleón, pero ocuparon el cuarto como un escalofrío.

El Cachorro ofreció tragos que nadie aceptó. Colignon se persignó tres veces y se fue a dormir. Alatriste lo siguió, aprovechando que dormían juntos. Morales salió al balcón. Gamiochipi se quedó inmóvil en la cama. Alatriste supo que iba a dormir mal esa noche. Cotejándose con la iniciación masónica de Morales, tuvo la honradez de reconocer, pero no de contar, la historia de su propia iniciación en la Liga Comunista Espartaco, a saber, la reunión clandestina en la que había sido incorporado al círculo de la Liga, cuyo gurú era el escritor José Revueltas, que había tenido siempre una ventana abierta al norte en busca de la revolución comunista correcta y había sido, en su búsqueda, un apóstata continuo de aquella iglesia laica donde, como en la verdadera, también las herejías eran dogmáticas. Aquella noche de confesiones sobre el arcano, Alatriste admitió silenciosamente dentro de sí que el gran José Revueltas, apóstol de la Liga, había escrito una biblia para ella que era digna de una historia de fantasmas o de horror. A saber: el famoso escrito clandestino titulado: *Ensayo sobre un proletariado sin cabeza*.

El Cachorro se calló su ovni pero el ovni vino a visitarlo en el sueño esa noche, un sueño con el que luchó a brazo partido entre las sábanas sudadas, un sueño como la anticipación de la muerte, que tenía la forma, terroríficamente aumentada de un recuerdo, mejor dicho, del hoyo de un recuerdo que era el hoyo de la pérdida de su madre, años antes de entender bien a bien que era su madre, en los años en que era sólo lo que era ahora en sus recuerdos, el recuerdo de un regazo caliente en el aire caliente de Mérida, su ciudad, la ciudad blanca como los brazos de la mujer que lo tenía en sus brazos, como su cara blanca y sus dientes blancos, riéndole mientras lo mecía en su sueño de niño grande, de niño que sabía sólo a medias que había dejado de ser bebé, o que había dejado de ser bebé sólo a medias, pues estaba en los brazos de aquella mujer de regazo cálido como por última vez. Ése era el último no recuerdo, el último recuerdo sensación que tenía de ella y el único que quedaba realmente en su cuerpo y en su memoria.

Aquella especie de no recuerdo estaba unido indeleblemente a la escena que aquí se va a referir, escena muy posterior a su infancia, pero que había marcado la memoria del Cachorro retrospectivamente como si viniera de la memoria primigenia, pues se había añadido a la parte más recóndita y verdadera de ella, y era la escena de la tarde en que aceptó ir a la reunión a la que lo condujo el mejor de sus clientes, el médico Montúfar.

Montúfar era una eminencia neurológica, usuario y fundador de manicomios, mayoral de historias clínicas disparatadas que lo habían llevado a la conclusión de que el cerebro era, a la vez, el ángel y el demonio de la vida, la máquina de creación y la máquina de tortura más perfecta que se hubiera inventado. ¿Cómo podía alguien cifrar el comportamiento de la naturaleza en una fórmula matemática? Por el cerebro. ¿Cómo podía alguien encerrarse sin salida en una pesadilla de terrores de su propia invención? Por el cerebro. El inconcuso doctor Montúfar, como todo genio en lo suyo, tenía una ventana abierta al norte en otras cosas y era que coqueteaba activamente con la idea de que una de las más prodigiosas invenciones del cerebro, la noción del más allá, podía tener al menos un hilo delgado de realidad, mejor dicho, un pasadizo precario, pero practicable, hacia el más acá. Y que aquel hilo o pasadizo había que buscarlo en el mundo de los relatos sobrenaturales que el propio cerebro engendraba sin tregua, por alguna razón misteriosa del propio cerebro, en todas las civilizaciones, en todas las épocas, en todas las sociedades, en todas las personas, razón por la cual el doctor Montúfar se había dado al trato regular con experimentos mediúmnicos y cónclaves espíritas. Ocultaba esta pasión a sus pacientes y a sus colegas, pues podía perder a unos y a otros, pero era tan intensa que necesitaba desahogarla con alguien, para no ahogarse con ella, y la había desahogado con su vendedor de medicinas favorito, el Cachorro, cuando éste lo esperaba, al final de la consulta, en el consultorio vacío, para llevarle muestras de las nuevas drogas que llegaban al mercado, aquellas otras extensiones del cerebro, capaces de matar el dolor físico y disolver los terrores espirituales engendrados por el propio cerebro.

En aras de la eficiencia del relato, el narrador omnisciente omitirá aquí los detalles conducentes a la escena que le interesa referir y es la de la tarde en que el eminente Montúfar llevó al Cachorro al cónclave espírita de Tlalpan, favorito de sus indagaciones, y el Cachorro fue, debidamente protegido tras una corbata de nudo delgadísimo y tomó asiento en la mesa de terciopelo rojo, sumida en la media sombra por los gruesos cortinones dobles que forraban el salón de altos techos, no sólo sus ventanas, y desde aquel momento sintió que algo se licuaba en él, literalmente en su cerebro, algo que parecía dar vueltas dentro de su cavidad craneana, nublando y afinando su mirada a la vez, pues era capaz de ver las pecas y los poros del rostro del conductor de la sesión espírita, pero veía sólo como siluetas tenues a los otros inquilinos de la mesa. Oyó como un zombi las invitaciones a concentrarse en espera de los visitantes, siendo los visitantes las formas escuálidas, las volutas blancas, las espirales tenues que pudieran insinuarse en la penumbra, aquellas materializaciones luminosas, capaces de cruzar la pared invisible, saltar al más acá, rozar la cara de uno, el cuello de otro y, en el *summum* de la materialización del pasadizo, hacer lo que los iniciados llamaban *aportes*, poner de este lado objetos traídos del otro, unos lentes, una media, un huevo de zurcir, cosas cuyo único valor, un valor intransferible, era tener un significado preciso para quien los veía de pronto aparecer junto a su mano, brotarle en el regazo o caerle en la cabeza como un coco. La cúspide corpórea del pasadizo, explicaba Montúfar, el *"summum* de la fenomenología parapsicológica"*, era que aquellas presencias hablaran, no a través de golpes perentorios en las puertas, en los techos o en el piso, como era su costumbre, sino con voces humanas, sus propias voces, las cuales sus conocidos podían reconocer. Cuando esto sucedía, advertía el advertido Montúfar, normalmente había en los presentes vahídos o aullidos característicos del contacto con el más allá, que adquiría en esos momentos la intensidad del terror de lo sagrado. El Cachorro pasó aquella tarde por todo eso, con suerte de principiante, pues primero se insinuó su madre blanca bajo la forma lancinante de un brazo de mujer y luego apareció junto a su mano, extasiada más que temblorosa, un dedal de plata que su padre le había regalado a su madre en los tiempos de bonanza, y luego habían sonado los aldabonazos iracundos, que hicieron palpitar el pecho del Cachorro como si el corazón fuera una amígdala que se le hubiera desprendido en la garganta. Por último, oyó la voz de su madre que cantaba un estribillo cubano importado de la isla a la península y que su madre hacía sonar en su voz desmayada como un ripio terrorífico:

Juan Cobalú tiene mujé
tiene dos hijos que bailan con é

El Cachorro saltó sobre la mesa con los pelos de punta, gritando "¡Mamá!", y la buscó después por el recinto, arañando las sombras, que para él eran cendales, hasta desplomarse en sus ropas flojas, como si su cuerpo se le hubiera encogido una cuarta y el cuello dos pulgadas.

Montúfar lo llevó a un cuarto de la casa y cuidó su desmayo hasta verlo volver en sí, como de una hipnosis, despeinado y desencajado, pero inocente de su trance, preguntando qué había pasado. Montúfar hubiera querido decirle que había tenido un encuentro con el pasadizo, pero lo pensó mejor y no le dijo nada. El Cachorro no recordó lo sucedido sino dormido esa noche, cuando la escena referida aquí volvió completa, tomándolo por el cuello durante el sueño, y haciéndolo luchar con las sábanas, que lo ahogaban como con los restos de niebla de su madre. El sueño volvió otra vez, con toda su fuerza, poco tiempo después, y luego nada y luego, la noche menos pensada, en el sueño, otra vez, como si hubiera quedado instalado en su cerebro el horrible pasadizo que lo unía con el terror de la memoria de su madre.

Años después, recordando aquellas conversaciones con el arcano, Lezama se reía de haber sido el inductor del interrogatorio y de que nadie le hubiera preguntado a él lo que él había preguntado a los otros. Y pensó entonces, todos aquellos años después, que de haber respondido habría quedado como un idiota, pues habría dicho, pura y llanamente, lo que de verdad pensaba entonces.

Gamiochipi le habría preguntado:

—¿Y tú, pinche Lezama, ¿estás libre de supersticiones?

Y él habría respondido:

—No, cabrón. Yo tengo la superstición de la literatura. Yo creo que la literatura es el único lugar donde suceden las cosas. Yo creo que los personajes de *Pedro Páramo* son más reales que todos ustedes. Es decir que ustedes y yo somos todos fantasmas.

Día con día fue llegando a la ciudad la hora señalada de la despedida de los visitantes del espacio, el gran día del desfile de los ovnis. Se fueron todos los habitantes de la casa, muy temprano después de comer, a la glorieta del Ángel de la Independencia, donde ya había reunidas miles de personas viendo el cielo, en un murmullo de expectación concentrada que sólo rompía de cuando en cuando la voz aguardentosa del teporocho, profeta de sí mismo, que pregonaba con valiente rima: "El mundo se va a acabar y a mí me la va a pelar".

No faltaron gritos propios del evento como: "Allá, allá", señalando al norte, "No, allá", señalando al sur, "Atrás de la nube", señalando a la nube, "Me cae que vi uno, echaba chispas". Pero el cielo fue sordo y ciego y se mantuvo incólume todo el atardecer, esperando como siempre la llegada de la luna.

Una mujer dijo:

—Otro día será.

Los machos masturbines regresaron caminando a la casa, risueños y tristes de lo que habían visto, mejor dicho, de lo que *no* habían visto, con el alma en los pies, igual, supongo, que los extraterrestres que se iban de la Tierra sin haber pasado sus naves por nuestro cielo, como habían prometido.

Los diarios publicaron al día siguiente fotos de la gente mirando al cielo. Uno de los diarios cabeceó: "Carteristas hicieron su agosto con los famosos platívolos. Desvalijaron a personas que miraban al cielo".

Oh, la Tierra.

EDENES PERDIDOS, 4

Nada había tanto en la cabeza de Lezama como la cuenta de las mujeres que le habían faltado. Cuando Lezama pensaba en *las mujeres que le habían faltado, pensaba en la categoría sociológica de mujeres descritas por Balzac en su* Fisiología del matrimonio. *Pensaba, por ejemplo, en Jeanne Moreau, aunque no en cualquier Jeanne Moreau, sino en la que había enredado a Jules et Jim o ambulaba evitando la fiesta desolada de alguna película de Antonioni. Jugando con la efigie de Jeanne Moreau, Lezama tenía una historia de amor en la cabeza hecha de los siguientes ensueños: 1) Una mujer joven llamada Jeanne Moreau. 2) Un cuarto con vista al mar, en inciertas playas de Italia o el Perú. 3) Mucho coito en las playas. 4) Cartas de amor escritas al amanecer mientras Jeanne dormía como "una bestezuela cálida", oh. 5) Mucho coito 6) Noches compulsivas escribiendo —Jeanne descalza, trayéndole quesos y vino—. 7) Abundancia de diálogos profundos frente al mar. Ella: "Los únicos secretos del atardecer son quienes lo miran". 8) Mucho coito. 9) Menos coito. 10) Distanciamiento por sutiles alteraciones del espíritu. 11) Caricias esporádicas. 12) Atraso menstrual. 13) Embarazo. 14) Aborto. 15) Separación por lo anterior y por otras razones aún más decisivas como las sugeridas en 10. 16) Terapia por destilación novelística de los abismos del amor moderno.*

Se inventaba esa historia y soñaba despierto con ella, pero, como era frecuente en Lezama, sus ensueños declarados excluían sus pasiones verdaderas, porque lo que lo traía loco en esa época no era la sutil e imaginaria Jeanne Moreau, sino la rotunda y verdadera Clío Martínez de la Vara, que cruzaba todas las tardes, riendo entre sus amigas por los pasillos de la Ibero, apenas contenida en sus vestidos de seda. Toda ella pasaba crepitando, haciendo sonar en lo profundo del vestido los ligueros tensos, los bragueros llenos y el siseo de sus medias al frotarse. Oh, todo un repertorio de nailon inútil destinado a ceñir el portento de sus nalgas, las nalgas de Clío que brotaban de sus vértebras de niña, al pie de una cintura que Lezama había calculado apenas mayor que el cerco de sus manos.

Siguiendo la máxima escritural de que lo que el escritor debe escribir es lo que se asoma a su cabeza, no lo que su cabeza quiere que se asome, derivo ahora sin concierto ni razón alguna a la historia del día en que Lezama estuvo a punto de hacer suya a Clío Martínez, y ella a él, peripecia tan penosa para Clío y tan poco heroica para Lezama que no visitaron más ese cajón de su memoria en busca de lo que realmente había pasado, salvo que lo escondido en el cajón volvió toda la vida a sus cabezas haciéndoles recordar a fuerzas lo que a fuerzas querían olvidar. Y fue que Lezama había ido a un picnic con Clío, él, que odiaba los picnics, en realidad a una comelitona en la hacienda de los abuelos de una de las estudiantes de Psicología de la Ibero, y había caballos y salieron a montar, para lo cual las avisadas mujeres llevaban atuendos profesionales color caqui, con botas delgadas de montar y fuetes y gorritas de jockey, mientras que Lezama traía sólo sus habituales vergüenzas indumentarias, desempeoradas sólo por el saco de gabardina de Gamiochipi, el saco que había sido por meses la joya de la corona en el inexistente guardarropa de los habitantes de la casa. Clío Martínez, en cambio, venía disfrazada como una diosa, lista para poner sus nalgas calipigias en el sillín inglés que le habían cinchado en las caballerizas sobre un

robusto tordillo, y le había dicho a Lezama: No vienes en traje de
carácter, Lezama, mientras Lezama la ayudaba a subir al tordillo,
deteniéndole el estribo, conteniendo a duras penas la fuga de su mano
hacia las nalgas de Clío para impulsarla hasta el sillín. Sobra decir
lo que eran para ese momento, a los ojos de Lezama, las nalgas de
Clío Martínez, ahormadas por el ceñido pantalón de dril castaño,
de por sí diseñado para agrandar las formas de las amazonas que lo
requirieran, en absoluto el caso de Clío Martínez, que iba montada
como una diosa de Rubens en aquel tordillo gemelo, nalgón por su
propio derecho. A Lezama le dieron en las caballerizas las riendas
de lo que pidió, un cuaco manso que no necesitara jinete, al treparse
en el cual empezó la humillación para él, pues cuando salieron de las
cuadras rumbo al campo largo de la hacienda, Clío picó su tordillo y
salió como una raya con la cola de caballo de su pelo haciendo rima
con la cola voladora del tordillo, dejando a Lezama en trance de sólo
seguirla, al paso de quijote de su rocinante. Una y otra vez Clío
Martínez le repitió la dosis de volver galopando hasta donde él bre-
gaba, para decirle: Sígueme, Lezama, no seas maricón, y arrancar a
galope en su tordillo dejando a Lezama corcovado y lento sobre su
caballo manso, con la única ventaja, en este humillante juego, eso sí,
de que se alejaron de la casona de la hacienda una legua (¿cuánto
será una legua?) y fueron a dar a un paraje junto a un ojo de agua
que había en la hacienda, y Clío Martínez se bajó del tordillo ahí y
se puso a dar vueltas sobre sí misma celebrando la dicha de aquel
encuentro con la naturaleza, luego de lo cual se sentó bajo un sauce
que sombreaba una orilla arenosa del respetable laguito tributario del
ojo de agua de la hacienda. Podemos abreviar los detalles conducen-
tes al momento en que Clío ya estaba sentada, recargando su esbelta
espalda, de vértebras de niña, en el gran tronco del sauce llorón a
cuya sombra estaban, cuando Lezama le dio un beso bien dado, que
Clío aceptó con entrega manifiesta, aunque sólo para dar de inme-
diato un torpe salto fuera de la continuidad natural de la escena, y

decirle a Lezama: *Qué pretendes, Lezama, tú estás muy pollo para mí*, a lo que Lezama respondió tratando de repetir el beso que Clío le negó, diciendo: *No seas irresponsable, Lezama, yo lo que necesito es un galán con el que pueda casarme*, oído lo cual Lezama la besó en el cuello, *Un hombre joven como tú pero rico*, siguió Clío, mientras Lezama le metía la punta de la lengua en la oreja, *Que me saque de esta jaula de la universidad*, mientras Lezama se mutaba en pulpo, *Y tú no puedes ofrecerme eso*, y metía sus manos multiplicadas por las aquiescentes partes del cuerpo de Clío, algunas de ellas a la vista ya, otras cubiertas por las botas y los pantalones y la camisola de montar, *Porque ¿qué puedes ofrecerme tú, Lezama?*, decía Clío, mientras Lezama hurgaba ya en su entrepierna, cubierta por el pantalón, *Aparte de que eres un encanto*, y batallaba con el cinturón de Clío para zafarle la camisola de montar, *Pero el encanto no tiene cuenta de cheques, Lezama*, mientras Lezama descubría el vientre liso de Clío tratando de descubrir también sus pechos, *¿Y qué vamos a hacer si no tienes dinero, Lezama?*, pero encontraba ahí el otro obstáculo del brasier de guías duras que usaba Clío, *¿Vas a poner un negocio?*, mientras Lezama le zafaba al fin la camisola *¿Qué voy a decirle a mi papá: que me voy a casar con un don nadie?*, mientras Lezama se metía en la hondonada de los felices pechos de Clío, *Yo quiero viajar, Lezama, quiero tener ropa cara, vivir como una princesa, porque soy una princesa, Lezama*, mientras Lezama le zafaba una de las botas de montar, *Quiero ir de luna de miel a Waikikí*, y le zafaba la otra, *Pero no al cabaret de Acapulco, Lezama, sino a la playa de Hawai*, mientras Lezama finalmente podía sacar del pantalón de montar una de las piernas portentosas de Clío Martínez, *Y tú no me puedes llevar ahí, Lezama, porque no tienes dinero, carajo*, mientras Lezama le besaba la pierna libre, transportado por el absoluto de su suavidad y por su olor a cremas de colección, que en su conjunto daban un olor a bebé, *Porque lo que yo quiero es un hombre que me dé mis propias cosas, Lezama*, mientras Lezama trataba *de librar la otra pierna del pantalón de montar, Quiero tener mi propio coche, mi propia casa, mi propio dinero, de modo que la tenía ya con una pierna desnuda y la otra todavía metida en el pantalón de montar, Que me deje ser yo misma con mi dinero y no deberle nada a nadie, Lezama, hasta que, desesperado, Lezama se puso de pie y jaló el pantalón de la pierna que faltaba, Quiero entregarme a quien me libere de todo, Lezama, y de pronto tenía a Clío bajo el sauce llorón con las dos piernas monumentales desnudas pateando hacia él, Un hombre de verdad que me haga mujer de verdad, unas piernas bronceadas de un lustre moreno como Lezama nunca había visto, Que me dé lo que merezco, mientras Lezama pensaba que siempre había visto esas piernas con medias oscuras en los pasillos de la Ibero, Lo que debe darle un hombre a la mujer que quiere, y Lezama se quitaba, hasta entonces, el saco de gabardina de Gamiochipi y lo ponía bajo las nalgas y las piernas de Clío para que no se rayaran mellaran granularan con la traicionera arenilla que había al pie del sauce, mientras Clío decía: No cualquier cosa, como piensas tú, Lezama, sino todo, mientras Lezama volvía al torso de Clío y a su brasier varillado, tan digno de sus pechos, Todo lo que una mujer puede soñar, y desabrochaba el brasier de la espalda de Clío, Y cuando digo todo es todo, y liberaba los pechos de Clío para aplicar en ellos el brubrubrú favorito de Gamiochipi, Que me haga como tú, Lezama, pero con casa y coche, cabrón, mientras Lezama bajaba de los pechos a las caderas también liberadas de Clío y a su translúcido calzón de encajes, Porque una no está para entregarse a cualquiera, Lezama, mientras Lezama veía que el calzón de encajes de Clío tenía una mancha, No a cualquiera, Lezama, y el saco de gabardina de Gamiochipi tenía una mancha también, y eran entonces dos manchas frescas, contiguas, que se prolongaban una en otra como en un test de Rorschach, quiero decir, que había una continuidad entre la mancha en forma de murciélago que había en el sutil calzón de encajes de Clío y la mancha en forma de gota que había en el saco de gabardina de Gamiochipi, todo lo cual quería decir, oh, dioses, que en aquellos mismísimos momentos Clío Martínez estaba reglando como un ojo de agua, como el mismísimo ojo de agua de la hacienda, desechando una camada de óvulos inútiles en espera del momento en que un marido de verdad interrumpiera sus reglas con un heredero de verdad, o varios, con una casa de verdad o varias, con una cuenta de cheques de verdad o varias cuentas, suficientes para colmar sus sueños y garantizar su libertad.*

Para el momento en que estas discutibles epifanías acudieron a su cabeza, Lezama tenía una erección del tamaño del tordillo que había venido montando Clío y acaso Clío lo hubiera bienvenido entre sus piernas, como al tordillo mismo, si Lezama hubiera tenido los arrestos de meterse en ella. Pero su erección se había desmayado a la vista de la sangre y cuando Clío, por el desmayo de Lezama, cayó en la cuenta de lo que sucedía, empezó a llorar y luego a maldecir como las troyanas cautivas. Empezaba a caer la tarde cuando finalmente Clío dejó de llorar y le dijo a Lezama: Voy a vestirme, voltéate. Lezama se volteó, ella se vistió y algo mágico hizo porque cuando le dijo a Lezama que podía voltearse de nuevo tenía los ojos un poco rojos, pero nada más, el pelo recompuesto y el atuendo de amazona inglesa reconstituido. Tomó del suelo, donde estaba todavía, el saco de Gamiochipi y lo puso sobre el sillín inglés de su tordillo como un sarape, montó luego en el tordillo, sentándose sin comedimientos sobre el saco, y salió a galope hacia el casco de la hacienda, mientras Lezama volvía en su cuaco a paso de sancho, sintiéndose un barbaján, feliz de no haber sido un barbaján, triste como el sauce llorón de donde venía por el hecho de saber que había perdido a Clío Martínez para siempre.

No fue así en el tiempo, pero fue así aquella tarde a la que ni Clío ni Lezama ni el narrador hubieran querido entrar nunca, pero de la que es claro ahora que nunca pudieron salir.

Oh, la tarde inmortal de la regla sagrada de Clío.

MAÑANA LLORARÉ

—*Decíamos: la cosecha es hoy*
—*El mañana está vacío*
—*Despoblado de ilusiones*
—*En estos días delgados*
—*Ejercidos, fugitivos*
—*De los que tanto se ha ido.*
—*Quedan las brumas rebeldes*
—*Violentas*
—*Las violentas rebeldes*
—*Brumas de la noche*
("Fantasmas en el balcón")

La nublada mañana de febrero en que Hugo Lezama descifró "El Aleph" supo que era posible celebrar en Clío cosas menos grandiosas que sus nalgas. Como Borges ante el retrato de Beatriz Viterbo, Lezama dio en agregar los apellidos al nombre de su musa:

—Clío, Clío Martínez, Clío Martínez de la Vara.

Los agregaba al entrar a la casa o al salir, cuando cruzaba el jol o bajaba del altillo a bañarse.

—Pasa esa vieja, que te hace daño—, gritaba Colignon desde su cuarto, al escucharlo.

—Regálasela a Colignon para que la regenteé—, secundaba, inquinoso, Alatriste, el filósofo de Atasta.

Pero Lezama seguía, imperturbable:

—Martínez querida, Martínez perdida para siempre, soy yo, soy el Molcas.

De Colignon se sabían tan pocas cosas como de las otras; rubito como la loción que usaba y fragante de lo mismo, iba también a la Ibero en las tardes, pero iba a ligar. Tres años llevaban sus padres con el cuento de que hacía una carrera y a su manera no hacía otra cosa. Si a Lezama se le habían adherido las mamonerías eróticas de cierto cine europeo, a Colignon lo habían abismado las historias triunfales de un su tío cuya técnica amorosa, anterior al Terremoto, era universalmente conocida como *braguetazo*.

Lezama veía a Colignon casi todas las tardes en la cafetería de la universidad cazando miradas y tomando tés con crema, esperando confiadamente la llegada del reino que le estaba prometido: una heredera.

Los domingos Colignon salía al parque con un suéter blanco de vivos rojiazules y una raqueta con funda cuyo uso tenía por único objeto apoyar un estilo irresistiblemente tenístico. A Alatriste, que vivía en el mismo cuarto, lo sacaba de quicio. Después de comer:

Colignon: Quiovo prieto, ¿qué se siente ser tan feo?

Alatriste: Lo mismo que se ha de sentir ser tan pendejo, güey.

Colignon: No se enoje, chocolate, ya sabe que se le quiere bien. ¿Por qué no va mejor por unos cigarros? Sirve que hace algo útil. ¿O quiere que le suelte el derechazo noqueador sobre esa carita de eterno desempleado?

Alatriste: Si quiere soltarme algo, compañero, mejor suélteme a su hermana.

Colignon: No se haga el fino, mi tinta china. ¿No ve que tengo que irme a la universidad a las cuatro y no me he bañado? Dígale a Lezama que le preste cinco varos y me trae unos Raleigh sin filtro.

Alatriste: Lezama no tiene dinero, pero le pongo orita mismo un telegrama a la Alianza para el Progreso que le traigan unos Camel, ¿no?

Colignon: ¿Ves cómo eres rencoroso, petróleo? No se te puede jugar una broma, carajo

Alatriste: No, si va en serio. Les pongo un telegrama urgente y antes de que salgas del baño tienes los cigarros en el buró. Ya ves cómo son esos gringos de lameculos.

Colignon: Luego luego dejas ver de dónde vienes, chapopote. Te pide uno un favor y ya sientes que te rebajas. Date tu lugar, cabrón. No porque estés prieto ya. Hay gente que nace tullida de nacimiento, cabrón. Piensa eso, no te hagas menos.

Alatriste: Con verlo a usted todos los días me doy ánimos, compañero. No se preocupe.

Vivían los dos en el mismo cuarto de la casa de huéspedes, balcón de por medio con la ventana de la repujada mujercita conocida universalmente en la casa como el Cuero, hermana de los dos idénticos orangutanes que, bajo el genérico mote de los Gemelos, acechaban recíprocamente, desde sus propias ventanas, las acechanzas de la casa sobre su hermana.

Colignon creía en el pronto aristocrático de un bronceado parejo, así que los domingos, antes de salir al parque con su raqueta, se asoleaba desnudo en el balcón de referencia. Un domingo al mediodía en que Alatriste veía el futbol por la tele, tocaron a la puerta. Rebosante de ese espíritu mexicano por excelencia que consiste en reaccionar a los estímulos exteriores, Alatriste caminó los tres metros del jol y abrió la hospitalaria. Al pie de la escalerita que daba a la calle el Gemelo que llamaremos I terminaba de amarrarse las botas de montañista y el que llamaremos II se arrollaba en el puño un cinturón cuya hebilla era como una placa conmemorativa.

Perceptivo y sagaz como era, Alatriste sintió que se ahogaba. Alcanzó a balbucir:

—Buenos días, vevecinos.

Después de medirlo con la vista, el Gemelo I, cuya característica fundamental era que estaba mamadísimo, respondió con perfecta aunque esforzada dicción:

—Vevecinos tu chingada madre.

—¿Mi qué, vevecinos? —ripostó, enérgico, aunque algo desconcertado, Alatriste.

—Tu chingada madre, cabrón —confirmó el Gemelo II, cuya característica principal era ser idéntico al primero—. ¿Qué se traen?

El hecho de no vivir en París le ahorró a Alatriste la imaginación de la nocturna escena en que los Gemelos tiraban su cadáver machacado al Sena, pero insistió, controlado y fraterno:

—¿Qué nos traemos de qué, vevecinos?

—Cómo de qué —dijo, algo enervado, el Gemelo II.

—Pues sí, vevecinos, ¿de qué?

—Sal acá afuerita que te digamos de qué, pendejogüeyojete —dijo por seguidillas el Gemelo I.

—Pero vecinos —intentó, persuasivo, Alatriste.

—¡Callado el hocico, güey, te estoy diciendo que salgas! —gritó el Geme I.

—¿'s no eso querían, culeros? ¡Andan enseñando las pelotas, 'jos de su pinche madre! —masculló, más sombríamente que en las ocasiones anteriores, el Geme II.

—¿Las qué, vevecinos? —preguntó altivamente Alatriste.

—¡Las pelotas, güey! ¡Los güevos, los tompiates, el tafirul! 's qué se han creído 'jos de la chingada. ¿Van a salir todos o te sacamos a ti a cabronazos?

Dado el plural de la invitación, Alatriste resintió el singular de la oferta, de modo que, rebosante del espíritu mexicano por excelencia que es renegar de la injusticia, se dispuso a dar media vuelta, para echarse a correr. Pero estaba en la puerta de la casa y no había adónde correr.

En ese momento, montada en una gigantesca bicicleta de cuadro, dobló por la esquina el Cuero. Traía puestos unos shorts exageradamente dignos de su nombre y era fácil ver los estragos que le hacía la montura de la bicicleta, demasiado alta para ella, ahí donde te dije.

—¿Qué haces aquí, Puma? Vete a la casa —vociferó el Geme I sin mirarla, pese a que se le había incrustado con la bicicleta entre las nalgas.

Sin escuchar a su hermano, el Cuero repasó con saña florentina la mexicanísima figura de Alatriste:

—Ése no es el encuerado —dijo.

—¿Tú qué sabes de este asunto, Puma? Vete a la casa —ordenó el Geme I.

—Yo fui la que lo vio por la ventana, idiota —respondió el Cuero fieramente—. Y te digo que ése no es el encuerado.

—No te hagas la sabionda, Puma —ripostó con certeza gutural, aunque algo desconcertado, el Geme I.

—No me hago, idiota —porfió el Cuero—. Yo fui la que lo vio por la ventana, no tú. ¿Tú lo viste? No lo viste. Yo lo

vi. Tú no lo viste. ¿Tú lo viste? No lo viste. Tiene razón mi papá. Nunca saben de qué hablan.

—No metas a papá en esto, Puma —dijo, súbitamente colorado, carraspeando, el Geme II.

—Pues mi papá tiene razón —insistió el Cuero—. Siempre tiene razón. Yo también: éste no es el que vi por la ventana. El Cuero añadió a seguidas la frase de la que Alatriste no la hubiera creído capaz. Dijo:

—Éste es sólo un pinche negro.

En efecto lo era, o casi, en realidad un indio, aunque tampoco, sino una mezcla cuasi perfecta de indio y negro y blanco y otras cosas, ejemplar coronatorio de la verdadera raza de bronce, rotundísima cuanto invisible facha sustantiva de la nación. Ante las palabras de su hermana, el Geme II titubeó, pero sin despegar los ojos un momento del, para esos momentos, neutralísimo Alatriste:

—Y si no es él, ¿qué hace aquí? —logró decir el Geme II, con cierto júbilo apodíctico.

—¿Pues qué va a hacer, imbécil? —lo zarandeó el Cuero—. ¿Qué hacen siempre los negros sino meterse en todo, idiota? Tiene razón mi papá.

—¡Cállate, Puma! —gritó el Geme I, y se siguió sin pausa contra Alatriste—: ¿Tú qué estás oyendo, güey?

—¿Uh? —respondió, enérgico, Alatriste.

—¿Te digo que qué estás oyendo, negro?

—Nada, vevecino. Yo aquí tranquilo, como los monitos hindús.

—No te hagas el chistoso, pendejete —dijo el Geme I—. ¿Te crees muy chistoso, pendejete? ¿Muy chistoso, muy chistoso, pendejete?

—Ya, Tico —lo detuvo su hermano, el Geme II, que conocía la proclividad de su hermano a rayarse, como los discos—. No vinimos a hablar ni a discutir, Tico. Vinimos a otra cosa. No a discutir, ni a hablar, ¿está claro?

—Hay que cortarle la pirinola —musitó el Cuero como hablando para sí, desde un sombrío segundo plano.

—¿Vas a salir, pinche negro, o quieres que te saquemos a cabronazos? —dijo finalmente el Geme II.

En su único momento de lucidez de la mañana, Alatriste empezó a desabrocharse el reloj y les dijo:

—No hace falta que me saquen, vecinos. Yo vengo solo.

Pero cuando acabó de quitarse el reloj, como anunciando que salía a los golpes, se metió a la casa y cerró la puerta tras de sí.

—Va a sacar una pistola —alcanzó a escuchar que decía el Cuero. Pero ya iba corriendo por las escaleras rumbo al baño del primer piso. En el baño contuvo un explicable ataque de mal de sambito (San Vito), se mojó la cabeza con agua fría, tomó una toalla para secarse y, friccionándose aún, fue hacia su cuarto.

Encuerado sobre la colchoneta del balconcito, Colignon se rascaba y se tejía trencitas donde te dije.

—¿De dónde vienes, petróleo? —preguntó, dulcemente, al ver entrar a Alatriste.

—Del parque, hermano. Fui a correr —informó, deportivo, Alatriste.

—¿A correr en domingo, chocolate?

—Sí, hermano, a correr.

—¿Y qué tal?

—Mucha nalga, hermano. Está lleno de nalgas preciosas ese parque.

—No te sientas por eso, mi *black shadow*. Ni tú ni ellas tienen la culpa de ser tan distintos.

—No, hermano, pero qué nalgas. Por cierto, ahí te buscan abajo.

—¿A mí? —dijo Colignon—. ¿Quién?

—No sé, hermano, no los conozco. Una muchacha y dos cuates.

—¿Les dijiste que estaba?

—Sí, están esperando en la puerta.

—No chingues, les hubieras dicho que no estaba.

—Yo qué voy a saber. Ora baja —dijo Alatriste. Descolgó la batita japonesa de Colignon y se la tiró gentilmente sobre el cuerpo.

—Carajo, tan sabroso que está el astro rey —dijo Colignon, dándose una última rascada.

—La vieja está muy cuero, güey, no te quejes —dijo Alatriste, fingiendo alinearse el cabello de los parietales frente al espejo. Tarea inútil, si alguna.

Colignon se caló la batita de dragones y las chanclas, se amarró con un firme lacito el cordón de la bata en la cintura, apartó a Alatriste del espejo para darse una cepillada, se miró de tres cuartos de un lado, de tres cuartos del otro, y salió balanceándose hacia las escaleras.

Apenas lo vio bajar, Alatriste corrió hacia el cuarto del balcón que daba al parque, donde estaban dormidos todavía, a oscuras, con las persianas bajadas, Changoleón y Gamiochipi. Alatriste alzó de un pulso las persianas y empezó a abrir la puerta del balcón mientras gritaba:

—Levántense, cabrones. Ya amaneció.

Changoleón había despertado ya y sólo alzó los brazos para defenderse de la luz que dejaba entrar Alatriste. El hermoso Gamiochipi, a quien llamaban también el Tronco por su contundencia onírica, saltó de la cama tirando mandobles, con las mandíbulas trabadas, perfectamente dormido.

Changoleón lo esquivó graciosamente y salió con Alatriste al balcón.

—¿Qué pedo? —dijo Changoleón, con la mirada legañosa todavía.

—Pedo el que le van a sacar —respondió crípticamente el gozoso Alatriste.

—¡Ése, Tico, ése sí es! —gritó el Cuero abajo, cuando Colignon apareció en la puerta.

Se oyó la voz modulada y acariciadora de Colignon, educada en tantos diálogos inolvidables de películas mexicanas.

—¿Yo sí soy qué, señorita?

—Tú eres, desgraciado, no te hagas —lo increpó el Cuero señalándolo con el dedo, como una lanceta.

(—¿Qué pedo? —preguntó, arriba, medio despierto y medio dormido todavía Changoleón.)

—Y di que no vienes encuerado abajo de la bata, desgraciado —siguió implacable el Cuero, en la acera, bajo el balcón.

—Pero señorita —dijo Colignon, con una inimitable caballerosidad Jorge Negrete—. Yo…

—No me digas señorita, desgraciado.

(—Es un caso difícil —dictaminó Alatriste.

—¿Pero qué pedo? —inquirió el desconcertado Changoleón.)

—Usted me está confundiendo, señorita… —dijo abajo Colignon.

—¡Que no le digas señorita! —reclamó sombríamente el Geme I.

—Ahora sí, señorita, ¿verdad, cabrón? —dijo el Cuero—. Pero qué tal desde el balcón, desgraciado, ¿eh? Provocándome, haciéndote trencitas y todo, desgraciado.

—Debe haber una confusión, señores —dijo Colignon en Fernando Soler—. Yo…

—Ninguna confusión, desgraciado —siguió el Cuero, que era lo que se llama un espíritu radical—. A ver, muéstrales a mis hermanos el pitote, desgraciado.

—Señorita, yo me niego a...

—¡Que no le digas señorita, 'jo de tu pinche madre! —gritó el Geme I con la mandíbula temblando—. ¿Qué hacías en el balcón, quenseñabas en el balcón, 'jo de tu pinche madre?

—Te lo vamos a cortar, hijo de tu pinche madre —dijo el Cuero, en voz baja, como si meditara otra vez en el asunto, desde el mismo sombrío segundo plano.

—No digas carnes, Puma —prescribió el Geme II.

—'jo de tu pinche madre —siguió, casi al mismo tiempo, el Geme I—. Te vamos a enseñar a andar enseñando las pelotas, 'jo de tu pinche madre.

(—Tiene obsesión con las pelotas —dedujo Alatriste, en el balcón.

—¿Pero quién está abajo, qué pedo? —preguntó Changoleón.)

Oyeron el portazo, precisamente abajo, y oyeron después la voz de Colignon que subía por las escaleras maldiciendo a Alatriste. En la puerta del baño se le interpuso Morales, que vivía en el cuarto de al lado de Gamiochipi:

—¿Qué pasa, Colillas? —preguntó—. ¿Sigues pisteando con desconocidos?

—¡Pinche negro! —gritó Colignon—. ¿Dónde está ese pinche negro?

—No te agites, Colillas, ¿qué asunto te podemos resolver?

—¡Esos gorilas, cabrón! ¿Ya viste a esos gorilas? ¡Me quieren matar!

—Todo fuera como eso —dijo Morales—. Si ellos te quieren matar, mátalos tú primero y asunto arreglado. ¿Qué otra cosa?

—No seas pendejo, Morales. ¿Dónde está ese pinche negro?

—Mi recomendación es que los mates —porfió Morales, dominicalmente.

A la busca de Alatriste, con Morales atrás, Colignon abría puertas de cuartos y baños en movida acción que Gamiochipi consignaba en lo profundo de su sueño, pues había vuelto a dormirse luego de su primer salto de sonámbulo.

—¡Negro de mierda! —gritó Colignon al abrir por fin la puerta correcta y descubrir a Alatriste en el balcón. Caminó hacia él entre las camas justamente en el momento en que Gamiochipi, todavía dormido, se alzó otra vez de un solo brinco de la cama y quedó frente a él lanzándole apagados pero efectivos mandobles.

—¡Pinche sonámbulo! —dijo Colignon empujando al agitado Gamiochipi contra la cómoda.

—Ya no se puede dormir en esta casa —murmuró Gamiochipi en el suelo, semidespierto por el empellón.

—Te querían agarrar dormido, Gamio —le dijo Alatriste desde el balcón.

—Hijo de tu petrolera madre —le gritó Colignon a Alatriste, agarrándolo de la camisa a la altura del pecho—. ¿Quiénes son esos gorilas, imbécil? ¿Quieres que me maten?

—¿Por qué habría de querer *yo* que te maten? —respondió Alatriste con maligna suavidad.

—¿Qué pedo, Colillas, te quieren madrear? —preguntó finalmente Changoleón.

—¿Madrear? Me quieren matar esos orangutanes, hermano. Y la vieja, me quiere cortar el pito.

—Toda conciliación exige concesiones de parte, Colillas —dijo Morales, que había entrado al cuarto siguiendo la marea de imprecaciones de Colignon—. Si ha de ser por la paz, ¿qué importa un pito? No seas soberbio: tu pizarrín no es indispensable. Hay suficientes en el resto de la especie.

—Cállate, viejo. No estoy de humor para tus pendejadas —ripostó el desolado Colignon.

En efecto, su palidez era la misma que la tradición hispánica atribuye a quienes se disponen a encomendar su alma al Señor.

—¿Quieres decir que la única solución es masacrar a esos dementes? —preguntó Morales, poniendo una mano apaciguadora sobre la nuca de Colignon, que se había sentado en la cama—. Porque si ése es el caso, Colillas, no te preocupes. Quiero decir: ellos se lo han buscado. Bajamos aquí al experto golpeador Gamiochipi y al remedo de hombre de Neandertal que a su lado está —señaló a Changoleón—, bajas también tú, que eres el agraviado, y también bajo yo, en papel estricto de Cruz Roja. Y asunto arreglado, en dos minutos los ponemos como Santo Cristo, Colillas. Morongos, que quiere el vulgo.

—Morongos, cómo no —musitó el cadavérico Colignon.

—Sí, güey —dijo, festivamente, Changoleón—. Son sólo dos. Los tundimos en dos minutos. ¡Qué tanto será!

—Lo que dura un comercial —precisó Morales—. ¿Para qué son los amigos si no para madrear gente los domingos en la mañana?

—Para lo que sean —dijo Alatriste, que seguía observando al enemigo abajo—. Pero si van a bajar que sea pronto, porque en dos minutos más esos cabrones van a tirar la puerta. Oigan los chingadazos que le están dando.

—Van a tirar madre —dijo Gamiochipi, apartando las últimas brumas del sueño.

Changoleón empezó a ponerse su eterna sudadera, la cual juzgó idónea porque no tenía otra y porque llevaba un fierísimo rostro de Beethoven en el pecho. Gamiochipi buscó sus botas en la zapatera. Colignon fue a su cuarto a vestirse. Flanqueado por el emérito filósofo de Atasta, Morales salió al balcón.

—¡Ah, de la puerta! —dijo Alatriste, que se tenía trabajando su Jack London.

La primera en comprender que la casa tenía un segundo piso, el segundo piso, un balcón y el balcón, un barandal desde donde les hablaban, fue el Cuero:

—¡Arriba, Taco! ¡Tico, arriba! —advirtió.

Tico y Taco se echaron para atrás y miraron.

—'jos de su pinche madre —dijo uno.

—'ches culeros —dijo el otro.

Desde el balcón, los interpeló Morales:

—¿Qué acontece, vecinos? ¿Cuál es el litigio?

—Habla en cristiano, güey —exigió Geme Tico.

—¿Que cuál es el diferendo, vecinos? —tradujo Alatriste.

—Arriba serás bueno, negro 'jo de tu pinche madre —elaboró Geme Taco.

—La ofensa sobra, vecinos —dijo Morales—. La madre de este aceitunado compañero es una santa que lava ajeno para sostener sus estudios.

—No le hagas caso, Tico, los quiere marear —advirtió el Cuero.

(—Esta vieja es la reencarnación mejorada de Lucrecia Borgia —musitó en un aparte Alatriste.)

—No queremos problemas, vecinos —dijo Morales—. Cualquiera que haya sido el agravio, les ofrecemos una disculpa y les invitamos una cerveza.

La frase fue demasiado larga para que pudieran seguirla hasta el fin los Gemelos, que se miraron azorados, antes de que la idea clara y distinta que los había llevado al sitio volviera a sus cerebros.

Geme Tico enunció:

—Chinguen a su madre.

Sin inmutarse, respondió Morales:

—Son ustedes irreductibles, vecinos. Les digo esto: la más elemental cortesía dominguera nos obliga a aceptar la recomendación de ustedes en el sentido de que agraviemos a las respectivas autoras de nuestros días. Pero el más elemental sentido de la honra nos obliga también a bajar a romperles a ustedes lo poco que de esa materia les queda. ¿Entendieron?

—Habla en cristiano, güey. Pareces alemán —dijo Geme Taco, con enjundia nacionalista.

—Lo que quiere decir mi amigo el alemán —tradujo Alatriste— es que no os mováis porque él va a bajar y cuando baje, en cosa de unos segundos, vosotros vais a dejar de pareceros como una gota de agua a otra y empezaréis a pareceros como una cicatriz a otra. ¿Entendisteis? Ya entendieron, maestro —le dijo a Morales.

Changoleón se había puesto sus tenis y hacía rounds de sombra. Gamiochipi tiraba patadas tratando de llegar a la altura de su cabeza en el espejo. Colignon estiraba los músculos. Alatriste miraba la jacaranda, fingía dolores de lumbago y parpadeaba en la esperanza de que alguien le preguntara si estaba perdiendo la vista. Morales le compuso el mundo al descartarlo de la empresa:

—Tú no bajes, Alacaída. Tú obsérvalo todo desde el balcón para que luego cantes nuestras glorias.

Y diciendo y oyendo lo anterior, uno subiéndose el cuello, otro estirando los brazos, Changoleón esponjándose el copete, los cuatro descendieron y Alatriste regresó al balcón vuelto todo él un afán de testimonio homérico.

Oyó abrirse la puerta de abajo. Con emoción apenas retenida vio a los Gemelos retroceder, alistarse y luego avanzar hacia la puerta. Lo siguiente que entró en su campo visual fue el cuerpo de Changoleón volando por los aires, un vuelo perfecto cuya vertiginosa horizontalidad habría exigido la precisión de una foto instantánea y no el óxido del viejo Oldsmobile estacionado enfrente, en cuya salpicadera fue Changoleón a incrustarse de espaldas como un fardo. El fuego ibérico de Gamiochipi conoció la plenitud de una acometida frontal que Geme Tico deshizo con un estoconazo al plexus y una admirable y exacta patada a los güevos, todo lo cual produjo en el buen Gamiochipi el consabido vómito blanco y la clásica posición fetal, cuando iba proyectado, lo que se dice como un meteorito, hacia el añoso tronco de la jacaranda cuyas ramas acariciaban el balcón desde donde Alatriste daba fe. Para saludar a Colignon, Geme Taco se exigió unas vistosas patadas voladoras que no dieron en el blanco, lo cual no impidió que, al caer, en una reacción felina con giro a la derecha, Geme Taco lanzara un invisible revés y una patada de lo mismo que dieron uno tras otro en la cabeza que ofendían. Cayó Colignon medio muerto, a la vera del infausto Oldsmobile, en los momentos en que Morales le anteponía a Geme Tico una elegante guardia de principios de aquel siglo, anterior al Terremoto. Geme Tico falló su primer golpe, en el sentido de que no lo asestó sobre la humanidad de Morales, sino en la nariz del Cuero, que brincaba junto a él, azuzándolo. Por desgracia, el segundo intento de Geme Tico tuvo la doble eficacia de 1) su precisión y 2) su vigor: 1), porque desbarató el pómulo y la ceja izquierda de Morales, 2) porque mandó al recipiendario hecho un bólido hacia atrás, donde estaba, para colectivo infortunio de la casa, la reja de hierro forjado que cubría la ventana. Ahí dio Morales de espaldas con su ocurrente cabeza. Geme Tico tuvo entonces lo que habrá sido el único acto imaginativo de su vida: metió los brazos de Morales en la reja, dijérase la estampa de una crucifixión, y empezó a tundirle a la bodega y a cachetearlo por rachas de un modo tan enfático que, antes de terminar la primera tanda, Morales echaba sangre hasta por las marquitas de varicela que le habían quedado en la cara de una infancia epidémica en Tlaxcala. Mientras tanto, una vez desembarazado del gran Colillas, Geme Taco volvía sobre los despojos de Changoleón, tan inerte todavía como una almohada al pie de la salpicadera del Oldsmobile. El Cuero, a su parte, se había hincado en la banqueta, tratando de pararse con las manos el abundante mole que de la nariz le manaba. Tenía ya el ojo violáceo y los dedos surcados por profusos hilillos y goterones de sangre, pero seguía gritándoles a los hermanos, sin particularizar demasiado:

—Mátalo, pendejo, mátalo.

Dadas tales consignas, el intestado testigo del balcón que era Alatriste enloqueció. Su locura no tuvo dudas ni matices, fue un solo impulso panruso de salir corriendo a la calle a madrear por su cuenta y riesgo a los Gemelos, los cuales, como se ha visto, hacían abajo las veces de un ejército napoleónico en auge. Fue precisamente al salir como un aullido del mirador homérico donde estaba cuando Alatriste se topó con Lezama, el cual venía del altillo implorando a su Clío, como Borges a su Beatriz Viterbo. A saber: Clío. Clío Martínez, etcétera.

—¡Los están matando! —creyó escuchar Lezama en medio de su marasmo borgiano.

Sin saber cómo, Lezama se encontró de pronto renunciando también a su destino y bajó atrás de Alatriste por las escaleras rumbo a aquel lamentable momento de los anales de la casa. Vio correr delante de él a Alatriste en la planta de debajo de la casa y echarse a los hombros, con la decisión de un súbito argivo de Atasta (Campeche) el enorme televisor marca Motorola que había en el jol y correr hacia la puerta, hacia el momento en que Geme Tico recogía por segunda vez a Changoleón junto al fatigado Oldsmobile, para estrellarlo de nuevo en esa ingrata ruina de los tiempos de la guerra de Corea. Apenas pudo reaccionar Geme Tico ante las nuevas condiciones históricas que a su espalda introducía el rabioso Alatriste, quien ingresó en la batalla con tal brío y enemistad que antes de que sus propias manos lo decidieran ya el aparato electrónico del jol de la casa estaba puesto como un yelmo de vidrio y transistores sobre la ahistórica masa craneana de Geme Tico.

En medio de una lluvia de bulbos y quejidos, Geme Tico cayó fulminado. Unos metros allá, sangrando de la nariz, el Cuero hipaba. Previendo la embestida de Geme Taco, Alatriste corrió hacia el Cuero para protegerse con ella. Luego de aligerarle las venas a Morales, Geme Taco completaba con furor envidiable el desfallecimiento de Gamiochipi, cada vez más fetal y exhausto al pie de la jacaranda. Alatriste se puso atrás del Cuero y la agarró de los pechos como si fuera un escudo. El Cuero chilló, desde luego. Geme Taco volteó hacia el chillido y todo fue ver a Alatriste magullándole los erguidos a su hermana y dejarse venir él por los aires como un samurái gritando: "¡'jo de tu pinche madreee!", hacia el tembloroso argivo de Atasta que, protegido y todo tras el Cuero, lo mismo se sintió morir. Pero quiso la casualidad que en las inmediaciones estuviera todavía la bicicleta de cuadro en que había llegado al lugar el Cuero y que Alatriste, en medio de su miedo, pudiera asirla por una llanta. Oh, momento decisivo en la demografía de la casa: asida la rueda de la bicicleta con la mano derecha, cuando ya Geme

Taco caía sobre él, Alatriste soltó al Cuero, dio un paso hacia atrás y uniendo su mano izquierda a su derecha bateó a dos manos con la bicicleta el bulto que volaba a su encuentro. Sintió la bicicleta rebotar en el aire como contra un muro y la llanta doblarse por el rin sobre sus pulgares rasgándole los dedos y las palmas, pero tronando en el aire como una gigantesca rueda de la fortuna salida de su eje, siseando y rebotando al golpear lo que encontraba. Por aquel instante del impacto, toda la vida de Alatriste fueron sus oídos, la precisión inolvidable de los ruidos que sus oídos recobraron. Cuando aquella existencia plena pasó y abrió los ojos, Geme Taco iba cayendo todavía a su izquierda hecho una bola de brazos y rayos y manubrio y montura y mejillas cortadas por las molduras, todo él una simbiosis sanguinolenta con la bicicleta encima, como si la bicicleta fuera un animal que le diera zarpazos. A Geme Tico no le iba mejor. Aprovechando la inconsciencia en que lo había sumido la ofensiva electrónica de Alatriste, el furibundo Changoleón había salido del limbo y le tupía al Gemelo en todas las partes buenas que el yelmo de transistores había dejado. De donde el despierto lector podrá concluir la utilidad que a los designios de las modernas guerras prestan los avances tecnológicos, por intermedio de los cuales, dos minutos después de su victoria, Geme Tico y Geme Taco yacían sangrantes exactamente en los mismos lugares donde antes yacieran Changoleón, Colignon, Gamiochipi y Morales.

Algún deceso habríase tenido que lamentar en todo esto si, sobreponiéndose a su incredulidad, Lezama, que lo presenciaba todo desde la puerta, no detiene los ímpetus homicidas del sangrante Changoleón, que seguía trepado sobre el quietísimo Geme Tico, tupiéndole sin piedad, y si no arranca paternalmente de las manos de Colignon la bicicleta con que, una vez zafada de su sanguinolento cuello, intentaba recetarle otra dosis a Geme Taco. Como sea, a semejanza de los antiguos torneos cuyas masacres hazañosas han consagrado, evitándonos el hedor de la sangre, autores sin disputa como sir Walter Scott, habíase congregado en torno al desaguisado una muchedumbre horrorizada y orgásmica.

Al poner Lezama fin a la refriega, salió del público un gorila crudo y rozagante que olía a lavanda y sexo por todos lados. Se paró junto a Lezama y se hizo el saco a un lado para exhibir l) la cadenilla de oro que hacía un puente de la trabilla al bolsillo, 2) el pistolón sobre el iliaco, con sus cachas de nácar, 3) la cartera donde venía la chapa que le permitió decir:

—Policía judicial. ¿De qué se trata?

Alatriste se acercó. Tenía las manos hinchadas como papas y, si vale la insistencia, rebanadas como betabeles. Los Gemelos estaban tirados, uno bajo la bicicleta, otro junto a lo que quedaba del televisor, al pie del sereno y magullado Oldsmobile. Changoleón y Gamiochipi se secaban sangre y plasma con los antebrazos, uno de la boca, el otro en general. Colignon exhibía una deportiva raya verdosa que le corría por el pómulo hasta formar una sombra cárdena en el cuello.

—No pasa nada, oficial —dijo Lezama.

—¿Ah, no? ¿Pues qué tal si hubiera pasado, amigo? Qué manera de madrearse. Digo, ni que fuera el día de las madres, ja, ja. Usted tiene lo menos una fractura ahí, amigo —le dijo, conocedoramente, a Alatriste al mirarle las manos—. Va a necesitar un médico que sepa tru-tru, ja, ja. Y entre todos, van a necesitar un hospital, ja.

Hablaba intercalando escupitinas, como si expulsara briznas de tabaco. Usaba un pañuelo para quitarse un sudor inexistente de los labios:

—Un hospital, ja, ja. ¡Qué manera de madrearse!

La mención de ese sensacional aspecto de la vida humana que es la medicina le recordó a Lezama que nadie había hecho caso de Morales. Seguía crucificado en la reja, deudor de una placidez sin calendario, cejas y narices hechas madre y los pómulos hinchados como si en ellos se hubiera librado la batalla de la gran Tenochtitlán.

—Él es el que sabe cómo estuvo —le dijo Alatriste al agente, señalando a Morales.

Empezó a reírse solo, pero lo paralizó el dolor de las manos.

—¿Es el que sabe? —dijo el agente—. Pues despiértelo que me cuente, a ver si no necesitamos una ouija para que hable, ja.

Decía esto mientras pasaba la vista notarial por los estragos del torneo, registrando cada herida, cada magulladura, cada rastro de sangre.

Bajaron entre todos a Morales de su modesto Gólgota y lo pusieron en las escalerillas de la entrada, junto a la hospitalaria puerta de la casa. Changoleón subió por toallas y agua. Colignon empezó a limpiarle el rostro a Morales, con su pañuelo perfumado (no sabía ir a ningún lado sin un pañuelo perfumado). Por un flanco del Oldsmobile empezó a reponerse Geme Tico. Unos metros después, el Cuero hacía las veces de Iztaccíhuatl junto al enorme Geme Taco que se quejaba bajo la bicicleta, sin volver en sí.

—'jos de su pinche madre —masculló previsiblemente Geme Tico al recobrar lo que, de un modo general, puede llamarse el conocimiento. Sangraba de la calva y una visible deformidad en el hombro denunciaba lo menos una fractura en la clavícula.

—¡Tiiico! —gimió el Cuero, desconsolada, al escucharlo vivo. Le mostró a Geme Taco: sangraba también por el oído y una inflamación con tajos verdes y rojos ocupaba la inexistente parte izquierda de su cara y de su cuello—. ¡Mira cómo lo dejaron a mi hermano, Tiiico!

—¿Qué le hicieron, Puma? —murmuró, todavía inconsciente y gemebundo Geme Tico, tratando dificultosamente de acercarse a su hermano, hasta que logró ponérsele encima, pecho contra pecho—. ¿Qué te hicieron, hermano, qué te hicieron? —preguntó casi llorando.

El vocabulario era restringido, pero el dolor no podía ponerse en duda.

La proximidad fraterna avivó a Geme Taco:

—'jos de su pinche madre —dijo, con estertores—. Me están aplastando, hermano, están sobre mí.

—No, hermano, ya se acabó —dijo amorosamente Geme Tico.

—Pero me están aplastando, cabrón. Lo siento en el pecho.

—Nadie te aplasta —lo confortó Geme Tico—. Nadie te aplasta. Ya se acabó.

A mitad de esta escena regresó Morales de su viaje a Jerusalén. Le limpiaban la sangre de la cara, del cuello. Tenía un verdugón en un pómulo y una ceja rota, pero igual alertó a Colignon:

—Dile a ese orangután que se quite de encima de su hermano, Colillas, lo está aplastando el pendejo.

—¡Qué manera de madrearse! —disertó el judicial—. ¡A la mexicana, chingá, como debe ser! ¡Jajajay, aquí se sientan, cabrones! —añadió misteriosamente, pensando con toda probabilidad en los enemigos de México.

—Deme una —le dijo a Changoleón, que había entrado a la casa y traía varias toallas y camisetas y una cubeta con agua.

—Usted está bien, oficial, no necesita —dijo Lezama.

—Yo quiero acompañarlos, muchachos. Déme una.

Cada quien tomó su trapo y lo mojó para limpiarse, menos Colignon que se lo ofreció al Cuero:

—Límpiese, señorita, le sangra la nariz.

—Tú tienes la culpa de todo, pitote —dijo el Cuero, con rencor siciliano—. Mira cómo me dejaron.

Parecía, en efecto, debutante de semifinal sabatina.

—¡Salvajes! —gritó una señora en el anillo de espectadores—. Deberían encerrarlos a todos.

Lezama se acercó al judicial:

—No pasó nada, oficial —le dijo, a su persuasivo modo—. Madreados de más, madreados de menos. Usted ayúdenos, que no nos la vayan a hacer de pedo.

Porque, en lo que la anónima señora delatora mencionó la cárcel, con esa enferma eficacia que la policía iba agarrando en México, una patrulla llegó a empujones hasta el lugar de los hechos.

—¿De qué se trata? —preguntó un patrullero al ahíto Changoleón, que estaba sentado en el guardafango del Oldsmobile, pasándose una toalla por los ojos.

El maravillado agente de la judicial volvió a mirar los despojos, como en un éxtasis profesional: el televisor desarmado en el borde de la acera, la bicicleta con los rayos enriscados, la enrojecida quejumbre general.

—No se preocupen —dijo. Se pasó la toalla húmeda por el pelo, se limpió en ella las manos como si fuera estopa, volvió a pasársela por el pelo y por la frente y a estrujarla en sus manos—: No se preocupen.

Luego, les mostró su chapa de policía judicial a los patrulleros. Los patrulleros se cuadraron con el chapazo y él explicó que se trataba de parientes suyos. Los patrulleros pidieron sólo que levantaran pronto el campo, mientras ellos dispersaban a la gente.

—Métanse a la casa, está arreglado —le dijo el judicial a Lezama—. Pero rápido, antes de que llegue Gayosso por su cuota, ja, ja.

Gayosso era la funeraria canónica de la época.

Fueron metiéndose todos a la casa, excepto los Gemes y el Cuero, que seguía gimoteando, aunque ya sólo tenía sangre en las mejillas, las sienes, las aletillas de la nariz, los labios, los dedos y el cuello. Colignon se puso la toalla como bufanda y se acercó a ella. Geme Taco seguía tirado, quejándose, con Geme Tico al costado, rezándole la Magnífica.

—Dígales a sus hermanos que adentro hay teléfono para llamar a un médico —le propuso Colignon al Cuero—. Si usted quiere, metemos a su otro hermano que lo revisen o llamamos a un hospital.

—Tú tienes la culpa de todo —reiteró el Cuero.

—Señorita, por favor —dijo Colignon, caballerosamente, irritado a la Pedro Armendáriz.

Se olvidó de ella y fue hacia Geme Tico:

—Vamos a meter a tu hermano adentro, compadre. Ahí lo atendemos.

Geme Tico tenía una cortada en la cabeza y su escaso pelo era un solo grumo de sangre. Metieron cada uno un brazo por la axila de Geme Taco y lo llevaron adentro. Simultánea y sumisa, el Cuero los siguió.

—¡Qué manera de madrearse, muchachos! —decía el judicial adentro, instalado ya en la sala de la casa—. Me recuerda mis buenas épocas de madrizas donde quiera: la

Romita, la Candelaria, Atencingo, Martínez de la Torre. Dondequiera había que rifársela. Repartíamos credenciales vitalicias de inspectores de raíces, ja, ja.

Gamiochipi empezó a quejarse en un sillón del jol de un violentísimo dolor de cabeza. Morales estaba a su lado con el rostro en inflamación, su ojo izquierdo era una mole oscura con un pequeño tajo vidrioso en cuyo fondo podía verse un derrame. Changoleón no podía flexionar la rodilla, un dolor en la espalda le impedía respirar. Las manos de Alatriste eran como un par de manoplas de beisbol, los pulgares inflamados, los dedos con cortadas y moretones. Se le había levantado la uña del meñique derecho. Lezama iba y venía con alcohol y merthiolate. El judicial se había apoderado de la sala y le hablaba a nadie:

—Los vimos venir por el caminito, uno por uno, confiados en sus machetitos, sus riflitos veintidós, uno por uno por el caminito. Quesque se habían trepado al monte a rebelarse como en la Revolución, quesque querían unas tierras. Uno por uno les repartimos sus credenciales de inspectores de raíces, cómo no. Tierrita hasta que se hartaron, ja. Les dejé ir la ráfaga de un lado y del otro. Los muchachos les dieron fuego graneado. Una chulada de emboscada, no quedó agujero por hacer, ja.

Geme Tico tenía la clavícula fracturada y conforme se enfriaba sus gemidos crecían. Geme Taco no podía moverse, algo seguía oprimiéndole el pecho, probablemente una costilla rota. La parte izquierda de su cara tenía una peladura con cortadas, Colignon lo atendía aplicándole merthiolate. Un prolongado aullido de Gamiochipi, que se aferraba la cabeza entre las manos, hizo temblar a Alatriste. El judicial había sacado una anforita de brandy y tomaba y hablaba:

—Le dije a mi pareja: "Ése, pareja, cuando lo veas salir a Lencho del congal, le disparan al piso, para que recule hacia donde estoy yo, y yo aquí le tramito su audiencia con Dios Padre". Dicho y hecho. Pero casi me lleva con él, Lencho Galeana. Aquí me alcanzó a dar en la orilla, por el bazo. Centímetros de más y comparecemos juntos, ja.

Alatriste caminaba frente al judicial parlanchín y se miraba incrédulamente las manos. De pronto tuvo la necesidad imperiosa de subir a su cuarto, revisar los cajones de su cómoda, ver los lapiceros en el vaso, la ropa colgada en el clóset. Subió hasta el primer rellano y miró nuevamente el desastre en el jol: Gamiochipi con las manos crispadas en la cabeza, el rostro desfigurado de Morales, el ahogo de Changoleón, los sudores de Geme Tico por el dolor de la fractura que empezaban a licuar nuevamente los grumos de sangre en su pelo, la horrenda parte izquierda del rostro de Geme Taco, la nariz fracturada del Cuero, la raya morada en el perfil de Colignon. Y el agente perorando entre ellos, exhumando sus muertos.

Subió el resto de la escalera pegado a la pared, tratando absurdamente de evitar que lo miraran:

—Hoy no —dijo en voz alta, como si le hablara a otro—. Mañana, como en la película.

Entró al baño y se echó agua fría en las manos, largamente, hasta entumecerlas. Algo empezó a voltearse dentro de él.

—No voy a llorar —repitió en voz alta—. Por lo menos no voy a llorar hoy.

Miró fijamente sus manos insensibles, unas manos desconocidas, ajenas, entumecidas por el agua que corría transparente sobre ellas. Luego alzó los ojos y miró en el espejo la cara de un tipo al que no conocía.

—Qué pendejada —le dijo el tipo del espejo, conteniendo el llanto e intentando una sonrisa.

—Qué pendejada —respondió Alatriste, conteniendo lo suyo.

Pero los dos lloraban como puercos.

EDENES PERDIDOS, 5

Alatriste era un joven de pocos pero largos amores. No había entre sus recuerdos amorosos ninguno más intenso, ni codiciaba más, que el aliento de su novia del pueblo, llamada Nidia, en cuyo trasfondo conmovedor se asomaba la figura borrosa de otra mujer en chanclas, esbelta, que guisaba y leía en una cocina de leña, en una modesta casa de padre ausente, que la mujer, lectora y guisandera, suplía con creces, y que era la mamá de Alatriste. Al venirse a la ciudad, Alatriste había terminado formalmente sus relaciones con su novia quinceañera de Atasta (Campeche), para no entretenerla en una espera sin esperanza, pues Alatriste pensaba que no sólo se iba a la capital a estudiar, sino que se iba a hacer la revolución, cuyo histórico virus le había inficionado su maestro de la prepa, llamado Atilano, haciéndole leer subrayados de Marx y Engels y de Lenin, en unas bellas ediciones del Instituto de Lenguas Extranjeras de Moscú. "De cada quien según sus capacidades, a cada quien según sus necesidades." Esta máxima resumía en la pedagogía de su maestro Atilano la esencia del nuevo mundo que debía traer al mundo la revolución, echando mano de la partera por excelencia de la historia, que era la violencia justa, la violencia de la rebelión contra la servidumbre del proletariado. El maestro Atilano estaba lleno de historias conducentes a la revolución, historias del martirologio de LA causa, como la de Julius Fučík, asesinado por los nazis en la Segunda Guerra Mundial del siglo anterior, o el asesinato de Rosa Luxemburg, poco después de la primera guerra, durante la rebelión de Berlín del año 1919. El nombre sonoro y enigmático de Rosa Luxemburg se había quedado en la cabeza de Alatriste cubierto por un fervor inexplicable, tierno y fiero a la vez, junto con el retrato de una mujer de nariz grande y frente estrecha, fea pero no muy fea, aunque fundamentalmente fea, cuyo hermoso nombre resonante, sin embargo, provocaba en Alatriste erecciones mañaneras primordiales, dignas del pueblo donde había nacido, el pueblo de las pocas casas, brotado al pie de una refinería, en la minúscula península petrolera de Atasta (Campeche). Bajo la invocación mecánica y matinal del nombre de Rosa Luxemburg, Alatriste despertaba sin quererlo, avergonzado de sí, con el flautín erguido, tirante hasta doler, y sus traidores labios murmurando, dormidos todavía, el nombre de Rosa Luxemburg. Las manos, sonámbulas también, iban a donde debían para cumplir el prometido estertor del nombre, que corría por los dientes trabados de Alatriste, sus dientes predespiertos de la siguiente manera: rosa luxemburg (coma), roosa luxemburg (coma), roosaluxembuurgh (doble coma), luxembuuurgh (coma), uuuuurgh (doble coma), uuurgh uuurgh uuuhuuuurrgg (coma coma coma). Alatriste se avergonzaba de sus amaneceres con Rosa Luxemburg y había decidido borrarlos durante su nueva vida en la ciudad, porque en la ciudad no iba a buscar el amor, sino la revolución. Pero Rosa Luxemburg seguía acordándose de él, sin remordimiento, en sus amaneceres de la ciudad y suavizaba dulcemente, con un surtidor de placer al que seguía una miga de culpa y de vergüenza, la implacable decisión de Alatriste de ser un revolucionario.

Pocos seres humanos tan mal dotados como Alatriste para la profesión salvaje de hacer la revolución. Empezando por la tirantez de violín de sus nervios. Alatriste podía decir, con Hobbes, que la única pasión de su vida había sido el miedo. El miedo escoltaba *todos los ámbitos de su vida y era, como en Hobbes, una pasión minuciosa. Temía los espacios abiertos, los árboles viejos cuyas ramas pudieran desgajarse cuando pasara, las ventanas de edificios de varios pisos, que eran para él, tan oriundo de un pueblo cuya única edificación mayor de un piso era la iglesia, el seguro espacio del vértigo y el despeñamiento. De la desdicha amorosa a la que fuera proclive el romano poeta Catulo, sobre la cual Lezama le había dado una cátedra de dudosa precisión histórica, Alatriste sólo sabía imaginar a una Clodia —la promiscua musa de Catulo— trabajada por venéreos marineros africanos, tocada por la sífilis en días anteriores a la penicilina. Temía los espacios cerrados y los fantasmas que a ellos se hubieran adscrito. Inquietaban su imaginación el humor de los espíritus chocarreros y el contorno de las sombras que la duermevela incorpora en percheros y batas colgadas de las puertas. Temía las voces ocultas que pudieran de pronto susurrar su nombre, cuando salía del baño o entraba a su cuarto. Temía las ramas de la jacaranda que pudieran volverse de pronto tentáculos de un universo de insectos mayúsculos y los rostros de mujeres viejísimas que pudieran asomar de pronto en ellas. Temía los balcones de las casas viejas y apagadas, y el olor a moho y a cadáveres ambulantes que exhalaban. Temía, desde luego, la represión política.*

Increíble que a un miedoso profesional como Alatriste lo hubiera persuadido su maestro Atilano de la necesidad de su militancia revolucionaria, de sus dotes para las tareas vanguardistas del proletariado, clase social de la que Alatriste tenía sólo la imagen de Gualterio, el líder obrero de la refinería de la que había nacido su pueblo, picándole el culo a un compañero de clase y de trabajo, otro representante del proletariado, que en el pueblo era conocido simplemente como el Aleluya, porque era un protestante orgulloso, confeso y proselitista, en un mundo de católicos aguados, tan incumplidores con su religión como intransigentes con las otras. Pero el maestro Atilano había convencido a Alatriste de su misión histórica, lo había enseñado a avergonzarse de sus ropitas, cuidadosamente elegidas para que combinaran, y de su sueño pequeñoburgués de tener un departamento en la colonia Roma, un tocadiscos con bocinas múltiples (escondidas), un sistema de iluminación que pusiera tonos ocres y azules en una penumbra delicada y voluptuosa.

Lo importante a destacar aquí es que aquella volición secreta de ser un revolucionario lo había hecho especial ante sus propios ojos, lo había puesto en un lugar aparte de los otros en el mundo, con lo que quiere decirse que, aunque participaba en todas las aventuras y ocasiones de contento de los habitantes de la casa, se sentía o estaba siempre un paso atrás, mirándolos, a ratos juzgándolos, queriendo siempre vencer la distancia de ese paso, para sumarse y sumirse en ellos, en una muestra redonda de la fraternidad universal que alcanzaba cada mañana, en su comunión culposa con el nombre, sagrado y sacrílego, de Rosa Luxemburg. Se había acercado a la ciudad estudiándola como a un enemigo en las notas rojas de la prensa, donde creía encontrar la verdad profunda y simple de la sociedad injusta y de la protesta sangrienta de las clases subalternas, pues se había inscrito en la Facultad de Ciencias Políticas y un jovencísimo maestro, otro, llamado Carlos Pereyra, tan inolvidable para él como su maestro Atilano, lo había puesto en el camino de Gramsci y sus categorías.

Alatriste se sentía orgullosamente parte de las clases subalternas y aquella decisión de nombradía pasaba con soltura de su cabeza a su corazón o había pasado al menos en el caso del segundo amor, tierno, tonto y profundo de su vida, en servicio y vasallaje de aquella cenicienta de la colonia Doctores llamada Deifilia, dependienta del Puerto de Liverpool, que había ganado su respeto antes que su corazón, negándose a jugar el juego de beber y destramparse en una fiesta de todos contra todos urdida por Changoleón en el departamento del Falso Nazareno, fiesta de la que hemos hablado ya y de la que hablamos nuevamente ahora, por si acaso. A la

mitad de aquella fiesta, Alatriste había llevado a su casa a Deifi-
lia, a la colonia Doctores, y la había visto después dos veces, pero
no había llegado con ella a nada parecido al momento en que se
conocieron y en que fue a dejarla a su casa, amorosa e invicta, tal
como estaba ahora en su memoria y ante sus ojos, frente a la puer-
ta de la misma vecindad de la Doctores donde la había dejado. No
diré por respeto a Deifilia si Alatriste había logrado en sus dos
citas posteriores lo que Gamiochipi voluptaba con Susy Seyde.
Puedo decir que Alatriste fue feliz en aquellas dos salidas y Deifi-
lia, a su manera púdica, también. Puedo decir también que poco
después de eso, en el curso de una noche loca para los habitantes de
la casa, Alatriste estuvo de pronto en medio de la noche en la colo-
nia Doctores, y la noche loca lo llevó, sin desearlo ni buscarlo, al
lugar exacto donde había ido a dejar a Deifilia unas noches atrás,
lo cual fue para Alatriste una anunciación, la epifanía de su perte-
nencia a otra persona, el mejor recuerdo amoroso de su vida. El
hecho a referir para los efectos de esta historia respecto de Alatriste
y de Deifilia, es que, bajo los modos recoletos de aquella hija de la
colonia Doctores, Alatriste había tropezado con una muchacha de
piel suave y formas inesperadas, y había entrado felizmente en la
rutina de ser su novio y asumirla como su pareja larga, la pareja
con la que se casaría, con la que tendría hijos y envejecería apaci-
blemente, una vez hecha la revolución, pasada la cual vivirían
juntos largos años, en un país redimido, donde se habría hecho ver-
dad la norma soberana: de cada quien según sus capacidades, a
cada quien según sus necesidades.

Todos los sábados por la noche Alatriste se jugaba la vida por
Deifilia, pues iban al cine y luego a cenar y luego a caminar por la
ciudad y luego iba a dejarla a su vecindad en la calle de Doctor
Lucio, y se besaban larga y amorosamente en el umbral del oscuro
vecindario, y Alatriste caminaba luego en las primeras horas de la
alta noche, solitario y espeluznado, pero feliz, por las mortíferas

calles de la colonia Doctores donde no era posible ser sino cazador o
cazado. Porque el miedo era una pasión tan profunda en Alatriste
como su capacidad de controlarlo, a diferencia del efecto incontrolable
que tenía sobre sus amaneceres el invencible nombre de Rosa
Luxemburg.

INVESTIGACIÓN SOBRE DOS CIUDADANAS DIGNAS DE TODA SOSPECHA

—*Historias inolvidables:*
—*Nunca sucedieron.*
—*Suceden en la memoria:*
—*Añicos de la memoria.*
—*La casa tenía una fachada blanca*
—*Estaba frente a un parque*
—*Una jacaranda extendía sus ramas*
—*Sobre el balcón.*
—*Hablamos bajo su sombra*
    ("Fantasmas en el balcón")

Amanecieron con la noticia de que habían encontrado muerta a Ana María en los altos de su salón de belleza, donde vivía, y la noticia les rompió el alma, como algunas muertes rompen la infancia, quiero decir que el hecho inesperado rasgó de un tajo el miriñaque en el que Ana María los había envuelto y los había hecho soñar, por haberla sospechado el hada mala que buscaban, la mezcla deseada de cómplice y celestina, ella misma una señora tentación, estando como estaba en el suntuoso clímax de sus años treintas, con sus largos muslos y sus brazos duros, trabajados en el gimnasio, y su voz de bajo, cachonda y sibilante, que le hacía decir a Colignon: "Me vengo cada vez que me contesta el teléfono esa vieja". La sensación de cercanía física, por el torcido hecho de que Colignon la hubiera cortejado en el gimnasio, añadía una falsa realidad a las imaginerías de los habitantes de la casa en torno a Ana María como bruja propiciatoria. La sentían cerca también, al alcance de la mano, porque tenía su salón de belleza a sólo dos cuadras del balcón de la casa frente al parque, en los bajos de la casa de piedra cruda que alzaba sus dos pisos y medio en la esquina de Ámsterdam y Popocatépetl.

Añade el narrador omnisciente que era la misma casa, en la misma esquina, donde años después habría un lugar llamado La Bodega, que quizás existe aún con el mismo nombre pero no da cuenta de la misma historia. Antes de la primera historia de La Bodega, en la planta baja de aquella esquina estaba el salón de belleza de Ana María y en los altos, su área de recibir, el piso donde ella vivía y hacía vivir a otras, y donde la habían encontrado muerta de dos tiros, cubierta de su sangre, en la tina del baño.

La casa de la esquina de Ámsterdam y Popocatépetl, donde estaban los salones privados de Ana María y su salón de belleza, tenía una entrada por la calle de Popocatépetl. Daba a un pequeño jol de baldosas blancas con centro de rombos negros. Entrando, a la derecha, quedaba el salón de belleza; a la izquierda había una escalera de piedra con una reja de hierro delgado, un interfón y un picaporte que se abría desde la planta alta. En la planta alta, al salir de la escalera, había un pasillo de mosaicos ajedrezado que conducía, de un lado, a una salita abigarrada, con divanes y lámparas orientales, seguida de un comedor de marquetería y una cocineta avara, con una estufa de hornillas eléctricas y abundantes entrepaños con licores, en realidad, una cantina. Hacia el otro lado, el pasillo conducía a un amplio cuarto con vista a la calle, mantenido en la penumbra por unos cortinones de otro tiempo. El cuarto tenía una cama grande cubierta de cojines, un espejo de cuerpo entero, un lavabo con aguamanil, un bidé rosado y una puerta gruesa de madera labrada que sellaba los sonidos del pasillo. Al final del pasillo había otra escalera, ésta de caracol y hierro forjado, para subir al cuarto grande de la casa, el cuarto de la cama con baldaquín, tapetes persas y espejos enfrentados que duplicaban el espacio, además de una tina *art déco* de peltre antiguo, con regadera de mano dorada, igual que las llaves, el grifo y las patas como garras de leones. El cuarto tenía una terraza al aire libre, con una sala de mimbre bajo una sombrilla de lona, sobre la que floreaba en marzo y deshojaba en mayo una jacaranda de la calle. Éste era el cuarto de lujo de la casa, el cuarto donde dormía Ana María, y el que compartía con clientas hiperexclusivas para citas hipersecretas: el cuarto donde la encontraron muerta de dos tiros.

Los machos masturbines habían descubierto la existencia de Ana María por medio del referido Colignon, que se la había conseguido, como le gustaba decir a él, en el gimnasio al que iba por las mañanas, salvo que el gimnasio al que iba Colignon por las mañanas era sólo de hombres, y tenía fama en la colonia precisamente por eso, porque lo dominaba una palomilla de galanes que se iniciaban profesionalmente como *playboys*, y reclutaban a los guapos del gimnasio para meterlos a su *racket*. Habían tratado de atraer a Colignon, pero Colignon había tenido siempre una desconfianza innata de aquellos caritas hechos en el gimnasio, bien musculados, bien bronceados, bien peinados y peluqueados, bien perfumados y bien vestidos, por decir así, con camisas floreadas y camisas lisas, todas de mangas cortas dobladas sobre sus bíceps y los cuellitos alzados para que lucieran más sus pescuezos de perros dóberman, mientras que Colignon lo único que tenía musculado era el pito, y un poco las piernas, siendo en todo lo demás un flaco simple, de costillares salidos, buenas clavículas, elegante cuello, pero pectorales y bíceps de niño. Para potenciar aquellas anemias iba al gimnasio, pero lo aburrían las pesas y las repeticiones de las pesas y los consejos de los galanes, que le alababan el pito pero lamentaban su cuerpo, su pecho, sus nalgas, sus brazos, sus hombros. "Con ese pito, yo me servía a María Félix, flaquito, pero con esos bracitos, ni a Agustín Lara." Colignon tenía metida en el fondo de su corazón la certidumbre de que él, como su tío, iba a vivir de su cuerpo, pero en su idea de rendimientos morganáticos había un velo de pudor, un aura de romanticismo mediante el cual Colignon disfrazaba su búsqueda de niñas ricas con la mentira aliada de que estaba buscando el amor de su vida y de que, llegada la hora, se entregaría a quien le entregara sus caudales en un pacto sagrado, amoroso, indisoluble y leal. En los galanes del gimnasio, por el contrario, había un espíritu de padroterismo descarnado que la historia habría de cobrarles, volviéndolos en la siguiente década unos decadentes personajes de nota roja, menestrales menores de conocidas madrotas, con el único momento de gloria de haber aparecido en una película actuando exactamente lo que eran. Colignon solía volver del gimnasio fingiendo una ligereza que no sentía, antes del desayuno, y desayunaba rigurosamente con los otros habitantes de la casa, en los horarios tempraneros de la casa, hasta que un día faltó a desayunar, y luego otro, y un tercero, y al tercer día volvió a la casa desayunado y feliz, bailando en la puerta mientras le abrían, silbando al entrar, cantando mientras subía la escalera, ante la intuitiva y recelosa mirada de Alatriste que se preguntaba, con elocuencia muda, por qué cantaba tanto el pajarito.

Changoleón lo apretó una noche de viernes:

—Dinos qué traes que no convidas, Colillas.

—Les va a dar envidia, cabrones —dijo Colignon.

—No mames, Colillas.

—Envidia de la verde, cabrones, de la buena —dijo Colignon.

—Cuenta, Colillas.

Colignon tomó ventaja de su posición y alzó la mano pidiendo tregua:

—Primero, un cigarrito, Gamio —le dijo a Gamiochipi, que guardaba en la bolsa de la camisa una visible cajetilla de Raleigh sin filtro.

—Pinche Colillas —gruñó Gamiochipi. Pero sacó la cajetilla de su bolsa y sustrajo de uñita, avaramente, el cigarrillo exigido. Colignon lo tomó y lo giró entre sus dedos, lo olió de lado a lado y se lo puso finalmente en los labios. Morales acudió a prendérselo con un fósforo diligente de la compañía cerillera La Central. Colignon dio una buena chupada de la primera brasa resultante. Recordaron todos, por su manera de tragarse el humo, que en realidad Colignon no sabía fumar cigarrillos, sólo mota. El humo salió, sin embargo, después de un tiempo, blanco y aromado, por las armoniosas fosas nasales de Colignon, las cuales, como todo su rostro, en particular las cejas y las comisuras de los labios, parecían dibujadas por un miniaturista. Dio una segunda chupada y esparció abusivamente sobre todos su segunda exhalación.

—Ya, cabrón, habla —dijo Morales—. Pareces preámbulo de informe presidencial.

—Hablo —dijo Colignon—. ¿Pero me van a creer?

—¿Eso qué importa, cabrón?

—¿Me van a creer o no, cabrones?

—Sí, cabrón: habla.

—Bueno, hablo. Óiganme bien lo que les voy a decir: me estoy cogiendo a un culo.

—Ahhh, no mames.

—¡Un culo, cabrones! ¡Un culo! ¡El culo de mi vida! Y además treintona, como les gustan a ustedes, degenerados. Olvídense de las treintonas del parque. Un culo.

—¿Tienes fotos, cabrón?

—¿No me creen?

—Pues cómo te vamos a creer, cabrón.

—Porque se los estoy diciendo, cabrones.

—No mames, Colillas.

—¿No me creen?

—No.

—¿No me creen?

—¡No!

—Pues se las voy a pasear, cabrones. Se las voy a pasear por aquí enfrente para que la vean, ojetes. Y la van a ver.

—¿Cuándo?

—Cualquier día, cabrones, viniendo del gimnasio, a las ocho de la mañana. ¿Va?

—¡Va!

—De acuerdo. Pero si pierden, ¿qué pasa?

—Te pedimos perdón, Colillas.

—Ni madres. Me compran una botella de *whisky* gringo, cabrones.

—Hecho.

—*Whisky* gringo es bourbon, cabrones. No se apendejen.

—Sí, cabrón.

Fue así como los machos masturbines conocieron a Ana María, la mañana en que, volviendo del gimnasio, que era sólo para hombres, vieron venir a Colignon por la acera del parque hacia la casa, con una mujer que tenía una crin naranja en el pelo y caminaba cachondamente en sus entallados aditamentos deportivos, hablando y riendo con Colignon como si fuera su avisada coestrella en una escena cinematográfica de amor circunstancial, chispeante, imperecedero.

La visión de Ana María hundió a los francotiradores del balcón en el pantano de la envidia y luego en las aguas limpias pero pinches del amor perdido o nunca alcanzado, que nadaba como una quimera sedienta en sus atropelladas imaginerías. Había en ellos la huella del amor tenido a medias, inventado a medias, próximo y distante a la vez, como un espejismo que se acerca y se aleja, pero marca para siempre la memoria con su imperfección fugitiva, fantasmal.

Oh, el amor perdido no tenido.

Buscaban como zombis a las jóvenes de su edad, pero las mujeres que verdaderamente los volvían locos eran las treintonas pasaditas, por ejemplo las mamás jóvenes que vegetaban vacunamente con sus niños en el parque, a las que ellos salían a ver con fruición de entomólogos, en busca de una mirada, de una señal, de la limosna de un guiño, de la complicidad de una sonrisa, en el peor de los casos, al menos del descuidado cruce de unas piernas, mientras estaban sentadas en las bancas de piedra del parque, aquellas bancas bajas, tan propicias al corrimiento de las faldas. Oh, las mamás treintañeras, embellecidas, redondeadas por la maternidad, abandonadas por sus prósperos maridos todo el día, engañadas por ellos, vueltas rutinas domésticas en el amor domesticado de sus casas, ansiosas de que alguien volviera a verlas como solteras y volviera a echarse sobre ellas en un clavado como si fueran olas bravas del mar. Oh, el machismo oceánico de los machos masturbines.

El paseíllo por el parque de Colignon y Ana María le demostró al narrador omnisciente de esta historia que las mujeres de treinta años asaltaban la imaginación de la casa con más fuerza que las jóvenes de fulgurante juventud, porque había en las matronas treintañeras un trasunto de pudor perdido, de impudor ganado, de saber ilícito, de ilusiones tornadas desengaño, de desengaño vuelto libertad y la libertad, deseo.

La Ana María de Colignon transparenta retrospectivamente, a los ojos de quien narra, la pasión torcida de los machos masturbines por las matronas treintañeras, intuición cabal que refrendó en aquellos días la aventura paralela de otro personaje, hasta ahora inmencionado en esta crónica, a quien la casa recordaría el resto de sus días con el apodo del Asqueroso, paladín estrella del mayor torneo secreto que hubo nunca bajo los techos hospitalarios de la casa, torneo no contado hasta ahora.

Sucedió una noche de chupe de los viernes, estando todos en el cuarto del balcón de la jacaranda, gracias a la visita de tres nuevos personajes que se quedarían grabados en el tiempo con los nombres imborrables del Yaqui, el Cantamañanas y el referido Asqueroso.

Para animar la reunión, que no prendía, Changoleón dijo:

—Colillas, muéstranos el aparato.

—No mames, cabrón. Estamos chupando.

—Muéstralo, cabrón, no seas egoísta.

—No mamen.

—Que lo muestres, cabrón. Eres el orgullo de la casa. Podrías dar funciones en el Circo Atayde.

—No mamen, cabrones.

—Muestra, Colillas.

—Muestra.

—Muestra.

Mal de su gusto, sólo por complacer a la aviesa concurrencia, Colignon se bajó el zíper del libáis, metió la mano por la bragueta y hurgó en sus calzoncillos como buscando una realidad huidiza. Volvió de ahí con una cosa corrugada y tierna en la mano que parecía un manatí niño, rosado y cabezudo, pero era en realidad su inesperado enorme pito. Nadie hizo "Ahhh", pero hubo un tácito "Ahhh" para el somnoliento manatí bebé de Colignon, quien lo mostró con timidez a derechas y a izquierdas. Empezaba a regresarlo a su cuna cuando uno de los nuevos, al que luego llamarían el Asqueroso, dijo, con solvencia de gallero:

—Voy que le gano.

El Cachorro se puso de inmediato de pie, fiel a su espíritu nato de juez de plaza, y asumió la dirección arbitral del evento.

Dijo al Asqueroso:

—Usted que reta, proceda a mostrar su instrumento.

El Asqueroso se sacó de entre los botones de la bragueta de un pantalón antiguo, herencia de su padre, un tubérculo castaño, curvado a la izquierda, que colgó de la palma rebasada de su mano con su capuchón completo, invicto de las horcas caudinas de la circuncisión. A la vista del bebé manatí de Colignon y del tubérculo colgante del Asqueroso, la casa decidió que había en efecto un torneo que celebrar, pues hubo una división de opiniones y de votos al vuelo por el manatí bebé de Colignon y por el tubérculo castaño del

Asqueroso, al cual le quedó el apodo de aquella escena, porque su tubérculo era venoso y mal encarado, y parecía venir del fondo del magma oscuro, propiamente animal de donde venía. El aparato expuesto por el Asqueroso hacía pensar en cruzas de caballos o toros, a diferencia del hercúleo bebé corrugado de Colignon, cuya potente y somnolienta cabeza exudaba no sé qué condición marina de inocencia. Al instrumento de Colignon sólo le faltaban ojos, al del Asqueroso sólo le faltaban cuernos.

Ya que no hubo ganador en el veredicto a mano alzada de los observadores, el Cachorro sentenció, inapelable:

—Hay que medir.

El cónclave asintió, pues estaba, como se dice, dividido.

—A efecto de medir —siguió el Cachorro—, los instrumentos deben ser desplegados en su máxima extensión. Vulgo: deben estar parados, para medir sólo extensiones mayores, las propiamente funcionales.

Con desvergüenza y naturalidad que abochornan en este día al narrador omnisciente, Colignon y el Asqueroso, cuyo nombre era Claudio Pérez, y cuya facha fresca y joven, como la de Colignon, tenía nada que ver con su aparato de nota roja, dieron paso libre a sus manos para estimular sus propiedades. Los machos masturbines acudieron al indecoroso portento de ver aquellas posesiones crecer con elasticidad y alcance dignos de la expansión del imperio español en las Indias. Oh, qué florecimiento de venas y ligamentos, qué expansión de cabezas y tubos y basamentos, nacidos uno en la selva pelirroja de Colignon y otro en los matorrales oscuros del Asqueroso.

El Cachorro alzó la mano pidiendo una dispensa para ausentarse brevemente, mientras las manos de Colignon y Claudio Pérez alzaban sus instrumentos. El Cachorro fue a su cuarto, que era el vecino, y volvió con su maletín de vendedor de medicinas y dos tomos bajo el brazo de su epónima *Enciclopedia Yucatanense*, cuidadosamente forrada en un plástico grueso pero transparente, como se forraban seriamente los libros en aquel país austero, anterior al Terremoto. Puso el maletín en un lado de la mesa y en el otro puso los tomos IX y X de la *Enciclopedia Yucatanense*, acostados uno junto a otro, con las carátulas de frente. Extrajo luego de su maletín, con mano cirujana, unos guantes de médico, que se enfundó con destreza, y un lápiz Eagle Color bicolor y una cinta métrica que medía centímetros del lado blanco y pulgadas del amarillo.

Ya estaban bastante largos el manatí de Colignon y el tubérculo de Claudio Pérez, y empezaban a expedir su aroma aturbionado, cuando el Cachorro los hizo comparecer ante la mesita. Pidió solemnemente a Colignon que asentara su asunto sobre la parte superior de los dos tomos, en la franja donde iban inscritas, en letras capitales, las palabras sagradas, inconmensurables: ENCICLOPEDIA YUCATANENSE. El manatí despierto de Colignon cruzó todo el primer tomo y llegó más allá de la mitad del segundo, hasta la segunda A de la palabra YUCATANENSE, lo cual, traducido al vernáculo, eran algo así como 27 centímetros, 10.6 pulgadas, muy lejos de los 40 centímetros reputados de Rasputín, pero muy cerca de los ojos atónitos y deprimidos de los machos masturbines, sacudidos por las delaciones del hipocondriaco doctor Freud respecto de la envidia del pene. Oh, la envidia del pene. Puesta en la misma mesa de medición ilustrada, el tubérculo de Claudio Pérez llegó hasta la segunda A de la segunda palabra YUCATANENSE, un piquito más lejos que el manatí de Colignon, aunque muy jodido todavía respecto de la reputación de Rasputín. El Cachorro declaró solemne vencedor enciclopédico al Asqueroso, Claudio Pérez, y pidió a los contendientes que guardaran sus terroríficos instrumentos. Preguntó luego a Claudio Pérez cómo había levantado tan rápido su plataforma, pues había sido en realidad un erguimiento portentoso a partir de no tan incitantes manipulaciones.

—La doctora Kaiser —había respondido Claudio Pérez.

Y explicó quién era la doctora Kaiser: una siquiatra que lo había aceptado en su consultorio por inducción de su padre y luego en su lecho por iniciativa propia y contagio de diván, tentación estudiada concienzudamente por el cavernoso doctor Freud bajo el rendidor concepto psicoanalítico de transferencia. La doctora Kaiser era una judía pecosa y bien nutrida, a la que Claudio Pérez le había confesado durante cuatro sesiones sus tristezas adolescentes, luego de las cuales ella le había pedido que se acercara al sillón de su consulta clásica freudiana y, cuando Claudio se acercó, ella lo atrajo del cuello y le dio un beso salivado como Claudio no había recibido nunca. Luego vino el momento propiamente freudiano en que la doctora Kaiser bajó su mano psicoanalítica al entrevero del pantalón de abotonar que Claudio Pérez vestía como herencia de su padre y encontró el tubérculo adolescente de aquel adolescente de tubérculo descomunal. Oh, cómo se allanó la doctora Kaiser, versada en todos los inconvenientes de la transferencia freudiana ante la promesa de lo que tocaba, cómo no disculpar la confusión de su cabeza, de su profesión, de su vida, y la tan instantánea cuanto provisional curiosidad ante lo que tocaba. Oh, la curiosidad, la urgencia de constatar los tientos de su mano transgresora, prófuga de la transferencia.

—¿De qué edad la doctora? —preguntó, clínico, el Cachorro.

—Ella dice que treinta y siete —dijo Claudio—, pero yo creo que treinta y nueve.

—Estás inventando a la doctora, cabrón —lo asaltó Gamiochipi.

—Te apuesto tu saco, cabrón —respondió Claudio Pérez, en alusión al saco de gabardina color arena que le acababan de regalar sus hermanas a Gamiochipi, y que Gamiochipi llevaba consigo a todas partes para evitar que alguien tuviera la tentación siquiera de ponérselo en la casa.

—Yo caso en esta apuesta tristes pero efectivos cincuenta pesos —dijo el Cachorro.

—¿A favor o en contra? —aclaró Lezama.

—A favor de la hipótesis de Gamiochipi, que sugiere vivamente la inexistencia de la doctora.

—Cincuenta y el saco —se avivó Claudio Pérez.

—El saco, pura madre —dijo Gamiochipi—. Pero una cajetilla de Raleigh sin filtro.

—¿Alguien más? —retó Claudio Pérez—. ¿Nadie?

Sacó entonces su cartera, vacía de billetes, pero llena de papeles y de fotos, y extendió a la vista de todos una foto en blanco y negro, un tanto finisecular, de una muy bien peinada, no tan bien vestida, mujer de ojos claros, rostro melancólico y el inicio de unas ojeras perturbadoras dignas de las insuperables de Jeanne Moreau.

—La doctora Kaiser —la presentó Claudio Pérez.

—Doctora Kaiser, mis güevos —reaccionó torvamente Changoleón—: Ésta es una foto. Queremos el original.

—¿Ah, quieren verla? —saltó Claudio Pérez—. ¿Cómo quieren verla? Ni modo que la traiga aquí para que les diga que me la ando cogiendo.

—Hay antecedentes de certificación en esta casa —dijo el Cachorro, en su inimitable tono ceremonial. Y se dirigió a Claudio Pérez, haciendo el ademán invencible de quitarse un sombrero inexistente de la cabeza, del siguiente modo—: Amigo del aparato ganador, de todos nuestros respetos: para cumplir con nuestros protocolos debiera usted traer a la inspección de los presentes a su hipotética doctora y caminar con ella, en carne y hueso, aquí enfrente, por este parque, frente a este balcón, dándole una vuelta por la rotonda frente a la placa del general San Martín, conquistador de Los Andes. Hecho esto, nosotros juzgaremos si dice usted verdad o simplemente, como ha quedado visto, se la está prolongando. Nuestros respetos por la prolongación, pero en materia de la dicha doctora, nosotros juzgaremos. De mi parte, basta con que la traiga usted del brazo y le dé un beso en la mejilla, al pasar frente a la placa de San Martín, conquistador de Los Andes. Con eso que haga usted frente a nosotros, amigo, yo pierdo con usted mi ojo de gringa.

Se refería con la expresión ojo de gringa a que los billetes de cincuenta pesos de la época eran azules como los ojos de las gringas de ojos azules.

—Lo mismo —dijo Gamiochipi, que había empeñado sólo una cajetilla de cigarros Raleigh, lo cual puede parecer nada hoy, pero entonces era un reino codiciable.

—Voy que les gano —dijo Claudio Pérez, el Asqueroso.

Fue así como se construyó la escenografía para el viernes siguiente, por la tarde, en el que Claudio Pérez pasearía a su doctora Kaiser frente a los ojos del General San Martín, inmortalizado en el texto de la placa del parque. Y todo aquello sucedió el viernes siguiente, todavía luminosa la tarde, cuando Claudio Pérez apareció caminando con la doctora Kaiser por la rotonda y fue a ponerla frente a la placa convenida, para darle ahí el convenido beso en la mejilla. Oh, qué consagración de matrona, qué irradiación había en la figura de piernas gruesas y tacones altos de la doctora Kaiser, qué coqueta madurez en el sombrerillo con redes que portaba, color rojo, coronando su vestido ligero, veraniego, juguetón, sobre sus lindas nalgas juguetonas, también florales, que empezaban a despedirse pero no todavía de su radiante juventud. Oh, la palabra radiante, qué confesión de parte, qué ceguera inducida, qué monotonía de la memoria, qué limitación del autor omnisciente que recuerda todo aquello como en la luz de un resplandor.

La aparición de la doctora Kaiser refrendó la pasión de los machos masturbines por las mujeres maduras y su curiosidad por Ana María. Interrogaban a Colignon todos los días sobre ella, y cada vez que Claudio Pérez recalaba por la casa, la casa lo interrogaba también, obsesivamente, sobre las perversidades amorosas de la doctora Kaiser, que eran muchas, a decir de Claudio Pérez, a diferencia de las de Ana María, que Colignon se negaba a referir con detalle, dejándolo todo en una niebla que hacía más sucio y deseable todo.

Ya que Colignon no les abría la puerta hacia el mundo de Ana María, los machos masturbines decidieron investigarlo solos y empezaron a urdir necedades. La primera de ellas, o la primera que recuerda el narrador, fue la instrucción militar del Cachorro de hacer rondines sistemáticos por la esquina de Ana María y compartir observaciones sobre lo visto. La instrucción era sencilla: al regresar a la casa cada día, todos debían procurar desviarse hacia la esquina de Ámsterdam y Popocatépetl y referir lo que viesen. Fue así como descubrieron que el salón cerraba a las cuatro, pero seguían entrando clientas después de las cuatro. Al menos a una había visto Morales entrar a las siete y a otra había visto Gamiochipi entrar a las seis. Pero tenía que haber sido Changoleón el que vio salir a una a las ocho de la noche y subirse a un bien puesto coche Packard con chofer. En lo que caminó la cuadra siguiente hacia la casa, Changoleón vio salir del salón de Ana María a un joven galán ajustándose las solapas del saco, pasándose las manos por la cabellera para recomponerse el copete y alzando los pantalones para ajustárselos, sin necesidad alguna. Changoleón siguió al galán y lo vio meterse a uno de los edificios nuevos, que habían construido en una esquina de la glorieta Popocatépetl. Un edificio de muchos pisos, mucho vidrio, muchas cocheras y mucha recepción. El galán era rubito y alto, de copete esponjado, y caminaba balanceándose, sobradito, rebotando sobre sus pasos como si fuera a saltar o bailar, marcando sus pasos con las puntas. El narrador omnisciente sabe su nombre: se llamaba Marcelo, y acudía también al gimnasio de Ana María y de Colignon.

—Ahí hay movidas nocturnas —informó Changoleón a la casa. Y le exigió al enterado—: Cuenta, pinche Colignon.

Pero Colignon no soltaba prenda, sólo acendraba el misterio:

—Yo sólo he estado ahí de día.

—¿Dónde?

—Ahí.

—¿Abajo o arriba, cabrón?

—Ahí.

Lezama cayó en la cuenta en aquellos días, muy oportunamente, de que una compañera suya de la Ibero vivía en la glorieta Popocatépetl, perfecto lugar de observación para las nuevas incógnitas ociosas de los habitantes de la casa, pues la glorieta estaba a medio camino de los ahora misteriosos salones de Ana María. Decidió visitar a su compañera de la Ibero para ver si podía persuadirla de sentarse con él en la glorieta y caminar por los alrededores, los cuales, en la cabeza de Lezama, eran sólo los alrededores del salón de Ana María. La compañera de Lezama usaba prepotentes minifaldas y estudiaba Psicología. Con tal de verle las piernas, Lezama se prestaba a comparecer en el café blanco de la Ibero para que ella y sus amigas le practicaran tests de Rorschach, de inteligencia, de asociación de palabras y de reacciones a figuras primordiales. Salía siempre diagnosticado con alarmantes alteraciones de la libido y característico complejo de Edipo, lo cual divertía enormemente a su compañera, que accedió gustosa a la mariguanada detectivesca de Lezama. La glorieta Popocatépetl de que hablamos todavía está ahí, pero por alguna razón era mejor entonces. En su centro había una fuente ochavada de agua limpia, con un piso pintado de color azul siena. Tenía un murete bajo donde se reunía a conversar y a ligar la decentísima palomilla del barrio, junto al chapoteo del surtidor que brotaba del centro de la fuente, bajo un domo blanco y alto, como un yelmo, de cuatro pilotes. Los pilotes tenían incrustaciones de azulejos que subían como alegres escalerillas hasta la cima.

Lezama y su condiscípula pasaron muchas horas ahí camino a lo que parecía el principio de un noviazgo, pero era sólo el camuflaje de un puesto de observación. Lezama no descubrió nada digno de mención en sus observaciones desde aquella atalaya, ni en sus merodeos por los territorios de Ana María, pero una vez familiarizado con el paisaje se acostumbró a ir a la glorieta sin su compañera, a fumar, normalmente acompañado de Alatriste, hasta que una tarde sucedió lo extraordinario, a saber, que Alatriste y Lezama vieron caminar por las aceras que rodeaban la glorieta a sus conocidas Lina y Lotte, que venían de la casa de huéspedes, nada menos, balanceándose en sus altos tacones, y al doblar la glorieta siguieron su camino, nada menos, hacia la puerta del salón de Ana María.

Lina y Lotte tienen un lugar aparte en esta historia, cuyo desenlace acaso ellas mismas explican. Quiero decir que había en el horizonte de los machos masturbines aquellas irresistibles mamás jóvenes del parque, y las pecosas judías maduras inconscientes de sí, que pululaban por el mismo parque, y las otras variantes femeninas que desvelaban sus noches, pero había sobre todo la aparición recurrente en la casa de Lina y Lotte, las clientas treintonas que venían a hacerse vestidos con las hermanas que administraban la casa, y que vivían de los huéspedes y de coser. Al mediar la mañana, a veces antes de la comida, otras veces por la tarde, cuando los machos masturbines veían la televisión en blanco y negro en el jol de la casa, aparecían las clientas Lina y Lotte. Cruzaban frente al televisor Motorola dos veces cada vez, una al entrar y otra al salir. Lotte era alta y rubia, Lina menos alta y morena. Las dos tenían el don eléctrico de mirar sin disimulos lo que les gustaba y de ofrecerse con sus miradas. Lotte era una judía austriaca y Lina una libanesa veracruzana. Lotte pedía disculpas encantadoras por su talla, encorvándose un poco, para atenuar su estatura. Lina caminaba con desaire vertical, expandiendo su cuerpo con alegría. Cuando pasaban las dos por el jol de la casa parecían igual de altas. La mirada desafiante de Lina la subía unos centímetros. La mirada de falsa tímida de Lotte encendía y concentraba, perversamente, su belleza. Nadie miraba entre los machos masturbines estas sutiles diferencias, porque el paso de las amigas por el jol era un imán que nublaba sus miradas.

El narrador omnisciente que estuvo ahí puede dar constancia del efecto profundamente estupidizador del paso de aquellas clientas por la casa, de la felicidad invitante de sus cuerpos cuando salían del costurero de las hermanas y pasaban, riéndose, con displicente y presto paso por el jol donde los indigentes sexuales de la casa veían televisión. Añade el narrador omnisciente que, además de una belleza, Lotte era un balde de sensualidad involuntaria. Hacía pensar a quien la viera en Rita Hayworth, salvo que Lotte caminaba en carne y hueso sobre el piso de granito blanco de la casa, joven y tersa todavía, mientras Rita Hayworth era sólo un resplandor cinematográfico, una diosa madura que envejecía mal en las notas de prensa por su trato con el pinche Alí Khan, con lo que se quiere insinuar aquí que Lotte estaba en el segundo florecimiento de sus treinta años y Rita al final del último de sus cincuenta. Oh, las décadas.

Lina era, por su parte, una beldad mora. Apenas puede exagerarse en la memoria la alegría de su belleza, la forma como pasaba por el jol vestida de blanco en vivos verdes, sabiendo con ironía que nuestros sueños se movían a su paso como los árboles con el viento. Jugaba a inadvertir el efecto de su paso, y lo hacía con verdad porque todo su cuerpo era inconsciencia y juego, salvo la mirada rápida que fijaba al pasar sobre este indigente o el otro, dejando tras de sí, una vez que había desaparecido rumbo a la puerta, la estela del olor de su perfume, seco y floral, y la promesa de su mirada, que había dicho: "Sé que me estás mirando, chamaco, y tú eres también lo que quiero mirar. No puedes alcanzarme, pero estoy lista para ti, sé todo lo que crees que sé y soy todo lo que sueñas que puedo ser en tus brazos".

Lotte tenía entonces treinta y seis años, Lina treinta y cuatro, y las dos una larga vida detrás, desconocida aunque sospechada por los machos masturbines, que tampoco se chupaban el dedo.

El único que había podido sobreponerse una vez a la parálisis sagrada que dejaban a su paso Lina y Lotte había sido el criminoso Changoleón, quien las había visto llegar un miércoles al medio día, estando ocioso en el balcón, y había decidido jugar la carta de darles trato de estrellas de cine y pedirles un autógrafo. Se había ligado así una vez a una beldad a la salida de un cine y tenía probado un número cómico que ejecutaba con invencible gracia. El número consistía en dar la vuelta en un pie sobre sí mismo, vuelta copiada de Cantinflas. Con sólo este recurso en el repertorio, Changoleón había salido una vez tras Lotte y Lina, llevando en las manos una libretita y una pluma para pedirles un autógrafo, como si fueran estrellas de cine. Morales había alcanzado a verlo desde el balcón, extendiéndoles la libretita y dando frente a ellas la vuelta copiada de Cantinflas. Había visto a Lina reír y tomar la libreta y devolvérsela firmada, sin demora, y a Lotte la había visto escribir más largamente y entregarla después. Changoleón había leído lo escrito por Lotte y había alzado la vista, sorprendido, hacia la sorprendente sonrisa de la misma Lotte, que lo miraba, asintiendo.

—¿Qué te escribieron, cabrón? —le preguntó Morales a Changoleón cuando éste subió al cuarto.

—Sus autógrafos —dijo Changoleón, escondiendo la libreta y girando otra vez sobre su pie, a la Cantinflas, torcido de risa—. Les digo una cosa, pelagatos: de cerca, estas viejas huelen muy bien.

—Cuenta, cabrón —dijo Morales.

Pero igual que Colignon, Changoleón no contó.

A Lina y a Lotte las venían a dejar y las esperaban al salir dos coches Cadillac, negro uno, el de Lotte, gris claro con gris oscuro el de Lina. Las traían unos choferes de saco cruzado y sombrero ladeado con cara de muy pocos amigos, que podían hacerte cambiar de acera con la mirada. Los machos masturbines las veían cruzar por el jol y subían rápido al balcón para verlas irse, y desde el balcón las veían subir a los coches, a veces juntas, a veces separadas, pero a veces las veían caminar por la acera rumbo a la glorieta Popocatépetl y atrás de ellas iban otros tipos de saco cruzado, distintos de los choferes, siguiéndolas a prudente distancia. A dónde irán, se preguntaban los machos masturbines, comiéndose las uñas en el balcón. Había varias opciones, porque en la glorieta Popocatépetl, que quedaba a una cuadra, había un café delicioso llamado Viena y un restaurante de lujo llamado Napoleón y un expendio de tamales con mesas para familias llamado Flor de Lis. Pero ellas iban con sus guardianes más allá, mientras sus Cadillacs daban la vuelta para alcanzarlas. El lugar a donde iban lo descubrieron aquella tarde Lezama y Alatriste al verlas pasar: iban con Ana María.

¡Lina y Lotte con Ana María! Los habitantes de la casa recordarían después que, desde aquel momento, precisamente desde aquel momento, no pudieron mirar igual ni recordar igual a aquellas dos matronas florecidas que les habían punzado el cerebelo y sacudido la testosterona.

La tarde en que Lezama y Alatriste vieron pasar a Lina y a Lotte frente a la fuente de la glorieta caminando rumbo al salón de Ana María, Alatriste corrió media cuadra hacia la casa y vio en el balcón todavía a Gamiochipi y a Changoleón. Era la tarde, después de la comida, y había una luz amarilla sobre la banqueta donde Lezama se paró, como iluminado por la tarde, y les hizo a los del balcón la señal de que vinieran. Vinieron corriendo, indiferentes como eran a las solicitaciones de la realidad y a las realidades del tedio inverosímil de sus vidas. Alcanzaron a Lezama y a Alatriste en la glorieta y, una vez enterados del paso de Lina y de Lotte, Changoleón dijo: "Vamos a espiarlas". El cautísimo Alatriste respondió: "Estás pendejo". Lezama se sumó con su silencio. Changoleón y Gamiochipi se miraron sin decirse nada y se fueron trotando hacia la esquina de Ana María, para asomarse por las ventanas del salón. Pero las ventanas eran altas y no dejaban ver nada desde de la calle, aunque a treinta centímetros del suelo había unas escotillas de ventilación que se usaban entonces como entresuelo de los pisos de madera. Apoyándose en ellas con las puntas de los pies, era posible alcanzar el vano de la ventana. Gamiochipi se subió a las escotillas del lado de la calle de Popocatépetl y Changoleón, a las del lado de Ámsterdam, pero ninguno pudo ver nada. Venían de regreso por Popocatépetl rumbo a la glorieta, sacudiendo las frustradas cabezas, cuando se toparon de frente, como con un muro, con dos de los ensombrerados que seguían a Lotte y Lina.

Uno de los ensombrerados dijo:

—¿Qué andan viendo, cabrones?

Gamiochipi y Changoleón dieron media vuelta sobre sí, como trompos chilladores, y salieron corriendo hacia la esquina de Ámsterdam, donde doblaron a todo tren hasta Huichapan, y por Huichapan una calle hasta Álvaro Obregón, y por Álvaro Obregón otra calle hasta Oaxaca, que cambiaba de nombre en la siguiente calle, en la esquina con Sonora, donde empezaba a llamarse Nuevo León. Corrieron como carteristas por Nuevo León hasta Parras, y de ahí hasta Laredo, y de ahí hasta Michoacán y luego hasta Ozuluama, donde dieron a la izquierda para ir a tocar, ahogándose, en la puerta de la casa de Pepe Murrieta, que había sido el entrenador de natación de Changoleón en Xalapa y se había ido resignando con los años a verlo cambiar la disciplina por el desmadre, el agua clorificada de la piscina por el alcohol adulterado de la libertad.

Lezama y Alatriste vieron a los ensombrerados regresar, aburridos, a sus puestos de espera de Lina y Lotte y tuvieron en ese momento la certidumbre, en particular Alatriste, dueño del que tenía el sismógrafo adecuado para eso, de que algo grave iba a pasar.

Changoleón y Gamiochipi volvieron a la casa ya de noche, muertos de miedo todavía, y se reunieron a deliberar con Lezama, que leía, y con Alatriste, que se secaba los pelos parados luego de bañarse.

—¿Nos siguieron? —preguntó Gamiochipi.

—Ni se inmutaron —dijo Lezama.

—Ahí hay movida —sentenció Changoleón.

Dos semanas después, o algo en ese rango, Alatriste fue al puesto a comprar su magazín de policía y vio la foto de Ana María muerta. Aun bañada en su propia sangre, con la cabeza descuadrada por los impactos de las balas, con el pelo engrumado y un párpado siniestro a medio cerrar, la foto de Ana María irradiaba algo de su belleza madura, la nariz recta y alta, los pómulos y los ojos de gato, el óvalo largo del rostro y sus labios llenos, dibujados, qué labios, con un arco de cupido ligeramente alto que descubría unos dientes blancos que parecían sonreír siempre. El ejemplar del magazín de policía que trajo Alatriste pasó de mano en mano por la casa, dejando en las nucas las culebrillas eléctricas y en el estómago los gorgoreos característicos de la catarsis aristotélica.

BELLA Y FELIZ PERO SE
MATA... DE DOS TIROS

Esto decía el cabezal del magazín y procedía a dar la confusa noticia de que el Ministerio Público se había presentado en la casa, por notificación de una de las trabajadoras del salón, la cual había subido, como todos los días, a prepararle el desayuno a la occisa, la señora Ana María Casanova, y la había encontrado en la tina con dos disparos en el parietal anterior derecho, "comúnmente llamado sien derecha", según la aclaración del redactor. Las razones de la muerte de la bella, sus autores o sus móviles, permanecían en el misterio, pero su muerte había sido declarada suicidio por el propio Ministerio Público y por sus investigadores. Misterioso era también el hecho de que no hubiese señal alguna de intrusión en la casa de la hermosa mujer, sino que estaban echadas las llaves por dentro de los altos de la casa y de la recámara de la muerta, que daba a la terraza. La empleada del salón había podido llegar al lugar del crimen porque tenía un juego de llaves y la orden de despertar a la bella propietaria si daban las nueve de la mañana, pues la hermosa mujer solía tener fiestas y dormir hasta tarde, pero quería siempre levantarse y salir a caminar temprano, a más tardar a las siete, por el redondel de la calle de Ámsterdam, y pasar luego al gimnasio de la calle de Medellín, un gimnasio de hombres, donde sin embargo le hacían un hueco para que pudiera hacer ejercicio. Esto lo hacía todos los días normalmente a las siete de la mañana, salvo las noches de fiesta, por lo que volvía a su casa pasadas las ocho a la ceremonia diaria de bañarse y arreglarse, en medio de la cual la alcanzaba su empleada para hacerle el desayuno a las nueve, cosa en la que Ana María se demoraba placenteramente, fumando y leyendo el periódico, escogiendo minuciosamente sus atuendos del día, uno para las mañanas, otro para las tardes, y era así como se disponía a iniciar el día, consistente por su mayor parte en esperar y recibir clientas, muchas de las cuales acudían sólo al salón de belleza de la planta baja, pero otras, más exclusivas, subían a los altos de Ana María a conversar con ella, a tomar café por la mañana o un trago por la tarde, hasta las cuatro, hora en que el salón cerraba, salvo los viernes y los sábados, cuando había mucha gente queriendo peinarse y manicurarse para las fiestas de la noche.

Era una ciudad llena de fiestas los viernes y los sábados, y de tardeadas los domingos, y eran todas o casi todas en las casas, en las vecindades, en los departamentos de las familias que las organizaban, normalmente para celebrar los cumpleaños de sus hijas o de sus hijos, para que sus hijos y sus hijas invitaran a sus amigos a bailar, separados los no novios por el brazo palanca de la pareja femenina sobre el hombro masculino, pegados los novios de las mejillas, bailando de cachetito, pero culimpinados hacia atrás, cuidando de no arrimarse las otras partes del cuerpo. Oh, las fiestas blancas, el lujo de la confianza blanca en los demás de la ciudad anterior al Terremoto, donde tantas casas sonaban, encendidas, los viernes y los sábados por la noche, por las tardes los domingos, con las puertas abiertas a la calle y los tocadiscos en cada cuadra, fiesta tras fiesta, alegrando bailes a los que era posible colarse sin invitación, a la manera de los machos masturbines, que se ponían traje y corbata y se echaban a las calles a vagar, a la caza del sonido de una de aquellas fiestas, normalmente rebosante de invitados, por lo cual había siempre algunos parados en la puerta, conversando en la calle, ideales para fingirse invitados mediante la simple estratagema de preguntar si había llegado fulano, si había llegado mengano. No sólo no había quien dudara del truco, sino que abundaba quien dijera que no, que fulano y mengano no habían llegado pero que podían entrar a esperarlos, sin incurrir en la malicia de preguntarles de quién hablaban y desconocerlos y darles con la puerta en las narices. El narrador puede aceptar que no hay nada interesante ni digno de ser ampliado en estas nobles simplezas de la ciudad anterior al Terremoto, salvo porque era de aquella simplicidad y de aquella nobleza, vecinas del aburrimiento y de la tontería, de las que estaban hasta la madre los machos masturbines. De aquella simplicidad y de aquella nobleza querían zafarse, huir, saltar en busca de la ciudad otra, como decían los traductores del francés, la ciudad corsaria, aviesa, turbia, que ellos sentían hervir abajo o al lado de la ciudad simple en que vivían. Querían caer en la ciudad de doble fondo, de doble cara, de doble uso, como el salón de Ana María; la ciudad de doble oficio, como el de Ana María, de doble caja registradora, doble placer y doble riesgo, la ciudad vecina del cielo y del infierno que les hablaba ahora, a gritos, silenciosamente, desde la siniestra foto de Ana María muerta, tuerta, sangrada, y sin embargo luminosamente bella en la portada de papel corriente y tintas mal secadas, arenosas, del magazín de policía.

En los días siguientes corrió como un venado por la colonia el rumor de que venían unos tipos a hacer preguntas sobre amigos o conocidos que hubieran frecuentado el salón de Ana María. No venían a investigar el suicidio de dos tiros de Ana María, sino a quienes la habían rondado. Dos días antes había corrido la voz en la glorieta Popocatépetl de la desaparición y la reaparición de Marcelo, el mancebo favorito del salón de Ana María, al que habían recogido a jalones de la glorieta unos mongoloides, recién acicalado, con la camisa abierta sobre el pecho lampiño expandido en el gimnasio, expuestas al tenue sol de mayo sus facciones de lujo caucásico, y lo habían echado sobre la misma glorieta por la noche, con la clavícula rota y la nariz rota y el pecho condecorado de verdugones, como se decía entonces en el bajo mundo de las golpizas. Al día siguiente habían esperado al otro favorito de la glorieta de Ana María, el radiante muchacho libanés llamado Óscar Miguel y lo habían devuelto machacado, como a Marcelo, con un pómulo hundido que lo afeaba monstruosamente, y los dedos de la mano izquierda sin dos uñas.

Dos tipos desconocidos vinieron por aquellos días a la casa a preguntar por Colignon. Morales recibió a los siniestros personajes que preguntaban y prendió dentro de sí todas las alarmas, lo cual quiere decir que llamó al mayor Pinzón. El mayor Pinzón tomó nota del relato de Morales.

—Pregunto y llamo —dijo.

Llamó por la noche.

—No es con ustedes. Pero necesito verlos. Mañana en el parque a primera hora, 7:30. En la fuente del parque.

Morales contó su llamada a los habitantes de la casa y al día siguiente estaban todos en la fuente del parque a la hora señalada, menos Alatriste y el Cachorro, que se negaron a ir. Hacía frío y había retazos de niebla en el parque. El surtidor de la fuente esparcía un rocío helado. Los convocados tenían las manos en los bolsillos y ambulaban sin hablar, echando vaho blanco por las narices. Vieron a Pinzón bajar del coche frente a la explanada de la estatua del general San Martín y caminar hacia ellos a paso rápido, flanqueado por su ordenanza Peláez. Venía en traje de gala, con gorra de gala, cordones de gala, hombreras de gala, recto y flaco como un palo.

Se agruparon sin orden frente a él cuando llegó, salvo Changoleón, que se mantuvo en el fondo del grupo, sentado en el barandal de un puentecillo que cruzaba la acequia de la fuente.

—¿Quién es el que se andaba cogiendo a la occisa? —preguntó Pinzón.

Colignon dudó en dar un paso al frente, pero Pinzón notó su nerviosismo y le dijo:

—¿Fue usted?

Colignon asintió.

—No importa, no es con usted —dijo Pinzón. Alzó la cabeza entonces para dirigirse a todos—: La cosa no es con quien se cogió a la occisa, sino con quien se anda cogiendo a la austriaca. ¿Saben a quién me refiero?

Asintieron todos, menos Changoleón.

—Esos cueros que van a su casa —dijo Pinzón—, la austriaca y la otra, tienen cuadra. Pertenecen a una cuadra. Y los dueños de esas cuadras son dos jorocones que pa' qué les cuento. A esas viejas, ni las vean pasar. ¿Entendido?

Asintieron todos de nuevo, menos Changoleón, que atendía el asunto de reojo, sentado en el brazo del puente.

—Servidos —dijo Pinzón.

Dio la media vuelta y se retiró como había llegado, a grandes zancadas rápidas. Le hizo un gesto a Morales de que lo siguiera. Camino al coche, le dijo:

—Como cosa suya, dígale al novio de la occisa que se desaparezca unos días. Creo que ya tienen al que buscaban, pero no está de más.

Morales asintió. Colignon estaba de por sí a punto de irse a Guadalajara unos días, aprovechando las vacaciones de mayo.

Las clientas no volvieron por un tiempo a la casa. No hubo más merodeos de investigadores. Alatriste revisó con particular detalle su magazín de policía en busca de algo que pudiera unir con lo que sabía. No encontró nada. Una, dos o tres borracheras después, una noche, en la cantina El Parque, Morales y Changoleón se fueron quedando solos, bebiendo sin rienda hasta después del cierre. En lo alto de la borrachera, Changoleón sacó de su cartera dos papelitos muy bien doblados. Le dijo a Morales:

—¿Te acuerdas de los autógrafos que les pedí a nuestras novias?

—¿Cuáles novias?

—Lina y Lotte, cabrón.

—Sí me acuerdo.

—Ve —dijo Changoleón, y le extendió uno de los papelitos.

Decía:

De Lina para José.

Pues Changoleón se llamaba José.

—Ahora éste otro —dijo y le extendió el segundo papelito—. De este lado primero. ¿Qué dice?

Morales leyó. Decía:

Para José, de "Rita".

—La austriaca, cabrón —dijo Changoleón, riendo ebria y malévolamente—. Ahora del otro lado. ¿Qué dice?

Morales leyó, decía:

Drink mit Lotte?
Busca Ana María
Salon Popocatepe

—Pinche Chango, ¿qué hiciste, cabrón?

—Nada. No fui. Me culié —dijo Changoleón.

—¿Fuiste o no fuiste, cabrón?

—No, nunca fui. Me culié. ¿Qué quieres que te diga?

—La verdad, cabrón.

—La verdad: me culié. Me culié, cabrón. Me culié.

Hizo una pausa y se bebió lo que le quedaba de la cuba. Se limpió los labios con el brazo. Dijo:

—Pinches viejas.

Maldecía, pero había algo feliz, reversible, en su insulto. En realidad, era una celebración.

Por el resto de sus días, Morales creyó que Changoleón mentía, que había tenido todo que ver con Lotte y que alguien había pagado por él una cuota de sangre a cuenta de aquella aventura que negaba.

Para empezar, probablemente, la había pagado Ana María.

EDENES PERDIDOS, 6

Como creo que se ha respirado largamente a lo largo de estas trovas, había en el aire una promesa de futuro para todos, salvo para el Cachorro, que tenía diez años y un siglo más de edad que el resto de los machos masturbines. El Cachorro era altivo y gramático en todo menos en el recuerdo de su casa en Mérida, que lo dejaba tartamudo, la casa que había perdido junto con sus dos padres, en una hecatombe comercial después de la cual la vida, es decir la muerte, se los había llevado a los dos y lo había mudado a él a la casa de una tía pobre que no pudo seguir pagando su educación de niño rico pero que le enseñó a caminar con la frente erguida ante la murmuración local de la quiebra de su padre y ante la pérdida de la casa señorial en donde había crecido, ocupada ahora por los acreedores de su padre y de su madre, cosa que había sembrado en él uno de esos resentimientos que la vida entera no puede curar. Su porte no inspiraba ni un pecado venial, según su propia descripción. De una triste y larga historia de rechazos iniciáticos, el Cachorro había derivado a las deformidades amorosas de su vida adulta. Las mujeres tenían en su cabeza la dolorosa forma de niñas y jóvenes deseadas sin esperanza, en el curso de una historia de rechazos que le había endurecido el cerebelo y afilado la lengua, afilada de por sí, hasta hacerlo adoptar el grotesco dicho, que pasaba como sabiduría en los bajos fondos masculinos del mundo anterior al Terremoto, sobre cómo tratar a las mujeres: "A las putas como decentes y a las decentes como putas", infortunada destilación que había tenido un efecto fatal sobre la vida amorosa del Cachorro, pues lo había arreado al campo de las putas y excluido de las otras. Cumplía en las putas su desdichado dicho, siendo cliente regular, ingenioso y pagandero de un harem libre de sueños que visitaba en un lugar llamado La Covachita y en otro llamado El Retiro, cercanos a la casa, donde sus parejas habituales atendían como meseras en la barra y como fornicantas en una bodega del fondo, mal escombrada al efecto. Formaban su lisiado mundo amoroso aquellas mujeres desviantes, más bien feas, más bien maleadas, no precisamente jóvenes, pero leales con él, a quien servían con deferencia y de quien se dejaban hacer sin remilgos, con una prestancia que se parecía turbiamente, profanamente, a la tolerancia maternal. No había en la memoria del Cachorro sino escenas recurrentes de este tipo de mujeres, pues con ellas solas había tratado, desde que había acudido con solemnidad a la casa de adobe y palma de las afueras de Mérida y había entregado sus veinte pesos a María Cahuich para que María le quitara la niñez, como María Cahuich llamaba a desvirgar a un joven quinto, como se decía entonces a quienes no habían conocido mujer. Nunca había cruzado los linderos, las altas bardas invisibles de aquel desviante esplendor iniciático. No había otra cosa deseable en su cuerpo y en su corazón que la María Cahuich de su memoria, la cual, en su fuero íntimo, no tenía por gran cosa. "Estereotipadas del amor tarifado", llamaba a las sucesoras de María Cahuich, con punzante alegría, y no quería más. Era su manera salvaje de huir de las mujeres, herido como estaba por sus pérdidas, por su múltiple edén perdido. He aquí sin embargo que encontró una noche de tragos, mientras bebía solitariamente en la cantina El Parque, que la codiciada mesera cobriza del lugar llamada Raquel vino a hacerle plática, parada de pie frente a su mesa, en los tiempos muertos de las mesas que atendía. Raquel *atendía sólo dos mesas esa noche. Estaba atenta para entregar ahí lo que pedían y en los intervalos venía con el Cachorro a preguntarle por qué bebía solo, a lo que el Cachorro había contestado la siguiente pendejada: "Porque beber solo es la quintaesencia del hombre". "¿La qué?", se había reído Raquel, y el Cachorro había reconocido la ironía y le había dicho: "Usted tiene razón, soy un petulante". "No me lo parece", le había dicho Raquel. "¿No se lo parece?", había dicho con énfasis rijoso el Cachorro, pero Raquel le había dado la suave y le había dicho: "No. Yo lo miro a usted siempre que viene, usted no se da cuenta pero yo lo miro". "¿Con qué avieso propósito?", había preguntado el Cachorro. "¿Con que qué?", se había reído Raquel. "Tiene usted razón otra vez, señorita, soy un engreído", había dicho el Cachorro. "No me lo parece", le dijo Raquel, "más bien lo veo triste". "La peda es triste", había dicho el Cachorro. "Ay, no", había dicho Raquel, "la peda es alegre, al menos la mía, y la de usted apuesto que también". "¿Quiere apostar?", había dicho el Cachorro. "Lo que quiera perder", dijo Raquel, "Con usted, todo", dijo el Cachorro. "Uh, mucho menos que eso", dijo Raquel, y fue así como quedaron en lo alto del monte Hebrón de la sorpresa en que el Cachorro iba a esperar esa noche hasta la salida de Raquel del restaurante bar El Parque, que los machos masturbines llamaban simplemente cantina, por no mentir. Camino a la cita inesperada, El Cachorro hizo las cuentas del dinero que tenía para pagar y de las calles que había entre la cantina y el primer hotel de paso que cruzó por su cabeza, el hotel que estaba frente al cine Gloria, en la cercana calle de Campeche, casi esquina con Champotón, entre Champotón y Manzanillo. Oh, la nomenclatura de aquella ciudad, simple y caminable, anterior al Terremoto. Una vez desarrugados y contados los billetes sueltos que había en sus bolsillos, la duda del Cachorro quedó puesta no en el pago del hotel sino en el efecto que tendría sobre las disponibilidades amorosas de Raquel caminar tantas y tan pocas cuadras, a saber: una sobre Teotihuacán, donde estaba la cantina El Parque, hasta Insurgentes, donde estaba la juguetería Ara, y de ahí dos calles a la derecha por Insurgentes, hasta Coahuila, donde estaba la tienda Woolworth, y de Woolworth otra hasta Campeche, donde estaba la gasolinera, y luego media cuadra sobre Campeche hasta el hotelito llamado Gloria, de cemento liso y falso mosaico veneciano, luces mortecinas, ventanas de vidrios verdes, frente al cine también llamado Gloria. Esto lo atormentó un tiempo interminable, hasta el momento en que Raquel salió de la cantina El Parque y le dijo "Yo tengo dónde", y lo llevó a un edificio de la esquina, al cuarto de azotea de una amiga sirvienta, donde Raquel se quedaba a dormir algunas noches, y en aquel cuarto limpio, mínimo, arreglado con primor, con flores frescas, Raquel puso al Cachorro boca arriba en el pequeño catre de su amiga y se encargó de todo por él, yendo y viniendo por él, pulsándolo como un bandoneón, como había hecho con él la primera vez María Cahuich, en lo más parecido al amor que el Cachorro pudiera recordar.*

Como puede presentir cualquier lector, a partir de la intensidad de aquel primer encierro, los que siguieron estaban condenados a durar lo que duraron, a ser menos potentes y efectivos cada vez, como el primer beso o el primer miedo, de modo que el tiempo volvió rutina, luego desencuentro, luego distancia, lo que aquella noche fue la entrada en cueros al valle de Josafat. Oh, Raquel, qué incomparablemente bella y zafia y tierna fuiste con el Cachorro aquella noche de tu invención, destinada a pasar, desde luego, y a quedarse en su momento para siempre.

CARNAVAL DE IDA Y VUELTA

—*Me despierto diciendo:* "*Terminó*"
—*Veo el balcón de la casa*
—*Su jardín oscuro*
—*(No tenía jardín*
—*La vida era el jardín*
—*El jardín perdido que es ahora.)*
—*Luego vino el Terremoto*
—*El paso del tiempo y todo eso.*
—*Todo eso.*
—*Nos dormimos diciendo:* "*Terminó*".
—*Entonces viene la casa*
—*Viene la jacaranda*
—*Viene el balcón*
—*El jardín que la casa no tenía*
—*Nosotros que apenas somos*
—*Somos apenas*
 ("Fantasmas en el balcón")

Una mañana de domingo apareció estacionado frente a la casa un Chevrolet Impala convertible color rojo con vestiduras de cuero color crema. Ningún inquilino de la casa dejó de asomarse a aquella alberca reluciente de asientos largos y volante de marfil. Había pasado un día entero con su noche desde que Morales se había ido, a oscuras todavía, antes del amanecer, a cumplir su trabajo de inspector de lecherías en el Peñón, por el aeropuerto, y había vuelto, al parecer, en la madrugada del domingo en este coche que nadie conocía. Nadie lo había visto volver, habíamos visto sólo que estaba estacionado frente a la casa el Chevrolet Impala convertible, con la gorra canónica de Morales en el asiento derecho, una gorra de cuero de facha leninista, la favorita de Morales, portando la cual se había largado el sábado al amanecer como había vuelto, invisible y solo, por la madrugada. Habíamos revisado el coche pulgada a pulgada, sirvientes de sus fulgores, de su largueza aerodinámica, de su consola de imitación de madera, de sus llantas de cara blanca, de sus faros de tres focos, de su cajuela como otra alberca y sus aletones traseros que simulaban el vuelo detenido de una mantarraya. Morales había vuelto en sí como a las doce del día del domingo y le habíamos preguntado de quién era el coche y él nos había dicho:

—No sé de quién es el coche, líder. Yo simplemente me lo traje. Dejé las llaves bajo el tapete del chofer. Sugiero no tocarlo para no volvernos reos de delito. Hasta donde recuerdo, no dejé huellas.

Acatamos sus instrucciones. El coche se quedó estacionado ahí tres horas sin que nadie lo reclamara, hasta que Gamiochipi le dijo a Lezama:

—Es un desperdicio que este coche esté ahí, cabrón. Vamos a darle un viaje y lo regresamos.

—Es de Morales —dijo Lezama.

—Qué va a ser de Morales —riposto Gamiochipi—. Morales se lo robó y es claro que nadie lo ha reclamado ni sabe dónde está. Súbete, le damos una vuelta y lo dejamos en otra parte, donde no quede rastro ni de Morales ni de nosotros. Lo peor es que esté parado enfrente de la casa, cabrón.

Esto último tenía visos de razón, por lo que Lezama fue a consultarlo con el Cachorro y el Cachorro dijo: "Iré a donde vayáis", y lo consultó con Alatriste que rehusó la oferta, y con Morales, quien dijo: "Ni madres, yo ya salí de ésta, líder". La reacción de Changoleón fue sospechosa, como siempre. "Yo me apunto, pero luego me dejan estacionar el coche donde quiera". El rubio Colignon venía del parque mientras la casa tramaba esta transgresión y dijo, deportivo como era:

—Hay que darle una vuelta por lo menos a este coche. Se va a enfurruñar.

—Pues súbete cabrón —le dijo Gamiochipi—, porque ya nos vamos.

—¿A dónde? —dijo Colignon.

—A la carretera —respondió Gamiochipi.

Y estaba diciendo esto cuando acababa de arrancar el auto y le daba unos acelerones de tortura para despertarlo. El coche despertó con los acelerones de Gamiochipi, que fueron la voz de alerta, el banderazo para la casa, para todos los de la casa que iban a jugarse el boleto de mover el portento traído por Morales en su nebulosa alcohólica, de modo que el Cachorro saltó al asiento trasero del Impala, y atrás del Cachorro cayó Colignon, y atrás Changoleón, que se pasó adelante para dejarle su espacio a Lezama, que remolcaba al reticente Alatriste.

—Vente, cabrón —le dijo Gamiochipi a Morales, quien los miraba desde el balcón del cuarto, pero Morales no fue.

Gamiochipi tomó el pulso del coche en la primera cuadra, pero no muy bien, porque derrapó al dar la vuelta por la calle de Parras y otra vez al doblar en Ámsterdam y la tercera cuando dio a la derecha por Sonora y ya sin derrapar pero abusando de la máquina del coche, que iba corriendo a cielo abierto sin dejarlos sentarse bien en los asientos, dobló a la derecha por Insurgentes, avenida epónima que cortaba la ciudad pero estaba llena de altos, en cada uno de los cuales Gamiochipi aceleraba, amagando, a la espera del verde para salir como bólido rumbo al siguiente semáforo, vadeando coches lentos y miradas asustadas a su paso, a través de la colonia del Valle, hasta Río Mixcoac, y de ahí, por la Guadalupe Inn, de calles con nombres de compositores, hasta San Ángel y luego de San Ángel hacia la Ciudad Universitaria, todo esto volando en el Impala tramitado por Morales, hasta dejar atrás la torre de Rectoría y el estadio universitario y la recta donde empezaba ya la carretera a Cuernavaca, interrumpida adelante por el pueblo de Tlalpan y, finalmente, rebotando de baches y hoyancos, al final de Insurgentes, hasta la novísima embocadura de la carretera de cuota a Cuernavaca, donde Gamiochipi dijo a sus cómplices amigos, luego de haberlos rebotado durante todas estas calles:

—Ahora sí agárrense, cabrones, porque vamos a romper un récord.

Quería decir que había sentido el alma del motor del Impala, que para esos momentos volaba con un apretón cualquiera del acelerador. Entonces tuvieron los machos masturbines un envión similar a lo que habían sentido la primera vez al despegar en un avión, un rugido de la máquina que los pegaba a sus asientos para tomar vuelo, como las garzas, salvo que no iban a despegar sino que el demente Gamiochipi tenía el arqueado pie de héroe de la Ilíada metido hasta el botón final del acelerador y el Impala quería saltar o iba a saltar, pero no saltaba, sino al revés, se pegaba al suelo, rechinando en las curvas que Gamiochipi tomaba a toda velocidad, a punto de voltear en cada curva aquella lancha bamboleante. Nadie tenía miedo, todos reían y pedían más, su miedo era una alegría. Luego del curverío que sigue al pueblo de Tres Marías, en la última curva que desahogaba hacia Cuernavaca, la famosa Pera, donde se habían matado muchos, donde cada tanto los diarios referían la tragedia de una familia muerta, de un matrimonio muerto, de un chofer muerto al volcar su camión de mercancía y hacia donde se precipitó furiosamente Gamiochipi. Al tomar la embocadura de La Pera el lanchón rechinó suspendiendo el aliento de todos menos el de Gamiochipi, que iba ritmándose con los rechinidos, haciendo oscilar el volante con sus manos firmes una pulgada hacia la derecha y una pulgada hacia la izquierda, dando a las llantas el alivio exacto hacia la izquierda y el amarre exacto hacia la derecha, de modo que el lanchón se estabilizaba paso a paso en el supersónico vaivén de su propio desequilibrio, hasta que de pronto, luego de un tiempo que pareció interminable, el paraíso estaba ahí, abierto ante sus ojos, bajo la forma de la boca final de la curva de La Pera que se abría a la recta final de la carretera hacia Cuernavaca. Cuando entraron a la recta hubo un grito de triunfo de los machos masturbines y el Impala siguió como una flecha por la recta hasta la entrada de la ciudad de Cuernavaca, que los recibió cuajada de madreselvas y buganvilias, rosadas y amarillas, como en una fiesta adicional, como en una celebración tácita de la hazaña. Entraron hasta la plaza de armas del centro de la ciudad, compraron unas cervezas y las tomaron a la sombra de los laureles de la India que había entonces ahí, y luego subieron de nuevo al Impala y volvieron vadeando la ciudad hasta la zona militar y la estatua de Zapata, que anunciaba el inicio de la carretera de regreso, donde dijo Changoleón:

—Métele otra vez, Gamio.

—No —dijo Gamiochipi—. No, cabrón.

Y como único argumento para su negativa estiró el brazo derecho: todavía temblaba.

Manejó el Impala plácida y suavemente de regreso, por la hermosa carretera de anchos carriles de la autopista a Cuernavaca, dos de ida y dos de vuelta, orgullo de la república, bañada por un sol tenue y rodeada por un paisaje de encendidos verdes y amarillos de campos labrados, y por tupidos bosques de pinos que talarían uno a uno en los años siguientes, camino al Terremoto.

Cuando entraron de nuevo a la ciudad era la hora de comer y no tenían dinero sino para comer en la casa, de modo que bajaron apaciblemente por Insurgentes en el mullido Impala, flotando de regreso por donde habían volado a la ida, y al llegar a la esquina del Woolworth, en Insurgentes y Coahuila, Changoleón dijo:

—Déjenme el coche aquí, yo lo llevo a estacionar.

Todos supieron lo que pedía, pero no tenían mejor cosa que hacer con aquel coche venido de la noche de Morales, ignota incluso para él, y dijeron para sí: "Manos limpias, manos sucias: que se encargue Changoleón".

Bajaron en la esquina del Woolworth y caminaron por la calle de Michoacán las dos calles que había hasta el Parque México. Trataron de ver como siempre por encima de la tapia de lámina negra que rodeaba la casa de citas de La Malinche, que estaba en Michoacán y Ámsterdam. Como siempre a esas horas la casa de La Malinche estaba muerta, particularmente silenciosa, tapiada, dormida en realidad, esperando las horas que le faltaban para encenderse de nuevo, por la noche, hasta la madrugada. Una cuadra adelante, el Parque México era una algarabía de paseantes y de mamás jóvenes distraídas de sus deseos por sus niños chillones, más imperativos que las miradas turbias de los machos masturbines, siempre aviesamente atentos a ellas cuando caminaban por el parque, y a los conmovedores patos del estanque anterior al Terremoto, el estanque hoy desaparecido, donde potentes patas migratorias, gringas y canadienses, habían ovado alertas patitos mexicanos, y los hacían nadar tras sus estelas, como escuadras de pequeños acorazados, camino a ningún lado, hacia un punto o hacia el otro, sin dudar ni pensar, siguiendo, siempre seguros, la estela irresistible del camino de la madre.

Pasaron semanas, pero llegó el día en que Changoleón se presentó en la casa con un Taunus verde que dijo que le habían regalado sus papás y con un fajo de billetes en la mano. Era la hora, dijo, del carnaval de Veracruz, que empezaba al día siguiente. Los machos masturbines asociaron la aparición del Taunus y los billetes de Changoleón con el desvanecimiento del Impala en el que habían volado a Cuernavaca, el Impala que habían dejado en manos de Changoleón a unas cuadras de la casa, para que lo desapareciera. Y eso había hecho exactamente Changoleón, en la modalidad de mago que era parte de su estilo, desaparecer el Impala y aparecer el Taunus verde que aparecería por igual en sus recuerdos y en sus sueños de adultos, asociado incluso a escenas en que el Taunus no había existido.

El hecho es que Changoleón desapareció el Impala y se apareció con su referido Taunus y el referido fajo de billetes, muy agrandado por la memoria, diciendo que había cinco lugares en el Taunus para salir a Veracruz y un cuarto doble apartado en el hotel Diligencias del puerto, por tres días.

Como siempre, Changoleón tenía algo tentador que proponer. En este caso, irse garapiñados en el Taunus a desperdigarse por las calles del puerto de Veracruz, que durante el carnaval rebosaba mucho de lo que los machos masturbines querían rebosar.

Era un viernes por la mañana y el carnaval empezaba la noche del día siguiente, así que a las nueve de la mañana del sábado Changoleón fue por el Taunus a la pensión y pitó festivamente el claxon fuera de la casa para indicar que partían. Su claxon sonó dentro de la casa como sonaban las antiguas campanas en los pueblos llamando a la fiesta del santo del día. Changoleón entró luego a la casa y gritó al pie de la escalera de granito, con voz de estación de autobuses:

—¡Carnavaaal de Veracruuuz!

Luego de lo cual soltó un eructo digno de las trompetas de Jericó, una de las especialidades de su tracto digestivo. Changoleón había tenido siempre envidia del humor enganchante y sorpresivo de Morales, y aquel pregón y aquel eructo retumbaron como una victoria en sus oídos, como la adquisición de un cetro.

Todos estaban avisados de que saldrían el sábado por la mañana, pero nadie había creído ni estaba listo para partir, de modo que hubo un revuelo de apurados viajeros en el primer piso de la casa, corriendo de cuarto a cuarto, de ropero a ropero, bajando después hacia el Taunus en rápida ringlera, primero Lezama y atrás de él Gamiochipi y Alatriste, cada uno con dos mudas en una mochila, y luego Morales, portando como único estandarte una guayabera blanca colgada en un gancho. Atrás de Morales bajó Bernardo Fernández, el Caimán, a quien no sé si hemos presentado ya, diciendo que él sólo quería un aventón hasta Apizaco, donde iba a unirse con sus hermanos, los Fernández, para la misma empresa de asaltar el carnaval.

Con el Caimán eran ya seis en el estrecho Taunus, chofer incluido, lo que dio pie a una duda retórica de la comitiva.

—Sube, cabrón —resolvió magnánimo Changoleón—. Pero nos invitas las cervezas en Apizaco.

—Invita el Chiste —dijo el Caimán, riéndose para adentro, como caimán.

Los enterados se rieron también, porque conocían la codera proverbial del hermano mayor del Caimán, Óscar Fernández, apodado el Chiste, conocido maestro en sortear alegrías y tristezas consumiendo cartones de cerveza Victoria, la cual era su única, reconocida, esplendidez.

Se fueron apretados y entrepiernados en el Taunus, con el Caimán diciendo cada tanto: "Quién fuera vieja", con Gamiochipi explicando a Changoleón cómo tomar esta curva, como acelerar en la recta, cómo entrar a la siguiente curva, y diciendo cada dos kilómetros que si él fuera manejando ya hubieran llegado. "Al cementerio, cabrón", le ripostaba Alatriste como en las letanías, cada dos kilómetros, y se reían todos como idiotas, como la runfla de idiotas garapiñados en que iban convertidos, tocados ya por el espectro fresco del mar, la promesa del puerto, la quimera carnal del carnaval.

Entraron a la histórica ciudad de Apizaco, que era todavía, por su mayor parte, campo pavimentado, y a poco andar se detuvieron frente a la casona de los Fernández, nada para escribir a casa, pero una mansión mayor en la modestia municipal y espesa, oh, Darío, de aquellas calles pobres, aquellas banquetas cacarizas, aquellas casas bajas, pegadas pared con pared, que no habían sido pintadas desde la Revolución de 1910. Apuraron al Caimán para que fuera a apurar al Chiste con las cervezas, lo cual sucedió con rapidez inusitada, pues salió el Chiste, a quien ya hemos descrito o describiremos después, y asumió el compromiso de su hermano el Caimán, haciendo traer de la casa su famoso e infalible cartón de cervezas Victoria. Luego de lo cual dijo:

—Sigan de frente, cabrones. Ya los vi a todos, pero no quiero saludarlos uno por uno. No se me vaya a pegar. Nos vemos por la noche en el carnaval. Les advierto que voy a llevar al Tato Matus.

Lo dijo como si dijera: voy a llevar al Minotauro.

Los machos masturbines eran devotos del Caimán porque el Caimán se había robado a su novia de un convento. No hay registro en los archivos eclesiales, inconsultados por el narrador, sobre lo que llamaban un convento en la época en que el Caimán "se robó a su novia del convento". Puede colegirse de qué conventos se trata por la narración que el propio Caimán hacía, famosamente, de su rapto. No había en las palabras del Caimán conventos propiamente dichos, con grandes muros, altos ventanillos, robustos huertos, oscuros refectorios, en cuyo interior vivían, en celdas desiguales, monjas y novicias entregadas a Dios y a la comida, sobre todo a lo segundo. Hablamos en realidad de unas casas comunes y corrientes, más o menos grandes, más o menos feas, que la iglesia católica o las órdenes respectivas de la iglesia católica, heredaban de unos ricos creyentes más o menos pendejos, donde familias más o menos pendejas que no sabían qué hacer con sus hijas rebeldonas decidían encerrarlas para que pasaran encerradas las calenturas de la pubertad, los horrores iniciáticos de las reglas y las glándulas.

La novia del Caimán, de nombre Inés de Luna, se había vuelto inmanejable para su familia por sus ardientes anhelos del Caimán y habían decidido alejarla del Caimán un tiempo, recluyéndola en una de aquellas casonas que llamaban conventos, para ver si la separación física le daba alguna tregua a la fiebre de los pechos de Inés y alguna serenidad a su cerebro, cuyas circunvoluciones le vidriaban los ojos a la sola vista del Caimán. *No way maguey*, refería el Caimán durante su relato, lo que quería decir en el inglés mexicano de antes del Terremoto: de ninguna manera, ni madres, pura madre. El Caimán seguía presente en la corteza cerebral de Inés y en las restantes partes de su cuerpo como el íncubo interconstruido de que nos habla la tradición hebrea o como la causa de la neurosis obsesiva descrita por el obsesivo doctor Freud. Oh, Inés de Luna, de qué manera irrefrenable querías estar con el Caimán, junto al Caimán, sobre el Caimán, bajo el Caimán, derramándote como una monja alférez, como una amorosa monja combatiente en tu Caimán.

La anécdota a referir es que el Caimán pasó un día por la esquina de la casa grande y chata que llamaban convento, donde habían guardado a Inés, y chifló el chiflido de arriero que habían convenido, con los dedos abriéndose los labios al chiflar, y la novicia Inés salió por la puerta de la casa, luego de decir cualquier mentira simple a sus custodias, y se echó a media calle en brazos del Caimán, quien no tenía en ese momento ni la menor idea de a dónde iba a llevarla, por lo cual decidió llevarla simplemente a su propia casa, la casa grande y chata de los Fernández, criadores de reses bravas, y a la casa la llevó, toqueteándola y besándola por el camino, y ella a él, a escondidas de todos, menos de los que se cruzaban con ellos y corrían a contarlo por el pueblo. Besándose y tocándose llegó la pareja a la casa grande de la familia del Caimán, en cuyos terrenos había un cortijo y en cuyos aires flotaba el idiosincrático olor de la casa, un olor imborrable a establo, estiércol, caballos y reses bravas. El primer personaje con el que se cruzaron Inés y el Caimán al entrar a la casa, en el zaguán, fue el hermano mayor del Caimán, Óscar Fernández, de quien hemos hablado y a quien apodaban desde niño el Chiste.

—¿Te estás fugando con éste? —le preguntó el Chiste a Inés, profético como era, apuntándola acusatoriamente con el índice chueco de su mano derecha.

Inés asintió a la pregunta del Chiste con inconfundible gozo, a lo cual el Chiste respondió, apuntando ahora a su hermano, el Caimán, como quien vende mercancía maleada a un comprador ingenuo:

—Pito no muy largo, comadre, pito no muy corto.

Cuando Inés oyó esto del Chiste, la embargó una alegría inexplicable y supo que iba a ser feliz con el Caimán.

Lo fue, lo fueron, al menos ese día memorable donde los ha tomado esta narración y donde quedan, felices para siempre, por el tiempo que dura decirlo.

Lezama durmió como un bebé en las curvas de ascenso de Apizaco a Perote, pueblo de paso de una sola calle, llena de autobuses y ambulantes, donde Changoleón se detuvo a comprar unos famosos embutidos del lugar, unos famosos panes de agua del lugar y unas famosas bolas de queso crema del lugar. Saliendo de Perote, mientras los del Taunus comían como huérfanos de hospicio, Lezama tuvo otra vez sueño y se quedó mirando, adormilado, con mirada de niño expósito, la ventana del coche en que iba recostado, sobre la cual escurría la eterna lluvia fina que separa Perote de Xalapa, la sucesión de sus eternos verdes, con su húmeda y contagiante melancolía. Lezama había leído que en las alturas de Perote había un hospital para tuberculosos y había pensado varias veces, unas dos, en subir a ese hospital y compararlo con el descrito por Thomas Mann en *La montaña mágica*. No haber hecho eso nunca vino a posársele suavemente en el mal de alma que de por sí lo traía triste y acezante, pegado a su ventana, como un tuberculoso somnoliento, mientras los vándalos del coche devoraban a tarascadas el tubo de salami, las ristras de chorizo, los panes con queso, y a grandes tragos las cervezas que quedaban del cartón regalado por el Chiste, en Apizaco, para no hablar de las cubas sin hielo que iban fraguando en las botellas de coca cola que bebían a la mitad y rebosaban luego con grandes escurrimientos de Ron Batey. Changoleón tomaba las curvas con inspirada suavidad de borracho aunque las curvas, aparte de ser continuas y pronunciadas, estaban tapadas por la niebla, al punto de que, durante largos tramos, no era posible ver nada, salvo lo que decía Changoleón que él veía: la línea blanca que marcaba el centro de la carretera de dos carriles, visible para él no a través del parabrisas, que era niebla cerrada, sino a través de la ventanilla de su asiento de chofer a la que sólo él podía asomarse.

En medio de tanta niebla, bienvenida para su sueño, Lezama tuvo el deseo de estar en un episodio de *La dimensión desconocida*, la serie de la televisión, y de que, en ese episodio donde estaba, de pronto, al salir de la niebla de los cerros de la carretera a Xalapa, estuvieran todos en el mismo Taunus verde en que iban, pero rebotando por una brecha rocosa del Nepal o rodeando los caseríos escarchados de algún paso helado de los Andes, digamos el Paso de Patos, donde estarían acampando las fuerzas ateridas pero pronto triunfantes del general San Martín, el mismo que le daba nombre al Parque México, frente a cuyas jacarandas y palmeras ellos vivían. Lezama soñó entonces un monólogo falso, pues nadie sueña monólogos, que decía, sin embargo:

"Frente al Parque México vivo yo, pero el parque se llama San Martín, como el general que estuvo un día helándose en el Paso de Patos de los Andes rumbo a la libertad de América. Oh, el frío de los Andes, general, la helada libertad".

Lezama despertó de aquel monólogo monstruoso gritando:

—¡Murieron siete mil!

Los que comían y hablaban en el Taunus, sus amigos de la casa que estaba frente al parque San Martín, lo miraron como a un loco y lo ignoraron como a un loco. Pero Lezama no estaba loco, sino que había leído aquella semana que en su conocida hazaña de la conquista de los Andes los ejércitos de San Martín habían salido a cruzar la cordillera con diez mil mulas de carga y habían llegado con tres mil, y a Lezama lo había horrorizado, mientras leía, el número de mulas muertas. Su primera reacción frente a aquella horrible marcha de las mulas muertas había sido pensar que los números redondos de la crónica eran imposibles, que nadie podía decir esos números redondos sin faltar a la verdad, pero era precisamente la rotundidad de los números redondos lo que lo había hecho horrorizarse mientras leía y despertar gritando por la muerte de las mulas en los Andes, dentro de este coche lleno también de mulas, camino al carnaval de Veracruz.

Cuando tomaron la recta de Cardel hacia el puerto, Changoleón contó la historia de carnaval que toda la gente que había ido alguna vez al carnaval se sabía de memoria y era que una mujer de condición celosa y sabedora del asunto, porque engañaba ella misma a su marido, había decidido engañarlo más, poniéndose su capuchón de supliciada carnavalesca para ir a buscar a su marido, que estaba esperando alguna aventura en una mesa del café epónimo del puerto, llamado La Parroquia, y como era guapo y andaba buscando eso, cayó en la trampa de su mujer, que se cambió aquella noche de perfume y fue a la mesa donde el marido bebía con sus amigos y, cambiando la voz ronca de mujer seria que tenía, por una voz de estúpida estridente, le dijo a su marido si podía sentarse con él, y él dijo que desde luego, y ella mejoró la pregunta preguntando si también podía sentarse en él, y él, muy halagado, dijo que desde luego y su mujer, encapuchada y oliendo de más a lo que no había olido nunca, se le sentó en una pierna dejándole sentir la redondez y el calor de sus nalgas, pues en los días del carnaval, aunque podía haber un norte y hacer frío, normalmente había el calor húmedo y calenturiento del puerto. De modo que ahí estaba el pendejo marido sentado, siguió Changoleón, cuando su esposa le empezó a fajar, y él a ella, decididamente, hasta que logró meterle una mano, que ella permitió, hasta el crucero de los muslos sudados, y entonces ella se quitó la capucha y le mostró al marido que era su mismísima mujer, ella misma, a la que llevaba tanto tiempo de no meterle la mano en ninguna parte del cuerpo, mucho menos hasta ahí. Luego de lo cual la desencapuchada dijo:

—¿Te gusta el jelengue fuera de casa, cabrón? Pues el jelengue en casa se acabó conmigo.

Años después, alguno de los machos masturbines, que para efecto de esta memoria acabarían siendo todos, supo que aquella historia del carnaval en el puerto, famosa hasta el aburrimiento, la habían protagonizado, jóvenes, la mamá y el papá de Changoleón, ella de armas tomar, él de mujeres llevar, siendo por lo tanto Changoleón un hijo profundo del puerto y del carnaval.

A propósito de esta escena y de algunas que siguen, el narrador omnisciente toma ahora el mando de la historia para testificar que ya era un lugar común decir entonces que el carnaval de Veracruz se había vuelto un remedo de sí mismo, una falsificación. Había sido alguna vez una fiesta cabal de los veracruzanos del puerto, la ocasión de mezclar los bajos y los altos barrios de la ciudad, de dejar salir las verdades bajo los capuchones y las máscaras en que se escondían las pasiones secretas del puerto, en particular las pasiones homosexuales, que florecían en carnaval como los lirios del campo, lo mismo que los arrestos homicidas, la tentación de aprovechar la fiesta de encapuchados para meterle una daga a quien se seguía con rigor y se apuñalaba con saña frente a todos, sin que nadie supiera quién apuñalaba a quién, pues estaban encapuchados y anónimos el matador y el matado. La pérdida de todo aquello, decía el lugar común, había ido convirtiendo el carnaval en una fiesta sin alma, falseada por la televisión, que había descubierto en la fiesta del puerto una producción gratis que podía usar, transmitiendo los desfiles, adulando a los jarochos y al puerto, diciendo por ejemplo que eran blancas las arenas negras de sus playas y azul su mar color acero. Los rituales inocentes y esenciales de la fiesta, la elección de la reina, la elección del rey feo, el desfile de los carros, los bailes en las calles, la alegría promiscua y desclasada del fandango, se habían ido volviendo rituales insaboros, escenografías de cartón piedra de la televisión que llevaba sus cámaras a transmitir el carnaval y lo único que transmitía era la presencia de sus artistas, la voz de sus locutores, los anuncios de sus patrocinadores, de modo que la televisión y sus comparsas pasaban por el carnaval con el descarnado propósito de llegar a sí mismas. El hecho es que ahí, como en todas partes antes del Terremoto, un mundo estaba muriendo o había muerto ya en las entrañas del carnaval, y otro iba naciendo, sin rumbo. Desaparecía la fiesta popular, aparecía la fiesta de los pudientes; se iba el pueblo, llegaba la televisión; se iban los capuchones y las máscaras, llegaban las cámaras y los locutores. Pero había todavía un verdadero carnaval en Veracruz, con música en las calles, y encapuchados y encapuchadas que se daban bajo sus capuchas al amor, al desenfreno y aun al crimen, que llenaban las calles del centro con una libertad excéntrica, perturbada, propicia a los delirios de las glándulas y a las fantasías de los machos masturbines. A ese carnaval se dirigían ahora ellos mismos, en medio de su propio alumbramiento, con la mitad del cuerpo enterrada en lo ido y la otra mitad creciendo hacia el llamado de una luz cuyo sentido desconocían.

Changoleón había contratado, tal como dijo, dos habitaciones del hotel Diligencias, frente a la plaza de armas del puerto, en cuyos portales sucedía por su mayor parte el carnaval. Lezama lo vio acercarse al mostrador, pagar un día por adelantado y ponerle después al administrador, frente a la cara, un billete de cien pesos, con estas palabras precisas:

—Siguen más.

Los machos masturbines tomaron posesión de sus cuartos, tan pequeños como los de su casa, disputándose las camas, pues había sólo para algunos. Decir cómo quedaron repartidos entre las camas y el suelo sería injusto desde el punto de vista de lo que quiere transmitir aquí el narrador omnisciente de la historia, a saber, la libertad, la igualdad y la fraternidad. Decir quién ganó camas y quién no sugeriría una historia de jerarquías que los machos masturbines no llevaban todavía en el corazón. Su configuración amistosa era como la del famoso bandoneón argentino que toca notas bajas y notas altas, y se expande y se recoge, sin que nada tenga preeminencia en su ir y venir, salvo la nota presente, hermana diligente de la que viene y la que se va.

Eran los días del muégano para los machos masturbines.

Alatriste dejó su mochila a buen recaudo, cuando nadie lo vio, en lo alto y atrás de la tabla superior del pequeño clóset del cuarto, y salió del hotel. Caminó hasta la rada del puerto, frente al edificio viejo de la aduana, y luego hizo lo impensable para todos, incluido el narrador. Tomó una lancha a la Isla de los Sacrificios, que era un promontorio marino donde había un faro, a un kilómetro escaso del puerto. En aquel promontorio habían topado por primera vez los españoles, al surtir frente a los médanos que hoy eran la ciudad de Veracruz, y como les daba por explorar fueron a explorar el promontorio y descubrieron que había ahí unas casas bien labradas, con gradas, que daban a unos altares donde había restos frescos de cinco sacrificados, abiertos de los pechos y cortados de los muslos, por lo cual estaban las paredes blancas, de cal y canto, bañadas de sangre. Se acongojaron y se acojonaron suficiente, y como, además de explorar, les daba por ser literales, le pusieron al lugar la Isla de los Sacrificios.

Oh, Bernal.

A Alatriste no le interesaba esta historia antigua de la isla, sino el faro que habían alzado ahí mucho después, porque desde muy niño se había imaginado vigía de un faro, dedicado sólo a ver el mar y los barcos que aparecían en su horizonte. No había en su ilusión detalles sobre comer o descomer, coger o tener dolor de muelas, pues era un niño siempre que pensaba en eso y su ilusión del faro era independiente de los detalles de la realidad, como deben ser las ilusiones. Le interesaba también otra cosa de la isla, una historia que había tocado a su familia con la mano larga de otros conquistadores, a saber, que en los años cuarenta del siglo que corría, siendo Alatriste un niño, su tío Puriel, el ganadero rico, había tenido la iluminación de multiplicar su fortuna importando ganado de Brasil y había fletado un barco con 327 cebúes del puerto de Santos al Puerto de Veracruz. Con aquellos cebúes pensaba revolucionar la ganadería mexicana, ahíta de pobres linajes criollos, sobrina minusválida de los ranchos texanos que dominaban el mercado. Los enormes y gibosos cebúes brasileños habían sido recibidos en Veracruz con una declaración de cuarentena pues, luego del desembarco, según dijeron las autoridades sanitarias el puerto, asesoradas por el consulado americano, se habían registrado infecciones de fiebre aftosa en hatos de ranchos vecinos del puerto, cuyo origen, por inducción del consulado, atribuyeron a los cebúes brasileños, los cuales fueron proscritos en tierra firme mientras no cumplieran una cuarentena. Les fue concedido al efecto, como inmenso resguardo, la inhóspita, maldita, rocosa Isla de los Sacrificios, sangrante desde su origen. Ahí fueron desembarcados los hermosos cebúes de las grandes cepas brasileñas, bayos y blancos, peceños, castaños y colorados, y ahí fueron alimentados veintisiete días mediante un puente marítimo de abasto y vaquería que se comió los primeros márgenes del negocio y se comió después la fortuna del tío Puriel, pues los cebúes fueron declarados portadores de la fiebre aftosa y sacrificados, y el tío Puriel multado con la incautación de sus caudales, a lo que siguió la segunda guerra de Estados Unidos contra México, una guerra olvidada, que fue la guerra contra las vacas y los cerdos que tenían o podían tener fiebre aftosa en territorio mexicano. El gobierno soberano de México se organizó según las instrucciones de los ganaderos estadounidenses y sus congresistas para detectar bestias infectadas, o sospechosas de estarlo, y matarlas. Y durante año y medio mataron a todos los animales que pudieron, vacas y puercos, quizás un millón de los quince que había en los campos y en los pueblos, una de cada quince vacas. Mataron animales en esa proporción en diecisiete estados, hasta que los pueblos empezaron a emboscar a los técnicos y a los doctores y a sus matarifes, en defensa de sus animales, y los agentes sanitarios ya no pudieron entrar a los pueblos ni con escoltas de soldados. Depusieron entonces el "rifle sanitario", como habían bautizado los rancheros de los pueblos al instrumento capital de aquella guerra, y descubrieron que había una vacuna preventiva. Dejaron de matar, empezaron a vacunar. La fiebre cesó en todas partes y donde no cesó descubrieron que la infección de aquella variedad del virus era por lo general ligera y benigna, de modo que habían matado de más, enlutado pueblos y familias, empobrecido el campo, pero habían abierto un mercado para el ganado americano y para los tractores americanos que suplieron la falta crónica de bueyes, caídos en la guerra. Así refería los hechos el tío empobrecido de Alatriste en sus últimos años y así recordaba Alatriste el relato que había quedado en él, envuelto en un sudario de melancolía vengadora. De aquel otro sacrificio no quedaba en la isla sino el testimonio mudo de las piedras y el faro salitrado donde había dormido su tío Puriel cuidando inútilmente sus cebúes durante veintisiete días, antes de perderlos todos. Alatriste se acuclilló al pie del faro y miró y escuchó el mar hasta que empezó a caer la tarde.

Cuando volvió al puerto, había entrado la noche. Encontró a sus amigos en el bar del Diligencias, chiquiteando unas cervezas.

—Qué misterioso eres, cabrón. Pareces detective chino —le dijo Morales—. ¿Dónde te metiste?

No respondió nada, como detective chino, y nadie le exigió una respuesta. Lo estaban esperando para echarse a la calle que era ya un hervidero. Eso hicieron.

Al salir del Diligencias a la plaza vieron sobresalir en la acera de un parque a la asamblea de los Fernández, reunidos en torno de una banca sobre la que caía la luz de un arbotante. Presidía la asamblea Óscar Fernández, el mayor, apodado el Chiste, sentado en el respaldo de la banca con las botas de faena sobre el asiento. Junto a él, sentado igual pero sin botas, sonreía el Caimán, que siempre sonreía, y, frente al Caimán, de pie, firme como un toro bravo en sus robustas piernas, Héctor Fernández, el Trucutrú, y, junto al Trucutrú, Manuel Fernández, el Caballo, así llamado por su nariz equina, todos ellos Fernández inconfundibles, todos prógnatas, todos blancos resplandecientes y barbados, rodeados como estaban de jarochos y jarochas, de antiguos linajes negros, en la noche tibia y morena del puerto. A un lado de este cuadro de castas vivas, como un tótem indígena de la Isla de Pascua, hacía guardia el temible Tato Matus, con su talla de tacle legendario, la piel cobriza y el cabello jaspeado de blanco, y la mirada amarilla, inquietante, en reposo.

El Chiste, que presidía a los Fernández, era un grandulón encorvado de brazos duros, piernas corvas y nalgas escasas. Era famoso por muchas cosas, pero entre todas ellas por su incorregibilidad, tal como ilustra la siguiente historia. Acabado de casar, su mujer le había puesto en la casa una sala que replicaba exactamente su cantina favorita, la de la siguiente cuadra, a la que iba todos los días a tomarse algo antes de comer y de la que a veces volvía y a veces no, a veces hasta la noche, a veces el día siguiente. Su amorosa mujer había urdido la idea de ponerle la cantina en la casa, para que chupara ahí, sin molestarse en caminar la cuadra que había hasta el corralón de cemento donde iban a chupar los ferrocarrileros, segundos fundadores del pueblo. La mujer de Óscar había copiado exactamente la cantina del corralón vecino y la había reproducido en la sala de su casa, de modo que la cantina estuviera en la casa del Chiste y, en vez de que él fuera a la cantina, la cantina viniera a él y Óscar declarara cantina su casa, abierta para todos los que iban a chupar con él a la cantina, por lo general la misma runfla de tres o cuatro vagos, a cual más abusivos y gorrones. El Chiste había celebrado la ocurrencia de su mujer como quien celebra la conquista de América, una de sus obsesiones, y durante muchos días, todos los días, había compartido el local con los amigos de su preferencia, que no eran pocos, ni presentables todos, como se sugiere arriba, para la tolerancia activa y amorosa de su mujer, llamada Milagros. Milagritos, para los amigos. El hecho es que Milagritos había hecho el milagro y el Chiste, recién casado, no salía de su casa ni para chupar, porque chupaba en casa. Al menos eso fue lo que hizo durante tres semanas, porque a la cuarta se fue a la cantina como antes, y volvió días después, barbudo, trasegado, filibustero, curtido en alcohol de varios mundos. Milagritos, loca de amor y de inentendimiento le dijo:

—¿Pues qué te hace falta en la cantina de tu casa, Óscar, que tengas que buscar afuera?

El Chiste lo pensó un momento y le dijo luego, asintiendo, iluminado por su hallazgo:

—El *mermullo*, Milagritos. Me hace falta el *mermullo*.

Y aquí estaban ahora los Fernández, presididos por el Chiste, en el gran mermullo del carnaval de Veracruz.

Los machos masturbines se saludaron con los Fernández, cambiando zafiedades y golpes en los antebrazos, salvo con el Tato Matus, que los miraba sonriendo, feliz como un niño. Fue así como se dispusieron a entrar de lleno en el mermullo del carnaval.

Resultó que los Fernández tenían entradas de sobra para el teatro donde se coronaba a la reina del carnaval y luego para el baile de máscaras en el Club de Leones. Fueron a las dos cosas. Se aburrieron con los cantantes y los cómicos de la televisión en el teatro, "Son mejor en la tele", dijo el Chiste, y salieron antes de que se consumara la coronación de la reina para echarse una cerveza. Luego se fueron al baile. Llegaban muchos cursis de traje y corbata y muchas mujeres con máscaras. Era fama que en aquel baile las mujeres enmascaradas asediaban a los hombres que les gustaban y los sacaban a bailar y les decían cosas que no decían sin máscaras, es decir, que las máscaras las mostraban como eran precisamente por no mostrarlas. Eran en su transparencia enmascarada tan calenturientas como eran sin máscaras, salvo que sin máscaras se ocultaban y con máscaras se dejaban ver. Al hermoso Bernardo Fernández, el Caimán, que no llevaba máscara, pero que nadie conocía en el puerto, le cayeron en tándem las enmascaradas, lo mismo que a Gamiochipi, y les dijeron cosas impensables de decir sin máscaras, como que debían estar mejor bajo el tacuche, vale decir desnudos, que si por ellas fuera se los llevaban puestos, cabe decir cogidos, y que eran unos mangos, unos caritas, y que si así estaban de verdes, vestidos, como estarían de maduros, encuerados. "Una me lamió la oreja", dijo el Caimán cuando recapitularon el momento. "Me dijo: 'Que fueras paleta, cabrón, para lamerte'. Y me lamió la vieja. Bien lamido, me cae". A Gamiochipi le habían dicho: "Que fueras campana, papito, para moverte el badajo". "Y me lo estaba moviendo, la cabrona", dijo Gamiochipi.

Salieron del baile pagados de sí mismos aunque ganosos de alcohol, porque no había mucho en la fiesta, y el Chiste tomó rumbo a la calle 5 de mayo, donde había bares abiertos y conjuntos jarochos con arpa y danzoneras, y compró un cartón de cervezas Victoria para todos y un brandy de mierda, mexicano, su favorito, y se fue sorbiendo su botella y mirando y rodeando a las parejas que bailaban y diciéndoles a las mujeres que se volteaban a verlo, ganadas por su altura y su tranco de blanco minotauro: "Tengo un secreto para ti. Si lo conoces, no lo olvidas".

Una jarocha de hermosos brazos le dijo:

—Ay, nanita, no, qué miedo.

—Primero miedo, pero luego no —se insinuó el Chiste.

—Luego el abortero, cabrón —ripostó la jarocha, que no llevaba máscara, ni la necesitaba.

El Chiste se expandió en una risa de gladiador vencido, con su invencible gracia de barbaján.

Caminaron todos por la 5 de mayo siguiendo al Chiste y venían hacia ellos, como en oleadas, cadenas de encapuchados que les daban vuelta y les decían picardías.

—Mucho puto en esta verbena —dijo el Chiste, con ojo clínico, porque es verdad que pasaban frente a ellos, bailando y elevándose en el aire como faunos cojos de ballet cojo, unos y otros y otros encapuchados de cuyas capuchas salían besos tronados y piropos para los ceñudos prógnatas barbados, que, en su mejor versión, como la de Bernardo, el iluminado, eran unos guapísimos cabrones.

Fueron de regreso al zócalo y se metieron sin dilación al Diligencias, siguiendo la máxima del propio Chiste:

—Después del buró, el mejor lugar para chupar es el que está al lado.

Ya dentro del Diligencias, que estaba a reventar, el Chiste seguía diciendo, con maligno y amistoso placer:

—Hay mucho puto en esta fiesta.

Los había de sobra y a nadie le importaba, mucho menos que a nadie al Chiste, que en eso estaba más allá del bien y del mal, pero un chamaco debutante que estaba empezando de borracho en el carnaval lo escuchó y se hizo eco de su dicho. Con la diferencia de que lo que el Chiste decía para sus próximos, en el calor cómplice de su machismo, el chamaco debutante empezó a decirlo en voz alta:

—Mucho puto en este carnaval, es verdad —gritaba y pedía, gritando también, la siguiente copa.

Changoleón se las había ingeniado para que les pusieran dos mesas en medio del gentío y ahí estaban sentados ya, en la cantina del Diligencias, que era una y la misma cosa con el *lobby* del Diligencias y con el restaurante del Diligencias, y con los portales del Diligencias, de modo que lo que sucedía en un lugar se escuchaba en todos los otros, y por donde circulaban unos circulaban todos, porque una de las gracias de aquel espacio del Diligencias, que era bar y *lobby* y restaurante, era que también era una calle abierta al carnaval y entraban por él los mismos danzantes encapuchados que cruzaban por la calle de Lerdo, bailando unos al son de las danzoneras, otros cantando y zapateando sones jarochos, como "La bruja", y unas mujeres y otros hombres y los más ostensibles amigochos disfrazados que venían a la cantina en busca de ligues rápidos con machos calados. Uno de estos últimos supliciantes se había detenido frente a la mesa de los machos masturbines y los barbados Fernández, y había empezado a decir piropos de loca con voz de señor, como, por ejemplo: "Hombres de la comarca, si la quieren fácil, es conmigo". El chamaco debutante de la mesa de al lado que se hacía eco de las voces del Chiste le dijo directamente "Puto", y luego le gritó directamente "Puto", y se lo gritó otra vez, otra vez, otra y otra, hasta que el suplicante encapuchado se levantó la capucha y apareció bajo ella una cabeza de gladiador romano, chaparrón, eso sí, sudado del pelo por la capucha, con un pelo chino y negro de colección y se fue sobre el chamaco debutante y le dijo, mientras se quitaba también el traje de suplicante para dejar aparecer un torso atlético de gladiador, con las venas salidas y los nervios tensos, también sudados, y le dijo, en medio del bar, señalándose la cintura:

—Puto de aquí para abajo, pendejo. Pero de aquí para arriba, te rompo la madre.

El chamaco debutante se quedó sentado en su silla como si lo hubiera fulminado un rayo.

—Ni tan puto —murmuró el Chiste, y le gritó al gladiador desencapuchado que viniera a tomarse una copa en la mesa.

El gladiador vino a la mesa radiante de su victoria y lo recibieron todos con aplausos, salvo el Tato Matus:

—Abusaste del chamaco —dijo el Tato Matus, que estaba sentado en una esquina de la mesa, pero que era el único que sobresalía sobre la estatura y la presencia natural del Chiste—. ¿Por qué no abusas de mí?

—Pendejo tendría que estar —dijo el suplicante, convocando la risa de la mesa.

—Dale una disculpa, cabrón —dijo el Tato Matus—. No lo puedes dejar con esta humillación el resto de su vida.

—Si tú me lo pides —dijo el suplicante gladiador.

—Te lo pido —dijo el Tato Matus, con su mirada amarilla y su voz suave.

El supliciante sintió correr la electricidad de la voz del Tato Matus por su cuerpo de gladiador y sin hacer más bizcos se paró y fue a donde estaba el chamaco debutante, que estaba en el colmo del alcohol y la vergüenza, y le puso el brazo amoroso sobre la espalda y le dijo:

—Perdóname, cabrón. La verdad, es que me gustas mucho y no me miras, cabrón.

Con lo cual entendieron los rodeantes que había entre el chamaco y el supliciante una historia de amor incumplido.

El chamaco le dijo:

—Perdóname tú. Me diste una lección.

Y el Chiste dijo:

—A esta ciudad le urge una escuela de monjas.

Las carcajadas de la mesa rebotaron por el bar, por el *lobby* y por el restaurante del Diligencias. Ocho años después, todavía antes del Terremoto, se contaba aquella anécdota del chamaco pendejo, del puto gladiador y del musitante justiciero, Tato Matus.

También se recordaba, aunque eso sólo entre los machos masturbines, el otro gran momento del Tato Matus en aquel carnaval de imborrable memoria. Y fue esto: que estaba el Tato Matus contándole una historia a Lezama, la historia de cómo le habían roto la clavícula en una jugada de entrenamiento de futbol americano, y como la había oído sonar, trac, y había sabido de la gravedad del asunto una eternidad antes, una fracción de segundo antes de que empezara el dolor, y en ese momento de su cuento susurrado, porque el Tato Matus hablaba en susurros y a la oreja de su interlocutor, habían entrado al restaurante unos cantantes y unos competidores de los cantantes, y los cantantes cantaban estrofas de "La bruja" y los no cantantes decían décimas de naranjas y limas, limas y limones, compitiendo los dos por la atención del público y haciendo entre los dos un contrapunto furioso capaz de reventarle el cerebelo al mismo Beethoven. Por lo cual el Tato Matus dijo, en su voz susurrada:

—Canten primero uno, luego el otro.

Nadie lo oyó en realidad, pero fue como si lo hubieran oído y hubieran decidido al alimón hacer lo contrario de lo que pedía el Tato Matus, es decir, competir más por imponerse con sus corrientes encontradas, lo cual aguantó el Tato Matus hasta que no aguantó.

Y se paró el Tato Matus de la mesa donde estaba tomando su cerveza, se desdobló como una gran tortuga cubierta por su concha y lo que apareció bajo aquel carapacho fue un tacle tamaño caguama con una nariz que definía la cara de un mandril de ojos amarillos y cejas canas y unos brazos que de pronto fueron largos y duros como de un cangrejo moro gigante, al final de los cuales había unas manos capaces de tomar como una pelota de tenis un balón de futbol y les dijo, amablemente, a los cantantes:

—¿Qué, cabrones?

Oh, el momento de *La dimensión desconocida*, la forma como aquella mesa de copas y cafés con leche en el bar del hotel Diligencias se convirtió de pronto en un aviso del terror del más allá y los cantantes recularon de la mesa del Tato Matus y el Tato Matus los miró con sus ojos amarillos y una vez que los vio rendidos, dispersos y callados volvió a sentarse y dijo:

—Ya. Dejen beber.

Y lo dejaron. Nadie volvió a cruzar por el perímetro de la mesa del Tato Matus, salvo Lezama y Morales, que se pusieron junto a él y le alzaron la mano a los meseros, que vinieron como hadas de película de Walt Disney a preguntar qué se ofrecía.

—Lo mismo —dijo Morales.

—Lo mismo —dijo Lezama.

Mientras el Tato Matus preguntaba afligido:

—¿Rompí la fiesta? ¿Se asustaron de más estos cabrones? Siempre me pasa, carajo.

Y se puso a llorar.

Había un silencio a su alrededor de efectiva fiesta rota, pero quien quiso pudo oír sus sollozos rebotando en la mesa bajo el inmenso carapacho de su espalda de caguama.

Pasaron dos días de carnaval en peripecias similares o equivalentes a las descritas, las cuales sería redundante referir salvo esta última, que tuvo lugar en la madrugada del lunes, en el bar semivacío del Diligencias donde, en medio del estrago general de cuatro días de peda, un tipo se paró a cantar a capela en una mesa simulando a Pedro Infante, y Changoleón le dijo a Lezama, que se había quedado a acompañarlo en su último tramo alcohólico:

—Mira, cabrón, ése está cantando para que lo oigan y nadie lo oye. Es igual ¿nosotros, que ni siquiera cantamos y queremos que todo mundo nos oiga. Él tiene cuarenta y canta para hacerse oír. Nosotros tenemos veinte menos y estamos más mudos que él. Pero estamos gritando, cabrón, gritando sin que nadie nos oiga.

Changoleón estaba en la fase melancólica y autoflagelante de su peda, una especialidad de Changoleón, pero sus palabras resonaron mucho tiempo en la memoria de Lezama, sobre todo después del Terremoto.

El martes se regresaron los Fernández a Apizaco y los machos masturbines a la Ciudad de México, pero al pasar por Xalapa, Morales tuvo un pronto y propuso:

—Aquí también hay carnaval, dura dos días. Vamos a quedarnos aquí.

Sólo quiso quedarse Lezama, porque lo había hipnotizado aquella ciudad metida entre cerros que se reputarían después, una vida después del Terremoto, como capaces de crear trescientos distintos verdes vegetales. Y porque Morales le ofreció de regreso ir a Apizaco a que conociera la ganadería de los Fernández, cosa que a Lezama le pareció interesante para su carrera de escritor. No hicieron gran cosa en Xalapa, fueron a comer a La Palma y luego a La Bendita, con los últimos dineros que les quedaban de la peda porteña, y una mañana se despertaron tirados en el piso de un cuarto de hotel sin camas, donde los dejaron quedarse, y liaron sus cosas y salieron a la carretera, y pidieron aventón y un trailero les dijo: "Chamacos chamagosos, a dónde van", y el ingenioso Morales le dijo: "A donde usted nos lleve, siempre que vaya para Apizaco", y el trailero les dijo: "Ah, qué muchacho tan periquero, súbanse que los dejo en la curva de Alchichica". Ahí los dejó, crudos y desmemoriados, sin saber bien a bien quiénes eran, ni de dónde venían, aunque era bastante obvio, porque tenían liados en una trenza de ropa los dos pantalones, las dos camisas y la solitaria guayabera de Morales, que habían sudado y vestido en el doble carnaval de Veracruz y de Xalapa. La luz del sol les pegaba sin misericordia en la mollera y ellos sabían que olían mal y que sus zapatos olían mal y que no tenían a dónde ir ni dónde estar, sino en la cuneta de aquella carretera de dos carriles que era la segunda mejor que había en el país, entre Xalapa y Puebla, aunque ellos no iban para Puebla, sino al siguiente entronque hacia Apizaco, y estaban ahí sabiendo a dónde querían llegar pero sin saber realmente quiénes eran, pidiendo aventón otra vez en la salida del pueblo de Alchichica.

Nadie hacía caso de sus pulgares que imitaban a Kerouac sin conocerlo, y de pronto vieron un punto blanco como un ovni en la carretera y pusieron sus dobles pulgares ante aquel bólido que venía bajo el límpido cielo de la planicie que lleva a Puebla desde Veracruz, por la espantosa carretera, que era la segunda mejor de la república, y conforme se acercó el bólido supieron que era un Pontiac, y entre más se acercó más entendieron que era un Pontiac Pontific, y lo siguiente que supieron es que el punto blanco y radiante se detuvo delante de ellos vuelto efectivamente un Pontiac Pontific. Corrieron hacia el coche que se echó en reversa cien metros para encontrarlos. Los esperaba al volante un moreno angelical de guapo, bien rasurado, bien cortado del pelo, envuelto en el manto de una tenue loción, que les dijo, sonriendo con una dentadura blanca de comercial de Forhan's:

—¿A dónde van, muchachos?

Y ellos:

—A Apizaco.

Y él:

—No voy para allá, pero me desvío y los dejo cerca.

Y ellos:

—Gracias —mientras se subían, y una vez subidos—: ¿Quién es usted?

Y él les dijo:

—Soy Beto Ávila.

—A lo que el enterado Morales ripostó:

—¿Bob Ávila?

—Bobby Ávila —respondió el chofer—. ¿Tú hablas inglés?

Y era de cuerpo entero Beto Ávila, el de las grandes ligas, el de los Indios de Cleveland, el veracruzano estrella de las grandes ligas que había sido campeón de bateo en alguna de las ligas o en las dos, sabrá Tucídides.

—Pues quiero decirle que esto no puede ser —dijo Morales—, porque nosotros no somos nadie y usted es Bobby Ávila y esto o no está sucediendo o está sucediendo en *La dimensión desconocida*.

—Gran programa —opinó Beto Ávila, que tenía una sonrisa como un cielo.

Y siguió:

—No, no, muchachos esto no es *La dimensión desconocida*, esto es la carretera de Xalapa a Puebla y les voy a dar un aventón a la desviación de Apizaco. Así es esto. Hoy por mí, mañana por ti.

Qué bien olía la loción de Beto Ávila, qué bien olía su Pontiac Pontific, qué fresco era el aire acondicionado del coche al que se habían subido el par de mendicantes que se asaban al sol minutos antes. Oh, qué placer celestial ser recogidos del arroyo en un Pontiac Pontific y qué ocasión única de fumar, como después de coger o comer, pensó Morales, en el momento preciso en que Bobby Ávila les preguntaba si querían fumar y les extendía una cajetilla roja de cigarrillos Pall Mall, cigarrillos de carita, como se decía entonces, antes del Terremoto, a los cigarrillos importados. Morales sacó uno de la mitad del tope de la cajetilla abierta y olió aquel olor a cielo de los cigarrillos importados, el olor celestial del contrabando, prohibido en todas las partes del país salvo en las que cruzaba Bobby Ávila, todo él de certificación americana, como sus cigarrillos Pall Mall, ajeno al contrabando, mexicano legitimado en su contrabando porque Bobby Beto Ávila había ganado un campeonato de bateo de la liga americana o de la otra o de las dos y era de los Indios de Cleveland de allá y de los Olmecas de acá, aunque, en realidad, era un moreno mestizo bien logrado con algo de indio de allá y algo de indio de acá y algo de mulato de allá y algo de mulato de acá, una mezcla feliz de allá y de acá en el sabor jarocho inconfundible de su sonrisa y su bonhomía y la extranjeridad de contrabando de su loción envolvente, de sus cigarrillos Pall Mall rojos, de su blanquísimo Pontiac de lujo aparecido como un ángel importado en la carretera, nativa y cacariza, que corría entonces de Xalapa hacia Puebla con un desvío hacia Tlaxcala.

Oh, mezcla gloriosa, aleación gloriosa: Bobby Beto Ávila.

Pasaron Puebla y en una desviación a Tlaxcala los dejó Beto Ávila. Empezaron a caminar, otra vez lúmpenes, hacia Tlaxcala, y a unos doscientos metros de caminar se detuvo junto a ellos una camioneta Plymouth que manejaba un gigante con sombrero de vaquero. Era Óscar Fernández, el Chiste, que se bajó haciendo aspavientos. Venía riéndose consigo mismo de las estupideces que se le ocurrían y celebrando encontrarlos porque, dijo:

—Tenemos una tienta de vaquillas. Anda aquí el matador Antonio Sánchez.

Morales pidió pasar un momento a su casa y el Chiste la emprendió por las calles hasta una modesta esquina, donde bajó Morales.

—Los alcanzo en la tienta —dijo.

El Chiste arrancó sin chistar.

—El reservado Morales —dijo con honda sorna—. Nunca me ha invitado a entrar a su casa este cabrón. Veo que a ti tampoco. A nosotros nos tiene vetados doña Isabelita, su mamá. No sé por qué, fuera de que siempre se lo regresamos pedo. ¿Tú qué hiciste? ¿Estás vetado también? Doña Isabelita es de armas tomar.

El Chiste paró la camioneta en las afueras del pueblo frente a una barda larga que difícilmente admitiría la palabra señorial, pero grande sí, y de piedra cruda, que marcaba el perímetro de la ganadería. Bajó y abrió un portón de hierro y metió la camioneta al patio enorme rodeado de establos y lo que llamaban macheros, donde ponían a los machos de faena: caballos, burros, bueyes. La casona estaba al fondo, con un gran porche de columnas de piedra y techo de teja, y luego la gran sala llena de cabezas de toros con su nombre y sus fechas de lidia. Seguía el patio donde estaban puestas las mesas para la comida después de la tienta, y al final de ese patio la plaza de tientas, la mayor y más famosa de Tlaxcala. Ya estaban los invitados en las gradas, donde sobresalían dos mujeres preciosas, ignaras de la fiesta pero que no pueden faltar en ella, hablantinas, rozagantes, en vestidos mínimos que dejaban ver bastante de lo que tapaban. Venían con el matador Antonio Sánchez, según le explicó el Chiste a Lezama, siendo Antonio Sánchez el tipo moreno e inmóvil que estaba en medio de ellas mirando lo que pasaba frente a él, con las dos locas agitando los brazos y gritando vivas a la ganadería y al propio Antonio. Cuando vieron entrar al Chiste, chillaron doble, como porristas de futbol americano.

—Están muertas por mí —dijo el Chiste—. Las tengo engañadas todavía.

Los invitados a la plaza iban hasta donde estaba el matador a saludarlo, en ostensible muestra de respeto, ignorando el jolgorio de sus invitadas.

—Antonio es nuestro orgullo y nuestro enigma —le dijo el Chiste a Lezama—. Se retiró del toro luego de indultar uno. De aquí, de esta ganadería.

Morales llegó en la tercera vaquilla y Lezama respiró, porque el Chiste llevaba dos vaquillas explicándole qué valor tenía cada vaquilla según cómo iba al caballo, donde la picaban con una lanceta de picador, y si era débil de cuartos traseros o delanteros, y si iba bien al trapo cuando la toreaban o iba con sentido, es decir, cabronamente. Y de todas decía, "Ésa la quisiera para mi empadre, compadre", siendo los empadres, le explicó el Chiste, las recuas de veinte o treinta vacas que le ponían a un solo toro en un potrero, para que las montara a todas según su contento. Lezama entendió que los expertos quedaron satisfechos con la tienta, según le dijo el Chiste mientras lo conducía, por petición de Lezama, al cuarto donde estaban los registros de la ganadería. Las paredes estaban llenas de fotos viejas y no tan viejas de toros, de carteles de la lidia en distintas plazas, y las fotos de los fundadores y los herederos de la ganadería. Todo tenía su explicación puntual y sus fechas a un lado o al calce de las fotos, pero nada era tan impresionante en su exactitud como la historia de las vacas y sus sementales, historias que se llevaban en unos cuadernos grandes donde podía saberse, con precisión milimétrica, de qué vaca había nacido cada toro, y de que encaste o qué linaje venía cada animal. Un toro podía montar y preñar veinte o treinta vacas y cada novillo o cada vaquilla nacida de cada empadre era materia de un registro minucioso, como de casa reinante europea.

Lezama se entretuvo viendo esos registros, pensando que servirían en algún momento a su carrera literaria, y, cuando volvió con el Chiste a las mesas donde iba a servirse la comida, ya estaban todas ocupadas. Vieron, sin embargo, que el matador Antonio Sánchez había sentado a su lado a Morales, a quien le tenía viejo afecto, y que sus dos acompañantas los llamaban alzando las manos con desbordada alegría.

—A mí déjame junto a la prieta —le dijo el Chiste a Lezama—. Esta noche el matador va a perder con un toro de un solo cuerno.

Lezama se sentó junto a la güera, que le preguntó, con bríos imbatibles:

—¿Tú también eres matador? Me encantan los matadores.

El Chiste se hizo cargo de la conversación.

—Cerveza —gritó a los meseros, volviéndose luego a mirar con lascivos, torvos y juguetones ojos a la acompañante morena del matador, la cual vista de cerca tenía unos redondos ojos brillantes que taladraban de inteligentes.

—Victoria —gritó de nuevo el Chiste, especificando la marca—. Porque derrota ya tuvimos bastante con la de los españoles, morena.

Lo que parecía una ocurrencia más del Chiste para empadrar a su vaquilla prieta dio paso en su cabeza de loco a una disquisición histórica. Y fue que tenía una visión al revés de la Conquista de México por los españoles. En su opinión, los indígenas se habían chingado a los españoles en esa Conquista de México, en particular los indígenas de Tlaxcala, que se habían cogido varias veces, según el Chiste, al "egregio capitano" Hernán Cortés.

—Si no hubiera sido por la viruela, me cae, Cortés hubiera parido un hijo de Xicoténcatl. Se le hubieran cambiado los güevos por ovarios, me cae. Esto lo conquistó la viruela.

La viruela había matado a la mayor parte de los indios muertos en la gran Tenochtitlán y durante el siglo que siguió. Cortés, decía el Chiste, estaba jodido de ida y de vuelta, es decir, igual cuando iba que cuando regresó derrotado de la gran Tenochtitlán. Los jefes tlaxcaltecas, ambos llamados Xicoténcatl, lo habían tenido en sus manos de ida y de regreso del árbol de la Noche Triste, y se lo habían cogido de ida y de regreso, decía el Chiste, porque las dos veces lo habían usado como su pistolero para amedrentar otras tribus. Y Cortés había cumplido, eso sí, y los pendejos tlaxcaltecas no lo habían rematado porque lo juzgaban su sirviente, ésa era la verdad.

El único resto histórico del triunfo español que quedaba en Tlaxcala, en la revisionista visión histórica del Chiste, eran las ganaderías de reses bravas, de las que los Fernández eran un último blasón encendido en el otoño del fin de la hispanidad en América, donde había ahora puras mezclas sin linaje. En ese momento de su discurso, el Chiste señaló a su primo Héctor Fernández, apodado el Trucutrú, sentado en la mesa de enfrente, ejemplar de impura mezcla criolla, pues era barbudo y blanco pero de ojos moros que brillaban en la sombra y miraban con un fondo de inquietante melancolía indígena, en medio de sus grandes huesos caucásicos sombreados por la abundancia nixoniana de la barba.

Mientras el Chiste disparataba, Antonio Sánchez le hablaba en voz baja a Morales. Al terminar la comida lo invitó a caminar solos por los empadres de la ganadería. Antonio era mayor que Morales, pero no lo sentía su menor, sino su hermano, y su confidente, aunque nunca se había confidenciado con él. Pero aquella tarde, al final de aquella tienta, le había dicho que quería contarle el secreto de su retirada y por eso lo llevaba ahora a caminar por la dehesa, que en Tlaxcala era de tierra ruda y seca, con unos árboles solitarios que crecían en medio del terregal, como negándose a la mezquindad del suelo, bajo un cielo azul translúcido, de nubes blancas y perladas, de perfectos contornos.

Caminaban los dos bordeando los potreros, los empadres, camino al cebadero, el lugar donde preparan a los toros que están listos para ser lidiados, los toros de cuatro años cumplidos que llaman cuatralbos. Y llegando a ese lugar, Antonio Sánchez empezó su confidencia:

—Nunca pude torear bien, Morales, y no vas a creer por qué. Porque yo entiendo al toro, Morales, lo entiendo por dentro. Sé de su alegría, de su bravura cuando sale a verte, y la verdad es que no te ve, eres como una sombra, un algo que no tiene sentido para él. La plaza tampoco. La gente que grita en la plaza cuando sale, tampoco. Él sólo es él, Morales, su fuerza, su trapío. Y entonces lo que tú tienes que hacer como torero es distraerlo de su grandeza y empezarlo a engañar con los capotes, con tu salida fuera del burladero para que él te vea, te embista, te reconozca, y entonces, Morales, hay un momento en que te reconoce, a ti y a tus subalternos, pasa una vez sobre el capote que vio y sigue, sin hacerte caso realmente, pero entonces da la vuelta y vuelve sobre el capote, y a la segunda vez que va al capote, ya no es él, ya lo empezaste a joder, ya está entrando en tu juego. Ya no está solo, ya está contigo y lo que tú quieres es matarlo, y tú lo sabes, pero él no, porque él es un animal magnífico, muy superior a ti, un animal al que sólo puedes vencer si lo engañas. Ese engaño, Morales, es lo que llamamos el arte del toreo, que termina en que matas al animal que temes y admiras. Bueno, ya estoy pedo. Si lo que te digo tiene sentido, no tiene sentido mi vida de matador. Tampoco es que sea tanta vida.

—Tienes cuatro cornadas en el cuerpo, Antonio —le dijo Morales.

—Tengo cuatro cornadas, pero he matado ciento trece toros y noventa novillos. Todos animales mejores que yo, más pendejos, porque más nobles, Morales. Bueno, cuando yo indulté a Pesebrero, el toro non de esta ganadería, que es mi casa, aquella tarde fui entendiendo, conforme avanzaba la faena y el toro entraba con fuerza y perfección a lo que yo le mandaba, fui sabiendo que este engaño rumbo a su muerte iba a ser perfecto, porque no se iba a morir el toro, ni me iba a matar a mí. Íbamos a tener los dos lo que merecíamos o al menos lo que yo buscaba, la gloria, y lo que él en sus últimas embestidas bocabajeadas y sangrantes anhelaba, Morales: volver a la dehesa, correr, bramar, berrear, coger. Volver a ser joven, Morales. Volcarse sobre las vacas de la dehesa hasta morirse un día de macho, volcado sobre una. Así murió Pesebrero, Morales. Me lo dijo el Chiste: montado como macho viejo. Lo vine a ver a los encierros después de la corrida, recién indultado. Me alzó el testuz y me dio la mirada del último natural que le saqué en la plaza. Porque los toros te miran, Morales, te dicen con la mirada lo que quieren. Y hay que tener muchos güevos, mucho temple, para mirar esas miradas. El toro te ve y te dice no eres nada, no existes, no te veo, no eres nada para mí, pero si le crees por un segundo que no te está viendo, te levanta, te arrastra con él y estás muerto. La mirada de Pesebrero recién indultado no fue de convaleciente, sino de reto. La mirada del que dice: "¿Otra vez, cabrón? ¿Quieres otra chinga?". Y me acabó de ganar ese toro, cabrón. Tanto, que dije: No mato uno más. Y no he matado otro, Morales. Ni siquiera bajo a las tientas, como viste. Desde entonces, toro es toro para mí: intocable, sagrado. Como las vacas en la India, pero por otras razones, las que te acabo de contar.

Estaba la tarde limpia sobre la dehesa rugosa de Tlaxcala, y había en el cebadero un toro cárdeno, con el morrillo negro, los cuernos afilados y abiertos, blancos, de punta oscura. Los estaba mirando desde lejos con una concentración, efectivamente, de animal sagrado. Era enorme en el bastidor de la tarde de la dehesa, escultórico, joven, inmóvil pero dispuesto a embestir como quien va al sueño que ha soñado, al lugar que le tienen prometido. Morales supo por la fijeza de la mirada de aquel toro que era un toro bravo, destinado a morir de su bravura, a cumplir su destino. Se le llenaron los ojos de lágrimas. Pensó que todo era una mierda.

Le dijo al toro que lo miraba, recortado en el atardecer:

—Te van a chingar, torito. Te van a chingar.

FANTASMAS EN EL BALCÓN

—Había una vez nosotros
—La urgencia de recordar.
—Decimos:
—Ya que no existe el cielo
—Ni el purgatorio
—Ni el infierno,
—Lo único que existe son los vivos y los muertos.
—Y los fantasmas:
—Los vivos hablando con los muertos
—A través de los fantasmas.
—Los fantasmas son los muertos
—Que quieren hablar.
—Hablan de las cosas que hicieron en vida
—Es su manera de seguir vivos:
—Nuestra manera

ÍNDICE

Fantasmas en el balcón de Héctor Aguilar Camín
se terminó de imprimir en diciembre de 2021
en los talleres de
Impresora Tauro, S.A. de C.V.
Av. Año de Juárez 343, col. Granjas San Antonio,
Ciudad de México